LA ÚLTIMA CERILLA

Planeta Internacional

MARIE VAREILLE

LA ÚLTIMA CERILLA

Traducción de Teresa Jarrín Rodríguez

Planeta

Título original: *La dernière allumette*

Avda. Diagonal, 662-664, 08034 Barcelona (España)
www.editorialplaneta.es
www.planetadelibros.com

Primera edición: febrero de 2026
ISBN: 978-84-08-31563-6
Depósito legal: B. 127-2026
Composición: Realización Planeta
Impresión y encuadernación: Limpergraf, S. L.
Printed in Spain - Impreso en España

Al niño de Sarcelles
convertido en fabricante de alas;
al ingeniero experto
en sueños locos y diversos,
quien, hace treinta y nueve años,
colocó sus plumas más bellas
en mis hombros de niña
con tornillos y pernos,
porque cuando se está
demasiado cerca del sol
se derrite la cera.
En definitiva,
a mi padre.

Los pájaros que nacen en jaulas creen que volar es una enfermedad.

ALEJANDRO JODOROWSKY

L'adulte c'est certain, indirectement,
a montré que faire le mal, c'est bien.

[Los adultos, sin duda, han demostrado indirectamente que es aceptable hacer cosas que están mal]

IAM, *Petit frère*

Artículo 371-1 del Código Civil francés, que se lee en la celebración del matrimonio:

La autoridad paterna es un conjunto de derechos y deberes que tienen por finalidad **el interés del niño**. Les corresponde ejercerla a los padres hasta la mayoría de edad o la emancipación del menor, a fin de **salvaguardar** la seguridad, la salud y la integridad moral del niño, garantizar su educación y permitir su desarrollo, lo que llevarán a cabo **con el debido respeto a la persona del menor**.

ABIGAËLLE
Ahora

Gabriel no es quien creéis. Yo lo sé bien porque soy su hermana pequeña y, desafortunadamente, los lazos de sangre que nos unían de niños nunca se han debilitado. Y eso que yo he hecho todo lo posible por alejarlo de mí. Sin embargo, todavía hoy, aunque ya ha cumplido los cuarenta, sigue viniendo a verme al convento dos sábados al mes. Me cuenta su vida al mínimo detalle sin nunca preguntarme por la mía. Yo soy la única a la que muestra su verdadera cara. Sabe perfectamente que si se me ocurriera la idea de desvelar sus secretos, mi palabra de loca no valdría más que el viento que sopla sobre el terreno embarrado donde se erigía antaño la casa de nuestra familia. El otro día le oí contar a sor Marie-Clotilde que no tardarán en construir ahí un parking. ¡Qué ganas tengo! La perspectiva de que el alquitrán caliente cubra por completo lo que queda de mi infancia me llena de gozo.

Llevo veintisiete años en la abadía de Sainte-Marie-de-la-Saône, en Genevigny. Me aburro mucho. En fin, podría ser peor. Podría estar fuera y tener que afrontar el mundo de verdad, a la gente de verdad. Desde mi cama veo el cielo y las ramas majestuosas de un roble que es varias veces centenario. Las religiosas aseguran a los visitantes que Juana de Arco durmió una siesta a su sombra cuando se dirigía a liberar Orleans de manos de los ingleses. ¿Publicidad para los turistas o realidad histórica? Nunca he podido averiguar la verdad. Pero, bueno, que me voy por las ramas. Centrémonos y volvamos al asunto que nos ocupa, que es mi hermano Gabriel, o eso creo. Desenredar los hilos de todo esto no me resulta sencillo considerando mi estado.

Una certidumbre sí que tengo: mi historia empieza y termina con un entierro. Mejor decirlo enseguida. Así evitamos sorpresas desagradables. Y, como hay que comenzar por algo, que sea por ahí, por el entierro. Ese día nadie le dirigió la palabra a Gabriel. Nadie lo abrazó. Nadie lo consoló. Y yo menos aún, desde luego. Mis recuerdos son borrosos, se me escapan algunos detalles. Como el de quién era el difunto. Me es imposible acordarme. Amnesia postraumática, que diría la doctora Hassan. Cierto, la identidad del fallecido es una información sustancial con la que se cuenta al asistir a un sepelio, pero quien no haya sufrido jamás un fallo de memoria que tire la primera piedra.

El día del entierro, Gabriel parecía no tener edad. Con la mirada fija, perdida, no traslucía emoción alguna. Su única reacción fue un leve escalofrío ante el ruido sordo de la primera paletada de tierra sobre la madera de pino. Gabriel sentía frío a pesar del sol de agosto, que caía sobre el cráneo pelado y lustroso de nuestro padre, quien, por cierto, llevaba tres días llorando casi sin parar. Yo lo observaba en silencio. A causa de los sollozos mal contenidos, a nuestro padre le temblaban los grandes hombros, que, encorvados de la pena, daban a su cuerpo enorme el aspecto de un muñeco de trapo. ¿Mi madre? Curiosamente no conservo ningún recuerdo de ella en ese día. Yo tenía doce años y medio. Debí de perder a alguien muy importante porque después del entierro ya no volví a ser la misma. No hay nada más eficaz que una tragedia para catapultar a una persona sin aviso previo a las neurosis de la edad adulta.

Al entierro asistieron muchas personas de nuestra pequeña comunidad borgoñona. Con la cabeza gacha murmuraban: tragedia, tristeza, drama. Como si por susurrar esas palabras con la voz transida de pena ya fueran gente de bien. Como si no tuvieran ninguna responsabilidad en la tragedia-tristeza-drama en cuestión. Si me hubieran pedido mi opinión, yo no los habría invitado. Pero, claro, nadie me la pidió.

Gabriel, mi padre y yo sosteníamos cada uno una rosa roja a la que le habían retirado las espinas en la floristería. Durante la misa mantuve los ojos fijos en el tallo liso e inofensivo pensando que habría que quitarle las espinas a la gente, igual que a las flores. No reaccioné cuando Gabriel deslizó su mano tibia en la mía para pasarme una caja de cerillas. La he conservado todos estos años. El dibujo del sol rojo en la cartulina está tan desgastado que hace ya tiempo que apenas es visible. Y dentro no queda más que una cerilla. No sé por qué, pero nunca me he decidido a tirar esa caja.

Yo no quería mirar dentro del ataúd. Sobre todo no quería ver quién estaba allí. Saberlo resultaba demasiado doloroso. Quizá sea esa la razón por la que hoy no logro acordarme de quién era el difunto. En la iglesia no me atreví a levantar la cabeza hasta el momento en que oí el sonido de la tapa de madera al cerrarse. Demasiado pronto: me dio tiempo a fijarme en algo. Un trozo de tela atrozmente familiar. Un estampado azul cielo con margaritas. ¿El pañuelo de mamá? ¿Qué hacía dentro del ataúd? No. Es mejor pensar en otra cosa. Apartar la imagen antes de que se quede grabada.

La doctora Hassan, la psiquiatra a la que acudía a petición de la dirección del colegio, siempre explicaba que «deformar las verdades que no nos convienen no es una solución». En retrospectiva, reconozco que quizá estaba en lo cierto. El problema de las mentiras es que siempre acaban teniendo consecuencias. Igual que este entierro, por ejemplo. Pobre doctora Hassan. Se reprochó mucho no haber sabido distinguir entre la verdad y la mentira en lo que yo le contaba. No se la puede culpar. A mí misma me ha costado siempre muchísimo diferenciar lo que pasa en mi cabeza de lo que sucede en la realidad. Reconozco que tengo una ligera tendencia a sustituir cosas desagradables de la vida por elucubraciones de mi imaginación. Sé cosas que no debería saber; a veces me acuerdo de hechos a los que no asistí y que, por tanto, es muy posible que me haya inventado. Sin embargo, no creo que esté loca, a pesar de lo que digan. Considero que mi mente está totalmente sana, al menos la mayor parte del tiempo.

Mi familia no se había mostrado nunca tan unida como ante aquel ataúd. Allí estábamos, muy juntos frente a la hipocresía, como al calor del fuego de una chimenea. Me acuerdo de preguntarme si alguien iba a hacer notar lo fuera de lugar que resultaba aquel despliegue de dolor y de rosas rojo sangre. Pero no. Tragedia. Tristeza. Drama. Eso fue todo. Al mirar atrás, siempre me asombra que a nadie le chocara vernos transgredir una norma de etiqueta de lo más elemental: no se va a un funeral cuando se ha asesinado a la persona que reposa en el ataúd.

Es algo básico.

Después del entierro, Gabriel metió en la mochila algo de ropa, la colección completa de Pink Floyd, la totalidad de los ahorros de la vecina, la señora Michelez y la escopeta de caza semiautomática de papá. Con la delicadeza sorprendente que lo caracteriza, mi hermano envolvió el arma con plástico de burbujas, que sujetó con unas gomas mías del pelo, las amarillas con arcoíris que eran mis favoritas de pequeña. También se llevó todos mis diarios íntimos, unos cuadernos que yo escondía en aquel cuarto de la caldera con olor a moho donde Gabriel tenía la costumbre de encerrarme. Gritó que se iba a casa de un amigo y que se quedaría allí a cenar. No volvió nunca a casa.

Con los dedos aún cerrados alrededor de la caja de cerillas, lo vi alejarse. El cañón del rifle envuelto en plástico de burbujas sobresalía de la mochila, entreabierta. Solo se volvió una vez, al llegar al parque del final de la calle adonde me llevaba a veces a fumar los cigarrillos que robaba en el bar PMU, el de las apuestas. Miró unos segundos a la ventana de mi dormitorio. Yo sabía que él pensaba en mí y, sin embargo, estaba segura de que no volvería a poner un pie en nuestra casa. A medida que su figura se empequeñecía, fui respirando mejor, aliviada como nunca de saber a mi hermano mayor y su escopeta lo más lejos posible del hogar que nos había visto crecer. Cerré los ojos y, con todas mis fuerzas, rogué que se olvidara de mí.

Dios ignoró mis oraciones, claro.

CUADERNO DE ABIGAËLLE, EXTRACTO
1990

La doctora Hassan ha dicho que tengo que ordenar mis pensamientos y que es más fácil hacerlo por escrito que hablando. Por eso me ha dado este cuaderno, para que me ayude a organizar el cerebro. Aquí puedo decirlo todo porque nadie tiene derecho a leerlo. Eso se llama respeto a mi intimidad (que quiere decir algo que es solo mío). Hay que contar las cosas por orden. Porque tengo demasiadas ideas en la cabeza. A veces se mueven en todas direcciones y chocan entre sí, como si fueran pájaros encerrados en un cuarto muy pequeño. Pobres, no es gracioso. Si sigo un orden, seré capaz de terminar lo que quiero decir. Los comienzos y los finales de las frases se me mezclan como se mezclarían las letras dentro de la caja del Scrabble si me pusiera a sacudirla. No me gusta nada cuando me pasa eso. Balbuceo, me embarullo, y mis amigos me insultan llamándome débil mental. La doctora Hassan dice que los amigos de verdad no te llaman débil mental. También dice que yo no soy débil mental. Dice que incluso es lo contrario.

Dice: Estadísticamente, Abigaëlle, solo un 0,1 % de la gente que vive sobre la faz de la tierra tiene un cociente intelectual igual o superior al tuyo.

También dice: Incluso cuando se es muy inteligente, es peligroso jugar con cerillas.

Lo del cociente intelectual quiere decir que soy una niña muy inteligente, como los pájaros, que son muy sabios, nunca lloran y se pasan el día cantando y volando.

Y no es mucho el 0,1 %.

Intento creer a la doctora Hassan y dejar de pensar que soy débil mental, porque me pone triste, pero algunos días es difícil. Hasta la vecina, la señora Michelez, a veces me da golpecitos en la cabeza mientras murmura (o sea, que habla muy bajo, como cuando se cuenta un secreto) que a saber cuántas niñas habrá ahí dentro, lo que no es más que una manera graciosa y un poco más amable de decir que estoy loca. No me gusta esa palabra. Me da miedo. Prefiero ser débil mental que loca. Sin embargo, la señora Michelez es amable. Siempre invita a mamá a ir a su casa a tomar una taza de té o un chocolate. Me gusta bastante la señora Michelez. Aunque a veces también se le hacen cortocircuitos en el cerebro. Como la vez en que llamó a la puerta en mitad de la noche para preguntar si teníamos hierbas provenzales. No sé por qué, fue gracioso y a la vez también un poco triste. Sobre todo porque no teníamos hierbas provenzales, ya que a papá no le gustaba la manía de mamá de ponerle hierbas a todo. Ni que fuésemos corderos.

Bueno, ya estoy otra vez con lo de irme en todas direcciones.

Voy a centrarme.

Vivimos en Genevigny (que está en Borgoña), en un chalé de una urbanización de alto standing con mi hermano Gabriel y mis padres. Me he olvidado de decir que me llamo Abigaëlle Lemonnier y que tengo siete años, que es la edad en la que se empieza a tener sentido común. Lo de chalé en una urbanización de alto standing es papá quien se lo dice a la gente. Así es como se dice en inglés, pero, en realidad, no es más que una casa entre otras que se parecen mucho, con una carretera que pasa por el medio. Hay geranios en las ventanas y céspedes muy verdes como en el tebeo de Astérix y los bretones. En el rellano del primer piso, en lugar de pared, hay un cristal lleno de colores con árboles y pájaros. Se llama vidriera de ar nuvó. Es mucho mejor una vidriera que una pared. Esta vidriera es mi lugar favorito. Me tumbo en el suelo con mi peluche, que es un conejo y se llama Albert, y miro cómo pasa el sol a través de los árboles y de los pájaros que están pintados en el cristal. Son como rayos de oro entre las hojas de un bosque de verdad. Se ven motas de luz por todo el suelo, por mis manos y por mi camiseta. Es como volar en medio de las estrellas.

Profesión de mi hermano mayor Gabriel: diez años, niño, me da capones.

Profesión de mis padres: mamá es maula. Es lo que dice papá: La maula de vuestra madre. Antes era auxiliar de enfermería, pero lo dejó para hacerse maula después de que yo naciera porque, de todas formas, ganaba lo que se dice una miseria y papá no podía correr el riesgo de que aprovechara para dársela con los médicos de guardia. A papá no se la iba a dar, no. Ahora mamá tiene mucha suerte porque ya no le hace falta trabajar. Está siempre mano sobre mano y se ocupa de nosotros y de la casa. Limpia y cocina escuchando siempre la misma canción. Es una canción que hace llorar. Es en inglés. Yo siento como olas dentro de la tripa cuando oigo esa voz y esa música. Es como una alegría líquida que me corre por los brazos y las piernas. También me pone un poco triste, no sé por qué. Pero, desde luego, es la canción más bonita del mundo, eso seguro.

Después está papá. Es superinteligente. Trabaja en una oficina. Una vez le pregunté cuál era su trabajo, pero al cabo de once segundos me puse a contar las motas de polvo de un rayo de luz porque me encanta hacer eso. Él se dio cuenta de que no le estaba escuchando y entonces se rio y dijo: Anda, vete a jugar. Papá siempre es muy majo conmigo. Nunca me pega. El sábado pasado nos llevó a Gabriel y a mí al cine a ver Solo en casa y nos compró palomitas y helados, algo muy razonable, tal y como mamá le había pedido.

Se pueden hacer muchísimas cosas cuando se trabaja en una oficina. Por ejemplo, el trabajo de la doctora Hassan en su oficina consiste en fruncir las cejas. Y también escucharme mientras le cuento mi vida o agachar la cabeza y mirar los dibujos que hago. Eso es lo que hacen los charlatanes de los psiquiatras, según dice papá. Son todo sandeces de señoritingas, pero es el colegio el que quiere que vaya a ver a la doctora Hassan por culpa de las cerillas, del brazo que me rompí cuando salté del tejado y de otras cosas de mi comportamiento absolutamente inaceptable, ha dicho la directora, pero no tengo ganas de hablar de ellas porque sería demasiado largo de contar y además está empezando a dolerme la mano de tanto escribir. De todas formas, papá sí que tiene un trabajo de verdad. No está todo el día mano sobre mano como mamá cuando limpia la casa, cocina y hace la colada. En la ficha de comienzo de curso, papá me dijo que, para rellenar su trabajo, pusiera directivo. Al pensar en mi padre dando direcciones como un gendarme, pero en la oficina, me puse a reír yo sola en mi mesa y mis amigos me insultaron llamándome tía rara. No sé lo que quiere decir exactamente directivo y me da un poco igual. Papá tiene también un colega en su oficina que se llama el idiota de Lemarchand. No me gusta nada ese idiota de Lemarchand porque siempre está cagándola y eso pone a papá de mal humor. Puedo adivinar si papá está de buen o de mal humor cuando cierra de golpe la puerta del coche. No me gusta cuando está de mal humor. Y a mamá tampoco. Se pone toda blanca. Gabriel no lo sé. Tendré que preguntárselo. De todas formas, el trabajo de papá es muy serio. Gracias a él comemos y subsistimos; de lo contrario esta familia de inútiles estaría durmiendo debajo de un puente a causa de la maula de mi madre. Y entonces no nos haríamos tanto los listos, eso seguro.

Intento ser clara porque lo que pasó es grave. Como dice la doctora Hassan, es esencial (o sea, es muy importante) que reconstruya la sucesión de hechos que nos llevó a este problema de mi brazo roto, cuando me pensé que era un pájaro y salté del tejado. Ahora llevo una escayola. Pero nadie ha querido pintar corazones en ella como hicieron con la de Céline. Y me pone triste. Así que le pedí a Gabriel, que sabe dibujar muy bien porque tiene casi once años, que me dibujara el bosque de la vidriera en la escayola. Es muy bonito, pero yo prefiero los corazones. Los corazones hablan del amor. Y mamá dice que el amor nunca sobra. Yo estoy totalmente de acuerdo. No sé por qué todo el mundo se ríe cuando lo digo.

No siempre me doy cuenta, pero a veces me olvido de las cosas. Bueno, eso es lo que dice la doctora Hassan. Cuando mi cerebro no tiene ganas de comprender algo, lo esconde en lo más profundo de mi cabeza y es como si lo hubiera olvi-

dado. Es la mnesia por el tres posdramático que tengo desde que me caí del tejado. A veces, incluso creo recuerdos nuevos que sustituyen a los otros. La doctora Hassan dice que es como plantar flores en el lugar donde hemos enterrado alguna cosa muy fea o que da mucho miedo. A pesar de las flores, la cosa fea o mala sigue ahí. Enterrar los recuerdos es como ignorar (o sea, no hacer caso) una pequeña herida que necesita que la limpies. Si no lo haces, puede haber una infección que luego se extienda por todo el cuerpo. Cuando pasa eso es muy malo, porque cuanto más profunda sea una infección más peligro habrá. Por eso tuvo que operarse Gabriel de apendicitis. Es como con mi brazo roto. A veces sé por qué salté del tejado. Pero si intento contarlo no puedo porque está enterrado.

La doctora Hassan me pregunta: ¿Es que no puedes o es que prefieres no acordarte, Abigaëlle?

Yo intento responderle, pero me duele la cabeza, no puedo respirar y tengo miedo. Por eso lo entierro y planto flores encima. Son tulipanes. Me encantan los tulipanes.

La doctora Hassan dice que es importante diferenciar entre lo verdadero y lo falso.

Yo no lo veo nada fácil. Es como querer separar las claras de las yemas en una tortilla que ya está hecha.

Mamá ya no hace tortilla con panceta. La última vez papá tiró el plato contra la pared porque él no se ha casado para estar comiendo todos los días tortilla. A mí la tortilla sí que me gusta. Aún hay una manchita de grasa en el papel pintado. Parece Córcega.

La doctora Hassan dice: No es tan complicado; la verdad son los hechos.

La verdad son los hechos.

La verdad son los hechos.

La verdad son los hechos.

La maula de mamá dice que todo va bien. Que no hay que preocuparse. Que lo esencial es quererse. Pero a veces también dice: Esto va a terminar mal.

A mí también me gustaría ser maula cuando sea mayor. Y, si no, bibliotecaria, porque me encanta leer; o quizá también una charlatana de psiquiatra, como la doctora Hassan. No estaría nada mal, porque así tendría amigos que vendrían a hablar conmigo a mi oficina. De todas maneras, cuando sea mayor, siempre me portaré bien con los débiles mentales y los locos como yo, porque sé que no tienen amigos y eso los pone tristes.

Nos llaman a la mesa. Voy a ir ya porque si no papá se va a enfadar y lo más importante de todo es no enfadar a papá.

ABIGAËLLE
Ahora

Dada la precisión con la que voy a relatar ciertos acontecimientos que me han contado a mí, podría creerse que me los invento un poco. Sin embargo, todo lo que expondré aquí es verdad. Estoy casi segura de ello; digamos que en un 90 %. Lo único que haré será añadir en algunas partes un poco de carne poética al esqueleto frío de los hechos con el fin de captar mejor vuestra atención. De todas formas, mi objetivo a día de hoy es lograr desenterrar la verdad sin dejarme llevar demasiado por la imaginación. Entreveo, desde luego, la posibilidad de un nuevo drama, sobre todo desde que el único tema de conversación de mi hermano durante sus visitas bimensuales al convento se resume en tres letras: Zoé. La primera vez que Gabriel pronunció ese nombre fue como un mal presagio, como si hubiera venido a posárseme en el hombro un cuervo de sombrías plumas. El otro día, en el momento en que se marchaba para volver con ella, estuvo casi a punto de sonreír. Aún me cuesta creerlo, pero os prometo que es verdad.

Precisión: el nombre completo de Zoé es Zoé Boisjoli.*

* *Bois* es «bosque» en francés y *joli* puede traducirse como «bonito» o «hermoso». *(N. de la t.)*

Sería difícil no acordarse de un apellido tan obviamente encantador, sobre todo conociendo la fobia que tiene mi hermano a los bosques y los árboles. Durante mucho tiempo después del entierro, la sola idea de la primavera o la visión de un brote podía provocarle ataques de pánico terroríficos.

Gabriel nunca me había hablado tanto de una relación amorosa. Por mucho que quiera dar a entender que, como es habitual, no se trata de nada serio, yo noto, tras su necesidad de contarme con todo detalle la vida de esta chica, la inquietante fascinación que ejerce sobre él. Incluso la ha dibujado varias veces. Lo cierto es que Gabriel nunca ha dibujado más que las cosas que lo obsesionan (nuestra infancia y yo), las cosas que lo aterrorizan (los bosques, los árboles) y las cosas que no puede explicar (Zoé).

En toda lógica, el destino de Zoé y el de mi hermano nunca habrían debido cruzarse. Al ser consecuencia de una avería de señalización en la línea B del cercanías de París, su encuentro fortuito puede añadirse a la larga lista de circunstancias imprevistas imputables al sistema de transporte público parisino. Zoé, que debía encontrarse con su mejor amiga Sofiane para desayunar en el VII distrito, llegó una hora y media tarde. Sofiane, que tenía una reunión para presentar un presupuesto a las dos de la tarde, no había podido esperarla. Como era una época de vacaciones escolares y Zoé es profesora de primaria, decidió aprovechar su libertad para pasear por ese barrio de París tan bonito. Zoé es el tipo de persona que sabe identificar una oportunidad allí donde la mayoría de la gente no ve más que un golpe fatal de mala suerte.

Sorprendida por una lluvia fría e intensa, entró en una

librería minúscula de un rincón de una calle adoquinada. La puerta se cerró tras ella con el tintineo de una campanilla, y Zoé se paró en seco al cruzar su mirada con la de una niña pequeña que, de medio perfil, la escrutaba con ojos inmensos, uno verde y otro marrón. A la niña le cubría la espalda una avalancha de plumas azules y era difícil discernir si se trataba de una capa, de unas alas replegadas o nada más que de la continuación de su largo cabello rubio. En el hombro derecho tenía posado un pájaro diminuto de color turquesa con un pico rojo muy fino. Un colibrí. La mirada de la niña era tan vívida que Zoé tardó unos segundos en darse cuenta de que estaba ante el cartel de la promoción de un libro. Leyó el título, impreso en letras plateadas: *Las trágicas desventuras de Abi Colibrí.* Arriba, el autor: Gabriel Mancini. Zoé no había oído nunca hablar de mi hermano, a pesar de que tiene cierta fama en el mundillo del arte. Intrigada, cogió el libro. Se trataba del mayor éxito de Gabriel en ese momento: la última entrega de su premiada saga, inspirada en mí (aunque nadie lo sepa). Es la historia de una niña pequeña que atraviesa espejos o tapas de alcantarilla en bosques fantasmagóricos poblados de criaturas misteriosas medio mujeres medio flores, de muñecas tuertas, medusas de gesto tierno e incluso (mi personaje preferido) una Cleopatra con ojos bordeados de mariposas azules. Zoé fue pasando las páginas, subyugada. La belleza sombría e inexplicable de aquellos textos y sus ilustraciones la asaltó de lleno. Ningún libro, película ni concierto, ni ninguna pintura que hubiera visto en el Louvre o en el museo de Orsay, había tenido sobre ella un efecto semejante a aquellas imágenes, salidas directamente de la mente torturada de mi hermano mayor. Se puede pensar lo que se quiera de Gabriel como persona, pero su talento de artista es inmenso. Es un hecho. En varias ocasiones se ha dicho en programas y en periódicos muy serios que sus pinturas, sus dibujos y sus historias son sublimes. A veces se lo compara con Dalí o con Magritte. Sabe evocar la infancia en toda su inocencia y su brutalidad. A partir del lodo nauseabundo que enfangó nuestros primeros años de vida, él aprendió a crear poesía. Era una cuestión de supervivencia. A Zoé no se le pasó en ningún momento por la cabeza que un mundo imaginario tan rico y singular no pudiera provenir nada más que del sufrimiento y el caos, claro.

Salió de allí con el libro y en los días siguientes compró la colección entera de los *Abi Colibrí* y, después, todo lo que Gabriel había escrito o ilustrado a lo largo de su carrera, como los cuentos de Perrault y de Andersen, obras de Edgar Allan Poe, de Hitchcock, las novelas de las hermanas Brontë, las leyendas árticas... Zoé no es muy rica, pero a las cosas y a las personas no las sabe querer a medias.

La contemplación de esos universos góticos, esos bosques profundos y neblinosos, esas ciudades submarinas o esos castillos de hielo le causaba una fascinación infantil. Y eso que a veces experimentaba la necesidad violenta de coger a la pequeña heroína de la mano y llevarla lejos de aquellos lugares malditos, hacia la luz y la alegría que deberían inundar la vida de cualquier niño. Por esa razón, me gustó enseguida Zoé, mucho más de lo que habría sido razonable.

Zoé no había buscado nunca a Gabriel Mancini en internet. Para ella, un escritor (e ilustrador y pintor, como en su caso) era o bien alguien muy mayor o bien estaba muerto o, como mínimo, habitaba en esferas misteriosas e inaccesibles al común de los mortales. Así que se sorprendió mucho cuando la llamó la dueña de la librería donde había comprado la obra completa de Gabriel, de quien se había hecho amiga (Zoé se hace amiga de todo el mundo), y le ofreció una entrada para la adaptación de *Abi Colibrí* en el teatro, con la asistencia de su creador.

—He ganado la entrada en un concurso de la editorial —le explicó—. Me encanta Gabriel Mancini, pero es que esa noche es el espectáculo de boxeo tailandés de mi hija mayor y no puedo faltar.

Zoé, abierta como siempre a todas las posibilidades que le ofrece la vida, aceptó la entrada y se fue al teatro. Llegó en el momento en que se subía el telón, justo antes de que la sala se sumiera en la oscuridad. No le gustó el primer acto. En el entreacto se sirvieron copas de champán y pastelitos minúsculos en bandejas de plata. Como Gabriel no había juzgado oportuno acudir al estreno de la adaptación de su libro, el productor respondió en su lugar a las preguntas de los defraudados espectadores. A Zoé le había decepcionado la obra, que no estaba a la altura de los libros, y no se sentía en su elemento. La vida era demasiado corta como para perder el tiempo en cosas de las que no disfrutaba, así que se marchó.

Había caído la noche. Las aceras húmedas relucían a la luz de las farolas. Había un hombre junto a la entrada del teatro. No voy a mantener inútilmente el suspense: como podréis imaginar, era mi hermano, aunque Zoé no tenía modo alguno de saberlo, claro. Gabriel fumaba un cigarrillo en la penumbra y llevaba abierto el largo y elegante abrigo negro, a pesar de que hacía frío. Ella no le prestó atención y sacó el móvil para localizar la parada de metro más cercana.

—¿No se queda para el último acto?

Zoé levantó la cabeza, sorprendida. Le sonrió. (Zoé sonríe a todo el mundo).

—Me gustan mucho los libros, pero la adaptación me ha decepcionado.

Siguió un corto silencio durante el que Gabriel la examinó con curiosidad.

—Pero es bastante fiel a la obra original, ¿no?

—Yo creo que no.

—¿En qué es diferente?

Ella frunció el ceño.

—Es muy lúgubre. Me recuerda a las películas de Tim Burton.

Apoyado en la pared, Gabriel exhaló al aire húmedo una voluta de humo mientras trataba de mantener la compostura. Como muchos artistas, sufre a la vez de un ego desmesurado y una inseguridad enfermiza, mezcla paradójica que se traduce en una susceptibilidad extrema a cualquier opinión sobre sus creaciones que no sea elogiosa. Demasiado orgulloso para reconocer que pudiera afectarle el comentario inofensivo de una persona cualquiera como Zoé, se contentó con responder fingiendo indiferencia.

—Usted no es realmente el tipo de público al que se dirige *Abi Colibrí*.

—Soy maestra de escuela y he trabajado con los libros en clase, en concreto el del encuentro del personaje con Alicia en el País de las Maravillas, que me parece extraordinario.

—Quería decir que usted ya no es una niña. En general a los adultos no les gusta Abi; no la comprenden.

—Ah, ¿no?, ¿por qué?

De nuevo mi hermano volvió la cara para mirarla, y esa vez ella se fijó en el color de los ojos de Gabriel, de un azul muy claro y frío a la luz blanquecina de las farolas.

—Porque los libros son igual de «lúgubres», como dice usted, que la obra. A los adultos la soledad de Abi les incomoda. No hay ninguna moral en su historia. Ella miente todo el tiempo y sus mentiras no tienen consecuencias, o prácticamente ninguna; los pocos adultos que la rodean son, en el mejor de los casos, indiferentes, y en el peor, malvados; y siempre salen impunes.

Zoé se encogió de hombros.

—Los libros son oscuros, pero no lúgubres.

—Lúgubre, oscuro: es parecido.

—¡En absoluto! —exclamó ella con vehemencia—. No ha comprendido nada y, al igual que esta adaptación, desnaturaliza la intención del autor. Lo oscuro deja abierta la posibilidad de volver a la luz, porque la oscuridad solo existe por contraposición a la claridad. Lo lúgubre es lúgubre, sin más. En la historia de Abi hay una dulzura que siempre la lleva al lado oscuro.

La situación tendría que haber molestado a Gabriel, pero, curiosamente, le divirtió la pasión con que aquella desconocida defendía su obra. Alzó una ceja con gesto irónico.

—¿Puede citarme algún ejemplo?

—Es algo que se siente —afirmó Zoé con convicción—. La luz está por todas partes, al alcance de la mano, como en la vida, y Abi nunca deja de tener esperanza. Ella sabe que acabará por salir del bosque maléfico y que todo terminará bien.

Con el cigarrillo colgándole de los labios, Gabriel examinaba a Zoé fascinado, como si tratara de comprender algo que se le escapaba. Entonces se abrió la puerta del teatro y asomó la cabeza de una mujer de unos cuarenta y tantos años, pelo muy corto y gafas de gruesa montura de carey.

—¡Gabriel, por fin! Va a empezar la segunda parte. ¡Te recuerdo que se suponía que ibas a responder a las preguntas de los fans en el entreacto!

Gabriel se separó de la pared y se enderezó con aire despreocupado.

—Es justo lo que estaba haciendo.

La mujer del pelo corto levantó la vista al cielo. Después la llamaron desde dentro y desapareció de la puerta.

Zoé se tapó la boca con las manos. Se había sonrojado.

—¡Es usted Gabriel Mancini! Lo siento, espero no haberlo ofendido...

Él se encogió de hombros y aplastó la colilla con el talón.

—No. Pero parece usted sorprendida... ¿Me imaginaba de otra manera?

—Si quiere que le diga la verdad, lo creía un señor mayor, poco atractivo y mal vestido.

Y prorrumpió en carcajadas.

Su risa franca y alegre echó a volar al aire nocturno con la ligereza de una nube de mariposas de colores y, por unos instantes, en el rostro de Gabriel se reflejó el estupor. Zoé acababa de encender una cerilla en la noche fría en la que habitaba mi hermano.

—Tiene sentido —respondió al cabo de un momento—. Así seré, desde luego, en un futuro próximo... Buenas noches.

Entró en el teatro, donde la mujer de gafas lo esperaba tecleando en el móvil. Pero Zoé no iba a perderse una ocasión semejante. Siguió a Gabriel y, acercándose a él, le puso la mano en el brazo.

—¿Vendría usted a ver a mis alumnos? ¡Les gustan tanto sus libros! Entiendo que ciertos autores hacen encuentros o talleres en los colegios y...

—Soy la encargada de relaciones públicas del señor Mancini —terció la mujer de gafas con tono seco—. Está muy solicitado y no acepta entrevistas. Y menos aún en el ámbito escolar.

Gabriel levantó la mano para interrumpirla y ella sacudió la cabeza con exasperación antes de alejarse, como si esa escena se hubiera producido ya cincuenta veces con otras cincuenta chicas en cincuenta ocasiones, lo que, dicho sea de paso, no era el caso. Entre los numerosos defectos de mi hermano no está el de ser un mujeriego. Dudó mientras examinaba a Zoé con mirada impasible. Después, obedeciendo a un impulso que no era propio en él, le cogió de las manos el programa del teatro. Sus pieles se rozaron y, por los dedos entumecidos de frío, le subió una minúscula descarga de calor. Sacó un rotulador del bolsillo interior y garabateó su número de teléfono en el papel satinado.

—Nunca hago encuentros escolares, pero si quiere tomar algo una tarde de estas para hablar sobre la futilidad de mi adaptación o explicarme en qué aspectos no comprendo mi propia obra, llámeme.

Zoé Boisjoli lo llamó esa misma tarde, por supuesto.

CONSULTA DEL DR. GARNIER

Un viernes a las 17.00 h

—Le recuerdo que todo lo que diga aquí es estrictamente confidencial, señora Boisjoli.

—...

—Aún no ha respondido a mi pregunta.

—¿A cuál?

—¿Le había levantado ya la mano su pareja, o era la primera vez que le pegaba?

—Es... Sí... Es verdad que puede... que puede dejarse llevar por la ira.

—¿Y eso significa...?

—Pues... que pierde a veces el control... que no sabe lo que hace. Se le puede escapar una bofetada... Pero, de verdad, no es lo que usted cree... Yo... Nosotros... Lo nuestro es diferente. Nos queremos con locura, ¿sabe?

CUADERNO DE ABIGAËLLE, EXTRACTO
1990

Se supone que la gente piensa una sola cosa a la vez. A mí eso me parece increíble, pero será verdad, no digo que no. En mi caso, por mi cociente intelectual, pienso en todo a la vez. Es como si hubiera un árbol creciendo en mi cabeza: el árbol de mis pensamientos. Brotan nuevas ramas en todos los sentidos, a veces al mismo tiempo. Tengo tantas ideas que ya no comprendo nada. A veces las ideas van demasiado rápido en lugares muy oscuros y no las puedo contener. En lugar de pensar en las cosas bonitas y en todo lo que va bien en la vida, pienso en lo que es feo: las guerras, las enfermedades, los puerros a la vinagreta, la muerte. Y entonces caigo en la tristeza, igual que cae una piedra en el fondo de un pozo.

No me gusta nada que pase eso. Nadie puede consolarme de esa pena que me entra. Ni el peluche Albert ni Gabriel ni mamá ni papá, porque esa tristeza existe solo en mi cabeza, no fuera. Pero igualmente hace daño.

La doctora Hassan dice que voy a aprender a no preocuparme y a evitar que pase eso, porque juntas vamos a conseguir ordenar mi cerebro, y todo irá bien. Eso es lo que más me gusta: oírle decir que todo irá bien. Porque cuando mamá dice que todo irá bien, yo no creo que sea verdad. Pero como para la doctora Hassan la verdad es muy importante, a ella sí que la creo.

La doctora Hassan me ha preguntado si Gabriel me tiró del tejado. Le he dicho que no, que Gabriel me fabricó unas alas con papel higiénico, alambre y cinta adhesiva para que pudiera volar como un pájaro, no para que me rompiera el brazo. Me ha molestado que me preguntara eso. No sé por qué. Así que me he tumbado en el rellano, junto a la vidriera, para escribir en mi cuaderno que me ha molestado esa pregunta. Aunque luego ella a lo mejor lo lea. Después, me he sentido mejor. Es gracias a la vidriera. En ella está todo lo que me gusta: los árboles, el cielo y los pájaros. Me gustaría vivir en el cielo y mirar a la gente desde lo alto, y que cuando las cosas fueran mal pudiera echar a volar.

El cielo sería mucho mejor que el armario de la caldera. Pero cuando Gabriel me encierra en el armario de la caldera, no hay vuelta de hoja, que quiere decir que no puedo discutir y que tiene que ser ya. Si no, él se enfada, y no quiero que Gabriel se enfade conmigo como papá con mamá. Me pone triste. Como cuando Gabriel aplastó un caracol y yo me eché a llorar. En realidad, no lo hizo aposta, así que lo enterramos al pie del manzano.

A veces me gustaría hablarle del armario de la caldera a la doctora Hassan. Pero no puedo hacerlo. Es un pequeño secreto que tenemos Gabriel y yo. Cuando estoy allí escondida, nadie puede encontrarme. No me gusta mucho; no huele muy bien y es demasiado pequeño para ponerse de pie, así que es incómodo. Antes y después de meterme allí, Gabriel me da un capón y no puedo salir si él no viene a buscarme.

El juego es así. Y si se lo cuento a alguien, aunque sea a mamá o a papá, ya no será un secreto, y entonces el monstruo vendrá a por mí y me destrozará con sus largas garras y me comerá. Gabriel conoce al monstruo. Yo le creo porque él es mayor, tiene once años. Dice: Es nuestro pequeño secreto. Así que yo no se lo cuento ni siquiera a papá y a mamá.

Es normal. Todos tenemos pequeños secretos. Por ejemplo, no puedo hablarle a la doctora Hassan de cuando papá se enfada. Eso es muy importante. Al principio, cuando el colegio quiso que fuese a la oficina de la doctora Hassan por haber saltado del tejado y porque me gusta ver cómo arden las cerillas, papá me habló muy tranquilo. Me explicó que la señora Dujardin (es mi profesora, pero papá no la llama señora Dujardin. Dice: La estúpida de Dujardin) me obliga a ir a ver a esa charlatana de psiquiatra para que luego venga gente a llevarme lejos de mi familia. ¿Quiero yo cambiar de familia? ¿No ver nunca más a mamá y a Gabriel? No. No quiero. Quiero mucho a mamá y a Gabriel, y a papá también cuando me da mimos porque soy su querida Abi la guapa y me compra pegatinas de Los rescatadores en Cangurolandia.

Tengo que acordarme de que aunque la profesora o la doctora Hassan sean amables, no son amigas de verdad. Están fingiendo. Es por eso por lo que insulté a la estúpida de la señora Dujardin.

La directora dijo que ese comportamiento es inaceptable y que soy una niña muy pertrubada y tengo que ir a que me vea alguien. Al final no es alguien cualquiera, sino la doctora Hassan. Porque, aunque me ve mucha gente todo el tiempo, no es para nada lo mismo que si me ve una charlatana de psiquiatra.

Y es verdad que cuando la charlatana de psiquiatra me mira mientras me habla, con esas cejas que parecen oruguitas grises muy lindas y esa sonrisa tan amable, siento como si me brillara el sol dentro de la tripa. Me digo que todo irá bien porque la vida es bonita. Es la tía Pauline la que dice siempre eso, que la vida es bonita. Pero, bueno, a mí me parece que depende de para quién: la vida no es igual para todas las personas.

Ahora, cada vez que voy a ver a la charlatana de psiquiatra, papá me pregunta: ¿De qué habéis hablado? Porque no tengo que andar contando por ahí las historias familiares y a nadie le importa lo que pasa en nuestra casa. La gente debería meterse en sus propios asuntos y cada mochuelo a su olivo.

Me encantaría tener un mochuelo. Si tuviera una amiga mochuela, la llamaría Roberta porque aunque no sea un nombre genial para una humana, para una mochuela sería muy chulo.

A papá le respondo: Donde la psiquiatra he hecho dibujos, le he contado que monté en bici el domingo, que comimos crêpes y que quiero mucho a mi padre, a mi madre y a mi hermano mayor.

No le he dicho a papá lo de este cuaderno donde escribo. Porque eso es solo para mi intimidad. Tampoco que creo que al final la doctora Hassan sí que es un poco amiga. Quiero que esté contento. Lo más importante es no hacerlo enfadar, como dice mamá. Si no, esto va a acabar mal.

Le digo a papá que no le he hablado a la doctora Hassan de las peleas y él dice: Muy bien, eres mi princesita. Has salido a tu padre en lo inteligente que eres. Vas a ser la primera mujer que pise la Luna. Vas a ser el tipo de persona a la que llamen para salvar el mundo si llega el apocalipsis (que significa el fin del mundo). No sabes lo orgulloso que estoy de ti.

Esas palabras son igual de buenas que la galleta rellena de fresa que me da después. A veces, cuando he respondido bien, hasta hace bromas durante la cena, le dice a mamá que qué rico está el guiso y le pregunta qué es. Y mamá sonríe como cuando escucha la canción más bonita del mundo.

Así que para que los cuatro estemos contentos, para que papá no se enfade, me invento historias en la oficina de la doctora Hassan. Y me invento historias sobre los otros niños del colegio cuando hablo con Gabriel y con mamá.

La doctora Hassan dice: Vale, Abigaëlle, pero todo eso no nos dice por qué saltaste del tejado o por qué sigues jugando con cerillas a pesar de que en el cole está prohibido.

Yo le digo: Lo siento, no me acuerdo, es por la mnesia, que es muy dramática.

Ella me cree y, al sonreír, las cejas se le suben de una forma muy simpática.

Lo que está bien de las historias bonitas es que cubren de belleza las cosas feas, como si envolvemos con un papel de regalo dorado una caca gorda de perro. Después podemos hacer como si creyésemos que dentro hay un regalo superchulo.

ABIGAËLLE
Ahora

Sor Marie-Clotilde se ha pasado a verme al amanecer, justo después de que la campana llamara a laudes. Sospecho que solo me visita los días en que le toca la tarea del desayuno, pero no se lo reprocho. El olor de las gachas inmundas que se sirven en el refectorio le da náuseas. Tengo que hacer la precisión de que sor Marie-Clotilde se llamaba antes Jennifer Moutard y que entre los veinte y los cuarenta y cuatro años fue *stripper* en un bar de Pigalle con el sobrenombre de Sexy Jenny. Durante años y años se acostaba a la misma hora a la que tiene que levantarse desde que está en el convento. No se le puede reprochar, por tanto, que no sea una persona mañanera. Me gusta bastante sor Marie-Clotilde, alias Sexy Jenny. Me gusta que se haya rebautizado con nombre de reina. Desde luego, es más alegre que elegir el de una santa martirizada y torturada a los quince años como hizo sor Blandine, cuya fascinación por el dolor me horripila. Si hay una cosa de la que esté segura es de que no hay nada, absolutamente nada glorioso en el sufrimiento humano.

Me he dado perfecta cuenta de que sor Blandine solo se ocupa de mí cuando la obliga el horario o para que le sirva de consuelo el hecho de que haya personas más infortunadas que ella en el mundo. Estoy segura de que también piensa que estoy loca. De todas formas, la locura es relativa. Os recuerdo que, no hace tanto tiempo, los locos eran los que creían que la Tierra era redonda. Es cierto que a veces mi cerebro hace asociaciones improbables que podrían desestabilizar a las personas de mente cerrada. Bajo mi cráneo, las ideas crecen como una red negra e inmensa de ramas atormentadas que se recortan contra un cielo blanco de invierno. Cuanto más lejos están del punto de partida, más delicado es para mí controlar el complejo trazado de las ramificaciones, que, al desdoblarse y multiplicarse, forman un mapa demasiado denso para resultar comprensible. Sin embargo, hoy por hoy, tengo dominada la situación. Reprimo el árbol que me crece dentro de la cabeza con la tapa de un cubo de basura, que vibra cuando las ramas empujan e intentan salir, pero resiste. Asfixio mis ideas como si fueran una camada de gatitos dentro de un saco hasta que no quedan más que embriones abortados de pensamientos y retazos de recuerdos. Seguramente es eso lo que explica mis lagunas mentales. Sin duda, todo esto os parecerá extraño, pero no es locura, no tiene nada que ver. Y, además, he hecho voto de silencio. Llevo veintisiete años sin pronunciar una sola palabra. ¿Cómo podría estar loca una persona que no habla?

Sor Marie-Clotilde nunca me juzga. Con su voz de fumadora de Gauloises sin filtro, me cuenta chistes totalmente fuera de lugar riéndose por lo bajo y suele poner a Dios a caldo por el estado desastroso del mundo. Me encanta verla andar con sus alpargatas usadas, pero haciendo oscilar las caderas como si siguiera llevando zapatos de lentejuelas con tacones de quince centímetros. Cuando, por acto reflejo, cruza las piernas al sentarse, o arquea el torso para que destaquen sus pechos de silicona, a mí me encanta en la misma medida en que a la madre superiora le entra el pánico y abre los ojos como platos. Es también una de las pocas personas, junto con mi hermano, que se molesta en dirigirme la palabra a pesar de mi voto de silencio. Cuando se va de mi lado suele decirme:

—Abigaëlle, pequeña mía, ¡no te preocupes, que yo rezo por ti todos los días!

Aunque sus oraciones sean de lo más ineficaces, cuando viene a verme me siento un poco menos sola.

Pero volvamos a mi hermano y, sobre todo, a Zoé Boisjoli.

Gabriel me dio enseguida profusos detalles sobre Zoé. En poco tiempo estuve enterada de las particularidades más mínimas de la vida de esta joven sin haberla conocido nunca y sin que ella supiera nada de mí, salvo las mentiras que mi hermano ha debido de contarle.

Para simplificar, diré que Zoé Boisjoli es todo lo que no es Gabriel, y viceversa. Nada los predestinaba a enamorarse, y reconozco que lo improbable de su amor no está desprovisto de poesía. Quizá constituya una ley fundamental del universo que la luz y la oscuridad cedan siempre a la tentación de fundirse la una en la otra. Sea como sea, enseguida vi en Zoé un medio radical de alejar a Gabriel de mí, perspectiva que por sí sola iluminaba mis días.

Pero ¿quién es verdaderamente Zoé Boisjoli? He aquí lo que os puedo decir: cuando era pequeña, en su cartilla de salud, las crucecitas siempre figuraban en la parte media de la curva del papel milimetrado. Siempre estuvo en el término medio tanto en peso como en estatura, en los resultados escolares, en el número de pie o en las capacidades deportivas o musicales. Proviene de una familia de clase media: sus padres, Julie y Rémi Boisjoli, son franceses medios que parecen haber criado bastante bien a sus dos hijas, con mucho amor, debates y apertura de mente; el tipo de padres que deciden darles alas a sus hijos en lugar de cortárselas. La hermana de Zoé se llama Aline. Con el intervalo de dos bajas por maternidad, Aline es directora de marketing del principal grupo de cosméticos francés. Ya retomaré más tarde a Aline, cuyo papel en esta historia ha tomado una importancia que no había previsto. Por el momento, trataré de centrarme en lo esencial.

Zoé fue una niña y después una adolescente soñadora y seria, sin cometer nunca el error fatal, a diferencia de su hermana, de alimentar grandes ambiciones. De pelo castaño, media melena y ojos color avellana, no llama la atención sin maquillaje, y resulta atractiva cuando se arregla para salir de noche con sus amigos. A primera vista, no hay en ella nada destacable, salvo cierto sentido del ritmo cuando baila y una amabilidad muy marcada. Sin embargo, tiene un talento innato, poco común y de valor inestimable, del que sus interlocutores no son conscientes hasta que han pasado varios minutos hablando con ella, y que cogió a Gabriel por sorpresa: desde pequeña, Zoé domina a la perfección el arte de la alegría. Ama la vida con pasión, quizá porque estuvo a punto de morir al nacer: salió azul del vientre de su madre, con el cordón umbilical enrollado al cuello, e hicieron falta varios minutos para reanimarla. Valora cada instante como si fuera la última cucharada del mousse de chocolate del cuenco. Comenzó a reírse dos semanas después de su llegada al mundo y pasó la mayor parte de su infancia en estado de hilaridad, como si su paso por la Tierra no fuera sino una larga sucesión de bromas, cada una más graciosa que la anterior, con exploraciones y descubrimientos formidables intercalados.

Lo que impresionó a Gabriel fue esa capacidad de Zoé de estar alegre no gracias a las circunstancias externas, sino a pesar de ellas, aptitud de la que él carecía por completo, claro. Para Zoé, la alegría no es un estado temporal o un sentimiento. Parece que es una característica de su persona, inscrita en su ADN al mismo nivel que el color del pelo o el lunar que le adorna el extremo izquierdo del labio superior.

La alegría desborda en cada uno de sus gestos, en cada una de sus sonrisas; fluye a su alrededor como una lluvia tibia en una noche de verano. Zoé ve llenos los vasos que están tres cuartas partes vacíos y el lado bueno de cualquier situación por muy catastrófica que sea, y sabe identificar las escasas cualidades de las personas más siniestras. No ignora el estado apocalíptico del mundo, las guerras, la pobreza, el individualismo y el calentamiento global, pero se maravilla tanto de la suerte increíble que le ha tocado de tener un techo bajo el que cobijarse, de vivir en un país en paz y de gozar de buena salud, que cada uno de sus días es para ella un regalo único y preciado. No hay problema sin solución; los fracasos no son más que etapas que nos van acercando al éxito, y, como el tiempo cura todas las penas, ninguna infelicidad es permanente. Cuando la abuela de Zoé observaba la manera en que su nieta hacía aflorar sonrisas y ternura en las caras más serias, siempre murmuraba: «Pequeña, has nacido con el manual de instrucciones incorporado; tú comprendes verdaderamente la vida».

Sin embargo, no vayáis a creer que en la existencia de Zoé ha sido todo siempre fácil. Como cualquier persona, ha tenido derecho a su ración de dramas y traumas. A los quince años, por ejemplo, cuando iba en bici al colegio, ensimismada, cerrando los ojos mientras aspiraba con delectación el aroma de los jazmines en flor, la mente ocupada por el chico al que había besado por primera vez el día anterior, la atropelló un camión de reparto de Leroy Merlin. Pasó tres días en coma y los dos años siguientes en silla de ruedas. El chico rompió con ella por mensaje de texto, limitándose a dictar al Nokia 3310 unas breves palabras. Al parecer, aliviar el corazón herido de Zoé no le pareció razón suficiente para superar el límite de ciento sesenta caracteres de su plan telefónico, más allá del cual habría tenido que pagar por un segundo SMS. Ni siquiera fue a verla al hospital.

Zoé habría podido amargarse, quedar gravemente traumatizada por esta experiencia, perder la fe en la humanidad, hundirse en la depresión, vivir con el terror permanente de que pudiera volver a ocurrirle algo semejante o lamentarse el resto de su vida por haber pasado una parte nada despreciable de su adolescencia incapaz de moverse sola. Sin embargo, tremendamente agradecida por estar viva cuando podría haberse muerto, se tatuó «La vida es bella» bajo el omóplato y siguió adelante con fuerzas renovadas.

Otro ejemplo. A los diecinueve años le diagnosticaron una malformación congénita poco común en las trompas de Falopio, asociada a un problema hormonal. El ginecólogo fue categórico: la probabilidad de que el cuerpo le produjera un ovocito viable que descendiera por las trompas obstruidas y llegara a implantarse en el útero era de una entre mil. O quizá de una entre diez mil. Como todo lo que era triste, Zoé se había olvidado de los detalles cuando le contó a Gabriel esa historia. Una cosa era segura: ella, que cuidaba de forma desinteresada de todos los niños del barrio, que les hacía crêpes en la fiesta de la Candelaria y les enjugaba las lágrimas sin jamás minimizar sus penas infantiles, nunca se quedaría embarazada. Esa vez no supo esquivar del todo el embate de la desesperación. Estuvo varios días afectada, llorando por lo que no ocurriría. Después cogió un papel y un lápiz e hizo una lista de las ventajas de la triste situación: reglas casi inexistentes; una vida con tiempo para viajar; no tener que usar medios anticonceptivos ni cambiar pañales ni pasar por las fatigas de la maternidad; la posibilidad de seguir dedicando eternamente horas de voluntariado los fines de semana a oenegés de ayuda a los más desfavorecidos. En resumen: el derecho a la despreocupación y la libertad perpetuas...

Apoyándose en ese argumentario, encajó y aceptó su infertilidad como la única carta mala que le había tocado en el gran póquer de la vida y que, no obstante, tenía el mérito de haberle revelado su vocación: tras el diagnóstico fatídico del ginecólogo, Zoé decidió hacerse maestra de escuela. Para ella, la profesión más bonita del mundo. Con discreción, día tras día, en su pequeña escuela primaria del extrarradio, armada de su gentileza, su perseverancia y su optimismo, forma parte de ese conjunto de profesores que marcan de verdad la diferencia y de los que la gente se acuerda toda la vida. Sus alumnos le profesan una adoración que raya en el misticismo y nada hace más feliz a Zoé que sus risas, las manitas pegajosas que vienen a anidar en la suya, y los dibujos y demás creaciones indeterminadas de pasta de sal que los niños le regalan habitualmente. Estas obras, que ella nunca se ha decidido a tirar, se acumulan en su minúsculo ático abuhardillado de dos habitaciones de la *rue* de Paradis, reconvertido en museo de artes infantiles.

Desde los dieciocho años, Zoé, haciendo gala de su entusiasmo por la vida, pasa los veranos recorriendo tierras lejanas con la mochila a la espalda. Nunca ha sabido rechazar la posibilidad de conocer a alguien, embarcarse en una aventura o hacer un descubrimiento. El imaginario de Gabriel la atrajo irresistiblemente, como si se tratara de un nuevo país que explorar. Cayó rendida a sus pies como se cae la gente por las escaleras: sin advertirlo.

Es imposible no querer a Zoé Boisjoli. Cuando entra en una estancia, el mundo se ilumina. Yo quería evitar a toda costa que sufriera por culpa de mi hermano. Sin embargo, no podía evitar pensar que ella era la única que podía cambiar a Gabriel. Por eso quise que su historia funcionara, que el amor triunfase sobre todas las cosas, sobre el lado oscuro de mi hermano, sobre su ira, sus neurosis, sus fobias y sus episodios depresivos y, por encima de todo, sobre nuestra infancia. Yo soy así, tengo fe en la humanidad, quiero creer en milagros. Es mi mayor defecto.

CONSULTA DEL DR. GARNIER

Un viernes a las 17.00 h

—¿Señora Boisjoli?

—¿Sí?

—Buenas tardes. Ya es su turno, sígame.

Mi nueva paciente se levanta, me sonríe. Una sonrisa bonita que parece sincera y que además me recuerda a Coralie, mi hija, que precisamente me llamó desde Sídney la semana pasada. Su pareja es de Australia y me anunció que iban a casarse. Aunque estoy muy feliz por ella, una parte de mí esperaba que no eligiera irse a vivir al otro extremo del mundo. En fin, no puedo decir que no me lo esperase. De pequeña Coralie quería ser pirata y se pasó la infancia marcando con chinchetas en el mapamundi de su habitación todos los países que soñaba con visitar. Aun sin haber sido psiquiatra, tendría que haber captado el mensaje...

La mujer que invito a entrar en mi despacho debe de tener unos pocos años más que mi hija. A primera vista su aspecto es tranquilo; parece simpática y segura de sí misma. Me pidió una cita por correo electrónico hace más de dos semanas. Quería que la recibiera a toda costa un viernes a las cinco de la tarde. Estaba muy ocupada y era el único tramo horario que tenía disponible. Traté de redirigirla a Déborah, con la que comparto la consulta, porque ya no trabajo más ni los viernes ni después de las cinco. Déborah acaba de empezar su carrera y, al contrario que yo, bulle de energía, ha desbordado de folletos mi pulcra sala de espera y está deseando poner en práctica ideas modernas más o menos absurdas. Yo, a solo unos pocos meses de jubilarme, tengo mejores cosas que hacer que aceptar pacientes nuevas que confunden mi consulta con un salón de manicura.

—Puede sentarse.

Cierro la puerta tras ella, que duda.

—¿En el sofá?

Le sonrío con amabilidad. Quizá no tiene tanta confianza en sí misma como parece.

—Donde usted prefiera.

Después de mi correo pasaron dos semanas y ella no pidió cita con Déborah. Entonces, esta mañana, después de sacar a Sigmund y Carl, mis dos bichones malteses, le escribí diciéndole que al final estaría hoy en la consulta y que la atendería a las cinco de la tarde. No sé por qué lo hice. Tuve la intuición de que podría tratarse de algo grave. En fin, para ser sincero, al verla ahora con esa sonrisa y ese vestido de flores como de muñeca de porcelana, creo que he cometido un error. Seguramente se trate de una parisina que trabaja demasiado y que estaría mejor atendida por alguien de su generación. Ya la remitiré de nuevo a mi colega al final de la sesión. Estoy seguro de que se entenderán a las mil maravillas y de que podrá pedir las citas con Doctolib.

Tras dudar, la mujer elige el sillón que hay junto a la ventana, el más alejado de mí, como los adolescentes que vienen a consulta porque los obligan sus padres. Maquinalmente, posa las manos sobre las rodillas y con el pulgar derecho se acaricia la palma izquierda. Un acto reflejo para tranquilizarse. La laca de uñas no oculta las pielecillas mordisqueadas de los dedos. Es tan encantadora como su apellido, Boisjoli, que le sienta como un guante. Examina el despacho con mirada jovial: el cuaderno abierto sobre la mesa; el dictáfono; el rincón destinado a los niños, con juguetes y libros; mi diploma colgado en la pared.

Me siento y cruzo las manos sobre el vientre. Sé que tengo pinta de abuelo bondadoso con mi corbata y mi jersey de rombos, y a veces me aprovecho un poco de ello para dar confianza a la gente.

—¿Cómo se encuentra?

La mujer deja su examen de la estancia y me mira a mí, sorprendida por la pregunta.

—Muy bien, gracias.

Ha respondido cortés, como si yo fuera el dependiente de la panadería. Pondría la mano en el fuego a que es la primera vez que entra en la consulta de un psiquiatra. Me viene entonces a la mente que me he olvidado de comprar mis lasañas congeladas y que la tienda estará cerrada cuando salga. Al ver que no le contesto, la mujer se da cuenta de que la pregunta no era retórica.

—Pues... Creo que... como todo el mundo... En realidad, no lo sé... Pero gracias por preguntar.

Sigo sin responder. Ella se siente incómoda, pero tampoco habla. Yo prosigo:

—¿Y quiere decirme por qué ha pedido la cita?

Suelta una risa ligera y se relaja imperceptiblemente. Era la pregunta que esperaba y para la que había preparado respuesta.

—¿La verdad? Creo que no tengo necesidad de ver a un psicólogo.

—Psiquiatra.

—Sí, perdone, psiquiatra. Ha sido un amigo quien me ha obligado más o menos a venir. Así que estoy aquí por eso.

—¿«Obligar a venir»? ¿Qué quiere decir con eso?

—Mmm... O venía o ponía una denuncia en comisaría. No puede decirse que me haya dejado opción...

Esto no me lo esperaba. La sonrisa, el vestido de flores, la jovialidad: nada de eso indica «policía» ni «denuncia en comisaría». Es raro que yo falle al calar a un paciente y con ella me he equivocado. Quizá por el parecido con mi hija. Instintivamente les he atribuido personalidades similares. Disfrazo mi sorpresa y reflexiono unos segundos antes de responderle con mi voz más neutra.

—De acuerdo. Antes de nada, es importante que comprenda que no tiene que hablar conmigo por obligación y que si decide marcharse, no le cobraré la sesión... —Cuento hasta tres mentalmente y, como la mujer no se mueve, continúo—: Bueno, señora Boisjoli, me gustaría saber qué es lo que le preocupa a su amigo hasta el punto de amenazarla con acudir a la policía.

Ella se vuelve a reír. Una risa bonita que no suena forzada. Sin embargo, en la medida en que esta situación no parece tener nada de graciosa, comienzo a preocuparme.

—Es... La verdad es que es ridículo... Me toma por una mujer maltratada.

Ha bajado la voz al final de la frase, murmurando las dos últimas palabras, como si tuviera miedo de que la oyeran.

—¿Es él quien emplea ese término, *mujer maltratada*, o es usted?

—No recuerdo ahora bien cómo lo formula él... Quizá no dice exactamente estas palabras, pero es lo que piensa.

—De acuerdo. Y entonces ¿se equivoca?

—¡Por supuesto que se equivoca!

La mujer hace un gesto elegante con la mano, como si espantara una mosca. Parece que, para ella, que un amigo quiera denunciar sin razón a su pareja a la policía por violencia doméstica no es más que una preocupación normal y corriente a la que todo el mundo se enfrenta un día u otro, al mismo nivel que la renovación del carné de identidad o la pérdida de un guante.

Podría muy bien haber mentido a su amigo, concertar la cita y anularla en el último minuto. Sin embargo, ha venido y responde a mis preguntas. ¿Por qué? ¿Piensa de forma inconsciente que necesita ayuda? En todo caso, tengo la sensación de que si doy un mal paso, se irá y no volverá. Eso salvaría mis veladas de lasaña frente al televisor con Sigmund y Carl, pero siempre he puesto el interés de mis pacientes por delante del mío, algo que mi hija me reprocha a menudo, por cierto.

Saco mi pañuelo de cuadros y me limpio las gafas. Un viejo truco que me permite ganar unos segundos de reflexión mientras doy la impresión de estar dominando la situación.

—¿Y por qué no deja entonces que su amigo ponga la denuncia? Dado que hay tantos problemas verdaderos de violencia doméstica que acaban archivados, ¿no cree que la policía no se interesará en su caso si usted declara que su pareja nunca le ha puesto la mano encima?

—Puede... Pero nunca se sabe... No querría arriesgarme.

Así que hay un riesgo. La mujer juguetea con el reloj,

frunce el ceño y mira por la ventana, incómoda por los nervios que deja traslucir.

—Es... es cierto que a veces se deja llevar por la ira. No quiero que... Podrían malinterpretarse ciertos hechos.

—¿Le importaría ponerme un ejemplo?

Se encoge de hombros y vuelve a reírse. Pero esta vez la risa está desprovista de alegría.

—Un día me golpeé contra la esquina de la encimera de la cocina durante una discusión y tuve que ir al hospital por una costilla rota. Soy bastante torpe, me caigo a menudo.

Pienso en mi profesora de francés de la facultad. Una mujer cariñosa y cultivada que adoraba su trabajo. Siempre se estaba cayendo. Se caía de la bici o por las escaleras, resbalaba en la ducha, se daba contra las esquinas de las puertas de los armarios, tropezaba con los bordillos de las aceras y con las alfombras. Se reía ante el encerado de su torpeza, se ponía gafas de sol para tapar los moratones y vivía al día esperando a que llegara el momento en que comenzara de verdad su vida. La llamábamos «la señora Torpeza». ¿Hace cuánto de eso? Más de cincuenta años... Yo era un chaval. Antes de hoy nunca había pensado que quizá aquella profesora volvía a casa todas las tardes para encontrarse con alguien que la «ayudaba» a caerse.

Me recoloco las gafas, que se me han resbalado por el puente de la nariz.

—Y su amigo cree que fue su pareja quien le rompió la costilla, ¿verdad?

—Sí... Hice la tontería de contarle que mi pareja me empujó un poco, pero no fue nada, no lo hizo a propósito.

—¿Me puede contar lo que pasó con algo más de detalle?

—Estábamos... estábamos discutiendo. Él quería salir de la habitación y me empujó al pasar...

Levanto una ceja.

—¿Con fuerza suficiente como para que, al golpearse con la encimera, se fracturara usted una costilla?

La señora Boisjoli está acelerando el movimiento del pulgar contra la palma de la mano. La conversación la incomoda cada vez más.

—Yo había bebido un poco y perdí el equilibrio. Fue culpa mía. Lo puse tan nervioso que me empujó, pero él no quería hacerme caer. Y luego me llevó enseguida al hospital. El pobre estaba horrorizado... Este tipo de accidentes se puede malinterpretar, sobre todo hoy en día, cuando se acusa a los hombres de todos los males de la sociedad.

Con ojos sonrientes busca mi aprobación. Ya entiendo por qué no ha querido coger la cita con Déborah e insistía tanto en verme a mí. Habrá pensado que un vejestorio como yo encontraría excusas para el comportamiento de su pareja y no haría un drama del hecho de que le dé un bofetón de vez en cuando. Quizá hasta esperaba que le quitara hierro al asunto, que le diera golpecitos en el hombro y le asegurase que no tenía de qué preocuparse. Una costilla rota de nada... Son cosas que pasan, y además tiene usted otras veintitrés en perfecto estado.

Me parece de lo más insultante; para que alguien me tome por un imbécil retrógrado, mejor habría sido irme a comprar las lasañas antes de que cerrase Picard. Sin embargo, en mis cuarenta años de carrera, siempre he tenido debilidad por los pacientes que no querían que se los ayudase en absoluto.

Así que le sonrío con amabilidad, como si no fuera tan grave y su vida no fuera trágica, y luego prosigo con voz tranquila.

—¿Era la primera vez que su pareja le ponía la mano encima?

Ella se encoge de hombros.

—Me parece que eso es decir demasiado... Lo que hizo fue empujarme.

—No se olvide de que aquí puede hablar libremente de sí misma o de cualquier cosa sobre la que sienta deseos de hablar. Nadie va a juzgar nada. Ni siquiera es obligatorio que hable de su pareja. Si no quiere responder una pregunta, basta con que me lo diga y no insistiré. Pero estar aquí podría ser para usted también una oportunidad de decir su verdad en voz alta y así ser capaz de explicársela claramente a su amigo la próxima vez que se preocupe por usted hasta el punto de querer acudir a la policía.

Ella frunce el ceño.

—En el fondo, el problema es que él tuvo una infancia muy complicada y por eso él... él...

—¿Sí?

—No quiero decir su nombre, ¿de acuerdo? Prefiero que quede en el anonimato. No vivo muy lejos de aquí y nunca se sabe...

—Le recuerdo que estoy obligado a guardar el secreto profesional, señora Boisjoli.

—...

—Aún no ha respondido a mi pregunta.

—¿Cuál era?

—¿Le había puesto ya la mano encima su pareja o era la primera vez?

La señora Boisjoli deja de mover el pulgar. Duda. Una parte de ella está desesperada por hablar, por sentirse menos sola, por justificarse; otra parte sabe que tiene que callar, que si abre las compuertas y comienza a sincerarse, no habrá vuelta atrás posible.

No solo está protegiendo al hombre que le rompió una costilla. Se protege también a sí misma, protege sus ilusiones, la idea que se ha hecho de su relación y de su amor, que no quiere ver mancillados por la opinión que yo tendré al respecto. Por eso, aunque no quiero que ella pueda interpretar mis palabras como excusa para la violencia potencial de su pareja, murmuro:

—Puede ser difícil canalizar la ira cuando se ha crecido en condiciones complicadas.

Ella levanta la cabeza con el alivio pintado en el rostro.

—Sí, a él le resulta difícil —me confirma—. Tuvo una infancia terrible, horriblemente triste.

Habla de él con una dulzura maternal. Evocar el sufrimiento del hombre al que ama basta para que le asomen lágrimas a los ojos. No hay nada que deteste más que la gente que se aprovecha de la empatía y la bondad de otras personas para manipularlas.

La señora Boisjoli suspira y añade en voz baja, casi para sí:

—Es... Sí... Es verdad que a veces puede pasar que... se deje llevar por la ira.

—¿Y eso significa...?

Me mira fijamente, con inquietud, consciente de repente de lo que acaba de reconocer. Yo dejo que se alargue el silencio. Ella duda; echa una ojeada furtiva hacia la puerta, como si él pudiera aparecer de un momento a otro.

—Pues... que pierde a veces el control..., que no sabe lo que hace. Se le puede escapar una bofetada... Pero, de verdad, no es lo que usted cree... Yo... Nosotros... Lo nuestro es diferente. Nos queremos con locura, ¿sabe?

Con locura. No le hago notar la expresión. Es demasiado pronto. Es mejor ir avanzando en su propio terreno.

—¿Cómo se enamoraron ustedes?

Me cuenta cómo se conocieron y cómo fueron sus primeros meses idílicos. Me esboza un retrato particularmente favorecedor del hombre con el que comparte su vida, como si sus cualidades pudieran compensar el hecho de que la haya mandado al hospital. Le brillan los ojos del amor y la admiración que le profesa; su sonrisa transmite toda la alegría que le procuran estos recuerdos y que ella seguramente reanime con regularidad para justificar y compensar el sufrimiento que él le causa por otro lado. Tiene la mirada un poco huidiza, soñadora, como si estuviera en otra parte. La escucho limitando mis intervenciones al mínimo hasta que, de repente, se levanta, como si ya hubiéramos resuelto la cuestión.

—Ya ha pasado una hora. La consulta dura una hora, ¿verdad?

Levanto la cabeza. He visto cosas parecidas a lo largo de mi carrera y, a pesar de ello, me cuesta trabajo entender cómo puede esta mujer parecer tan despreocupada mientras se prepara para volver a casa con un hombre capaz de romperle una costilla durante una discusión.

—¿Cómo hacemos ahora? —me pregunta—. ¿Le pago y ya puedo irme?

Ya no cojo pacientes nuevos, no trabajo los viernes y estoy lejos de ser experto en violencia doméstica. Por no mencionar que el médico me ha dicho que afloje el ritmo, que tengo la tensión y el colesterol demasiado altos. Pero pienso en Coralie, mi niña de veintinueve años, sola en la otra punta del planeta y que ha decidido casarse con un hombre al que solo he visto una vez. Y me digo que la mujer que está ahora mismo en mi despacho tendrá en algún lugar un padre y una madre a quienes les gustaría sin duda que alguien que esté en condiciones de hacerlo le tienda una mano a su hija. Así que cojo mi agenda, paso la página y, sin mirarla, le anuncio:

—¿Nos vemos la semana que viene, el mismo día y a la misma hora?

Sin esperar respuesta, escribo «Boisjoli, cinco de la tarde» con mi letra ilegible en la columna vacía de los viernes, esperando que algo en ella, oculto entre las capas de la ilusión con que cubre la relación que tiene con su pareja, le impida rechazar o anular la cita. Quizá su cortesía o su instinto de supervivencia.

ABIGAËLLE
Ahora

Para su primera cita, Zoé sugirió a Gabriel el barrio de Montorgueil. A ella le gustan la animación y el bullicio, las estrechas calles peatonales y los adoquines irregulares. Solo se desplaza en bici. No le gusta el metro y únicamente lo coge en caso de necesidad extrema. Imagino que de la sensación de asfixia de su nacimiento le habrá quedado una especie de claustrofobia. No soporta sentir nada alrededor del cuello, sea lo que sea. Hasta en invierno evita las bufandas, y ningún conocido se arriesgaría a regalarle un collar o un pañuelo. Además, en su opinión, desplazarse bajo tierra cuando, en la superficie, se yergue la ciudad más bonita del mundo no entra dentro del campo de lo posible. Y no le falta razón.

Después de dudar un rato, optó por ponerse un vestido rojo que le había regalado su hermana hacía unos años, y unas zapatillas deportivas naranjas y negras. El conjunto no era muy logrado, pero Zoé detesta los tacones del mismo modo que detesta todo lo que la aprisiona.

Cuando llegó a la *rue* de Montorgueil, en el suelo de adoquines mojado por la lluvia se veían algunas frutas aplastadas y restos de cajas de madera, vestigios del mercado que se celebra todos los jueves por la mañana. Zoé no se había parado a pensar en que Gabriel, un artista de éxito, tuviera la costumbre de ir a los bares elegantes de la orilla izquierda del Sena, donde sirven el champán en copas tipo flauta. Ella había tomado la iniciativa de llamarlo, de elegir la hora y el lugar de su primera cita y le había dado la primera dirección que se le pasó por la mente: la de una cervecería adonde iba a veces con su amiga Sofiane porque era céntrica, porque la *happy hour* duraba hasta las nueve de la noche y porque el dueño era simpático. Para ella, aquello valía más que todas las copas de champán del mundo.

Es más que posible que Zoé llegara un poco tarde; en todo caso, Gabriel ya estaba allí cuando ella aparcó la bici delante del cristal del bar. Reparó enseguida en mi hermano porque, en el establecimiento lleno de habituales, turistas y gente que salía de trabajar, él era el único que sostenía un libro. Iba vestido con mayor sobriedad que en el teatro: unos vaqueros rectos de color azul oscuro y una cazadora de aviador de cuero marrón envejecido que le daba un aspecto menos afectado que el elegante abrigo negro de la vez anterior y que había hecho ya sus méritos entre las féminas. Mientras leía, hacía pedacitos maquinalmente el sobre de azúcar que acompañaba a su expreso, del que ya había bebido tres cuartas partes. Conociendo a Gabriel y su agudo sentido de la estética, me inclino a creer que planificó esta puesta en escena, pero otorguémosle el beneficio de la duda.

Zoé se quedó inmóvil unos segundos para observarlo. Los ojos claros de mi hermano iban y venían por las páginas; no había nada en su expresión que permitiera saber si le gustaba lo que estaba leyendo. Sin duda, ella debió de preguntarse cómo podía un rostro tan impasible albergar una imaginación tan fértil.

Todos tenemos una vocecita en la cabeza que nos advierte del peligro. Una especie de sexto sentido que ha ido sedimentándose a lo largo de milenios y que hemos aprendido, erróneamente, a hacer callar. En el momento en que Zoé posó los ojos sobre Gabriel, estoy segura de que esa vocecita le murmuró que mi hermano, por muy fascinante que resultase, no le causaría más que problemas. Sin embargo, siendo Zoé como es, o sea, igual de optimista que una canción de Jean-Jacques Goldman, no debió de tenerla en cuenta.

Gabriel levantó la cabeza y se cruzaron sus miradas a través del cristal salpicado de gotas de lluvia. La sonrisa de Zoé lo dejó paralizado. Soy una romántica. Aunque aquel no fuera su primer encuentro, me encanta pensar que hubo en ese momento algo similar a un flechazo, o al menos una certeza, serena y sin sobresalto, de que existía un vínculo entre ellos. Un vínculo que quizá era anterior al momento en que se conocieron, y hasta puede que anterior a su nacimiento, y que había guiado los pasos de Zoé a aquella librería y aquel teatro. A lo mejor pensáis que me dejo llevar por el entusiasmo, pero sé que Gabriel y Zoé estaban destinados a encontrarse, que estaba escrito en algún sitio. Tengo anclada en mi interior esa certeza, sin que sepa de dónde viene, igual que se me aparecen de vez en cuando ciertos datos relacionados con mi hermano de los que yo no debería tener noticia. Es entonces cuando me doy cuenta de que han sido vanos todos mis intentos por alejarlo de mí. Estaremos siempre conectados. De la misma manera en que, de pequeña, yo era capaz de terminar sus frases o de responder a sus preguntas antes de que me las formulara en voz alta, continúo sintiendo lo que él siente, sea cual sea la distancia que yo intente poner entre nosotros. Nunca se rompen del todo los lazos que se han establecido durante la infancia entre quienes han crecido juntos.

Zoé empujó la puerta de la cervecería. Él no bajó los ojos mientras ella se acercaba, incapaz de desviar los suyos. Avanzó, atraída por la mirada de Gabriel como por un imán. No le incomodó porque, en ese instante, tenía la certeza de que lo que experimentaba era tan potente que no podía sino ser recíproco. Al llegar a la mesa, se sentó frente a él.

—Has dudado de si entrar —le señaló Gabriel.

Era una afirmación más que una pregunta. Zoé, como era su costumbre, sonrió.

—No lo sé, a lo mejor sí... No estaba segura de que esta historia nuestra sea buena idea.

Él alzó una ceja, sorprendido por la sinceridad.

—¿«Esta historia nuestra»? ¿Tenemos ya una historia?

—La historia que podríamos tener.

Gabriel le sostuvo la mirada, a pesar de que le había desconcertado la sencillez y total ausencia de cálculo de Zoé. Luego le tendió el menú.

—¿Qué quieres beber?

Ella ojeó la carta antes de responder.

—Un gin tonic. ¿Y tú?

—Una Coca-Cola.

—¿Nada de alcohol?

Él se encogió de hombros.

—No, nunca.

Aunque, viniendo de un artista, la abstinencia de Gabriel la sorprendiera, no le preguntó la razón. Tendría que haberlo hecho. Quizá, llevado por el entusiasmo del momento, él le habría confesado que no bebía porque temía perder el control sobre los demonios que habitaban en su interior.

Estuvieron charlando hasta las dos de la madrugada. Ella le contó toda su vida: el cordón umbilical alrededor del cuello al nacer; el accidente a los quince años y la silla de ruedas; su hermana Aline, brillante mujer de negocios, y los múltiples chiquillos del colegio que eran para ella como hijos. Sin duda se daría cuenta de que él no contaba nada de sí mismo y de que a las preguntas que ella le hacía no le daba más que respuestas evasivas, breves y genéricas. La única información un poco más íntima que le transmitió Gabriel ese día fue su deseo de no casarse y no tener hijos. Le explicó que no creía en el modelo tradicional de pareja y familia. No sé si lo haría con la única intención de ser sincero o quizá para que ella no pudiera reprocharle nada más adelante o para hacerla huir antes de que las cosas descarrilaran. Ese dato, que habría inquietado a muchas jóvenes que se encontrasen en la misma situación, no hizo sino reafirmar a Zoé en la idea de que encajaban el uno con el otro. A continuación, ella le contó lo del diagnóstico ginecológico; su esterilidad, que tenía bien asumida, y el modo en que a diario consolaban su pena las sonrisas tiernas de sus alumnos y los dinosaurios de pasta de sal que modelaban.

En un momento dado en que estiró el brazo para coger la Coca-Cola, Zoé vio el tatuaje que llevaba Gabriel en la muñeca. Ella le subió la manga riéndose, le acarició la piel con la punta de los dedos y leyó en voz alta las palabras incrustadas con tinta en la piel: «Tres de cada cuatro». Le preguntó qué querían decir. Él apartó la mano y cambió de tema. Zoé, habituada a hacer hablar a los niños con delicadeza, sin forzarlos, no insistió. Nunca forzaba las confidencias. Se quedó tranquila; tenían todo el tiempo del mundo para conocerse. Yo lamento que él no aprovechara la oportunidad para contarle todo en ese momento, en ese bar parisino de mesas pringosas; para verter el montón de basura de nuestros recuerdos entre sus dos vasos casi vacíos. Así quizá Zoé se habría dado cuenta de quién era él verdaderamente.

Por debajo del alboroto jovial que los rodeaba, se reproducía en bucle una lista de canciones de Guns N' Roses. Al final de la velada, Zoé estaba un poco bebida. En la acera cogió la mano de Gabriel. Sonreía a las estrellas, a pesar de que no se veían, tapadas por las nubes que ensombrecían la noche.

—Sonríes todo el tiempo —constató Gabriel sacando un cigarrillo que no tenía ganas de fumar, pero que le daba una excusa para poder soltarse de la mano de Zoé.

—Y tú nunca —replicó ella gentilmente.

Él se obligó a esbozar una media sonrisa que no se llegó a expresar en los ojos. Estaban cara a cara. Gabriel hacía girar entre los dedos el mechero sin dejar de mirarla. En su cabeza se libraba un combate furibundo. Para él no había salida, eso lo sabía. Pero ella... Podía dejarla irse con su sonrisa radiante y su incomprensible alegría de vivir. Zoé se acercó. Él la miró a los labios, dudó y luego dio un paso atrás.

—Es mala idea.

Hay que reconocérselo: en cierto modo, la advirtió.

—¿Por qué? —lo interrogó ella extrañada de su rechazo.

—No soy de relaciones serias.

—¿Es como con el alcohol? ¿Nunca?

—Nunca.

Los ojos marrones de Zoé se iluminaron.

—Si es por eso, que sepas que no tengo ninguna intención de casarme contigo —declaró.

No pensaba lo que estaba diciendo en absoluto, claro está.

Le quitó a Gabriel de los labios el cigarrillo aún sin encender, lo dejó caer al suelo y le acarició la mejilla. No había nada sensual en esa caricia. Lo que había únicamente era toda la ternura que rebosaba en ella y que repartía a su alrededor a manos llenas, ya fuera a niños con las rodillas despellejadas en el patio del recreo o a adultos que acababan de hacerle partícipe de su sufrimiento. Para Gabriel, esa caricia tuvo el efecto de una pizca de calor en lo más profundo de un invierno siberiano. Una sensación muy fugaz, pero con bastante fuerza como para hacer brotar una flor minúscula en las ruinas de su alma.

Posó la mano en la nuca de Zoé, la atrajo hacia él y la besó. Empezó a llover. Ninguno de los dos pensó por un instante en refugiarse bajo el portón que tenían a unos metros. Zoé se acordará toda la vida de ese beso. Del modo en que seccionó su línea de la vida en dos partes completamente distintas, en un antes y un después, e hizo desaparecer el resto del mundo. Hasta el fin de su existencia podrá recrear, cerrando los ojos, la sensación de calor que le invadió el vientre en ese momento, aquel sentimiento de que, al fin, todo encajaba en su sitio.

Ese beso es uno de los momentos que, al igual que su terrorífico nacimiento, su accidente de bici o el anuncio de su esterilidad, se han quedado grabados para siempre en su alma y se han convertido en elementos constitutivos de lo que ella es. Las emociones de ese instante aflorarán de golpe a la superficie, intactas, cada vez que llueva, cada vez que pase por la *rue* de Montorgueil, cada vez que alguien encienda un cigarrillo, cada vez que oiga *Knockin' on Heaven's Door*. La invadirán sin previo aviso, lo quiera o no, con una violencia que le cortará la respiración. Como el recuerdo de un trauma, a fin de cuentas.

CUADERNO DE ABIGAËLLE, EXTRACTO
1991

Gabriel pide prestados libros en la biblioteca del colegio. Puede coger dos por semana. A mí me da tiempo a leerlos dos o tres veces porque dos libros en siete días no es mucho. Son historias para personas mayores, pero yo ya lo entiendo todo. Gabriel se enfadó mucho conmigo un día porque tiré uno a la basura. Se titulaba Las desventuras de Sophie. *Era demasiado triste porque la madre de Sophie se moría, y entonces yo empecé a pensar que mi madre también podría morirse. Y más teniendo en cuenta que ella va muy a menudo al hospital, y luego papá se ocupa de nosotros y nos hace espaguetis con kétchup. Esta idea de la muerte de mamá, aunque es absolutamente ineluctable (o sea, que no podemos cambiarla), como lo es para todo el mundo, me hace morir a mí un poco por dentro. Así que tiré el libro antes de que el árbol de ideas se pusiera a crecer en todos los sentidos dentro de mi cabeza y que sus ramas se fueran directas hacia la desgracia, y que yo empezara a no poder respirar.*

Gabriel corrió adonde los cubos, pero ya había pasado el camión de la basura. Yo estaba contenta de que esa historia se hubiera espachurrado en el volquete del camión junto con los pañales malolientes, los envases de yogur y las cásca-

ras de huevo. Es ahí, en el camión de la basura, donde deberíamos meter siempre las penas. Pero Gabriel no estaba de acuerdo; hasta lloró. Los niños no pueden llorar. Es papá quien lo ha dicho. Dice que menos mal que está él; que, si no, mamá haría de Gabriel un mariquita, y que en esta mierda de casa se tiene que encargar él de todo. Mamá es un poco mariquita porque llora a menudo. Cree que no la vemos. Dice cosas como: Voy a hacer colada. Pero nosotros sabemos que se va a llorar adonde la ropa sucia y los trapos de limpiar. Es mejor no ir a interrumpirla. Pero cuando llora mi hermano, me duele como si fuera yo quien llorase. Entonces quise ir a consolarlo, pero me empujó diciendo: ¡Quita, idiota! Y me caí al suelo.

Me pasé una semana entera sin hablarle. O a lo mejor fue él quien no quiso hablarme a mí, no lo sé. Me lanzaba miradas todo enfadado durante la cena. Hasta papá le dijo que se estaba ganando una bofetada.

No lo entiendo. No me parece ningún crimen (como dice la señora Michelez, a quien nada le parece nunca un crimen) tirar toda esa tristeza inútil a la basura.

Es como con las cerillas. Siempre me están riñendo a pesar de que una cerilla no va a ninguna parte. No es más que una pequeña lucecita, muy práctica cuando hay demasiada oscuridad (que también puede escribirse «obscuridad»). Es tan frágil y tan bonita una cerilla... Cuando encuentro una caja, no puedo evitar ponerme a encenderlas todas, nada más que por ver bailar esas llamas de color dorado. Es una belleza. Y la belleza siempre gana a la tristeza. Pero es una belleza que no está autorizada como lo está la música. Y no sé por qué.

Después de una semana, yo me había olvidado de todo,

y Gabriel y yo ya nos hablábamos otra vez. Me daba capones, como siempre. Yo me sentía aliviada. Pero el día de la biblioteca, a Gabriel le pusieron unas palabras en el carné amarillo y no pudo coger libros prestados. Le enseñó las palabras a mamá y le pidió que firmara. Mamá se retorcía las manos y repetía: No es posible, no es posible, no es posible, no es posible. Pero sí era posible, puesto que estaba escrito en el carné. Mamá le preguntó a Gabriel qué había hecho con el libro y él le respondió que lo había perdido. No dijo que yo lo había tirado a la basura. Los hermanos mayores son así: protegen a la hermana pequeña. Es la ley de la selva. La ley de la selva dice que los mayores deben siempre proteger a los pequeños. Incluso aunque signifique mentir y ganarse bofetadas. Es Gabriel quien dice eso siempre.

Mamá dijo: No me queda más remedio que explicárselo a tu padre porque nos tiene que dar el dinero para comprar el libro.

No se me había ocurrido pensar en eso. Empecé a preocuparme porque a papá no le gusta nada que mamá quiera su dinero. Con Gabriel y conmigo no pasa nada. Cuando está de buen humor, nos da una moneda de dos francos. Pero con mamá siempre se pone de mal humor, porque ella se pasa todo el día mano sobre mano, no se ocupa de nada más que de nosotros, de limpiar la casa, hacer la colada y la comida, y encima quiere su dinero... Antes yo creía que papá se enfadaba porque éramos pobres. Pero debe de ser por otra cosa, porque ahora que soy mayor y que he leído Oliver Twist, *me doy cuenta de que no somos tan pobres, puesto que tenemos un coche muy grande que ha costado muy caro. Papá se lo dice a todo el mundo, que ha costado muy caro. Le encanta el coche y lo lava to-*

dos los fines de semana delante de la cochera. No podemos comer dentro porque dejamos migas en la opción asientos de cuero que le ha costado un riñón. En verano, la opción asientos de cuero quema y se pega a los muslos, pero a papá le da igual porque él no lleva pantalón corto. No es que seamos pobres, es solo que a papá no le gusta compartir su dinero con mamá porque ella lo derrocha. Prefiere compartirlo con el vendedor de coches.

Gabriel dijo: No merece la pena que se lo digas a papá. Firma, que ya me las apañaré.

Mamá dijo: Vale.

Pareció quedarse aliviada al oír que Gabriel se las apañaría. No le preguntó cómo iba a hacer para apañárselas, pero, de todas formas, así no habría necesidad de pedirle a papá su dinero y todo iría bien. Salvo para Sophie en Las desventuras de Sophie, *porque su madre seguía muerta, claro. Pero en ese caso ni siquiera Gabriel podía apañárselas para ayudarla.*

Después fui a la habitación de Gabriel. Me olvidé de llamar antes de entrar, pero no me riñó. Estaba contando su dinero encima del edredón de La guerra de las galaxias. *Yo le tendí los cinco francos que papá me había dado después de la última consulta con la doctora Hassan porque estaba orgulloso de mí y porque soy una niña muy inteligente, como él.*

Le dije a Gabriel: Para volver a comprar el libro. Siento haberlo tirado a la basura, pero es que la historia era demasiado funesta.

Él respondió abriendo mucho los ojos: ¿Demasiado qué?

Yo dije: Funesta. Así es como dicen triste en Las desventuras de Sophie.

Él se rio.

Dijo: Por lo menos, has aprendido algo. ¿Sabes qué? Guárdate el dinero, tienes razón. No vamos a gastarnos la pasta en una cosa tan gilipollas.

Como era una palabrota, yo también me reí.

Salimos. Él me llevaba de la mano y había cogido mi bolsa de la piscina. Yo no sabía la razón, porque la piscina es normalmente los miércoles. Cuando mi hermano mayor me coge de la mano, me siento muy feliz. Su mano es como un ramillete muy grande de globos de todos los colores y yo estoy tan contenta que echo a volar en dirección al cielo; es la luz de mil cerillas a la vez; es el aire caliente y dorado dentro de mi vientre; es sonrisas en lugar de tristeza, incluso cuando no está pasando nada divertido. Cuando estoy con él, soy ligera, no peso nada. Porque un hermano mayor es como el armario de la caldera, donde no puede pasarme nada. No puede pasarme nada con mi hermano mayor ni aunque estemos en la selva.

Era la primera vez que iba a la librería. Había leído ya todos los libros de la casa y de la pequeña biblioteca de mi colegio, que es totalmente funesta, y nunca había visto nada tan bonito como aquella librería. Libros por todas partes, de todos los colores, para todas las edades.

Gabriel susurró: Tengo un plan, escucha.

Yo escuché.

El señor que había detrás del mostrador tenía gafas y bigote.

Le pregunté con mucha educación, como me había explicado Gabriel: Buenos días, señor, espero que se encuentre bien. Me van a regalar un libro por mi cumpleaños. ¿Podría ayudarme a elegirlo, por favor?

El señor me acompañó a los estantes. Me preguntó qué tipo de historias me gustaban. Yo le dije que las historias donde no se morían las madres, porque no me había gustado Las desventuras de Sophie. *Toda aquella desolación me impedía respirar y no quería morirme asfixiada.*

Él dijo: Lo entiendo.

Los adultos dicen todo el tiempo Lo entiendo, aunque nunca entiendan nada. Me da la risa.

Pero quizá aquel señor, por una vez, entendía un poco. Porque tenía arrugas de tristeza en la cara y quienes conocen la tristeza saben que no hay necesidad de encontrar en los libros aún más penas que en la vida verdadera.

Aquel señor hablaba muy bien de los libros. Un poco como cuando la señora Michelez habla de sus gatos. Con mucho amor que se va deslizando por su voz igual que la salsa de fresa por el helado de vainilla.

Detrás del señor, vi que Gabriel metía un libro dentro de mi bolsa de la piscina. Después se puso a hacerme señales cada vez más exageradas, pero yo fingí que no lo veía porque quería seguir escuchando a aquel señor hablar de sus libros.

Gabriel vino y dijo: Abi, tenemos que irnos. Te toca ir a la piscina.

Yo dije: ¿Cómo? Pero no, la piscina es los miércoles.

Gabriel puso una cara muy rara y carraspeó.

Yo dije: He encontrado el libro para mi cumpleaños. No se muere nadie dentro.

Le tendí La familia del carromato.

Gabriel abrió la boca y luego la cerró. Y mientras él actuaba como si fuera un pez, me di cuenta de que me había olvidado del plan. Fue por culpa de todos aquellos libros, que me pusieron la cabeza como un bombo. Además, no era mi cumpleaños ni el día de ir a la piscina.

Dije: La verdad es que tengo que pensármelo, señor. Voy a llegar tarde a la piscina.

Le devolví La familia del carromato. *Estaba muy triste porque tenía una pinta muy chula aquella historia donde nadie se moría. Creo que se notaba que estaba luchando por no llorar, pero no soy ninguna mariquita, así que me tragué las lágrimas.*

Gabriel dijo: Bueno, ¿cuánto es el libro?

El señor respondió: Tres francos con cincuenta.

Gabriel dijo: Vale.

Y nos marchamos.

Por la tarde Gabriel me llevó a su habitación y me encontré La familia del carromato *encima de su cama. Tenía hasta el tique de caja dentro. Había vuelto a la librería para comprar de verdad el libro con su dinero.*

Dijo: Feliz cumpleaños, Abi.

No era mi cumpleaños, así que me pareció supergracioso. Nos partimos de la risa. Después, me dio un capón para que me marchara de su habitación. Y ese mismo día me leí el libro mientras escuchaba la canción más bonita del mundo de mamá.

La verdad es que fue un día chulísimo.

ABIGAËLLE
Ahora

Gabriel y Zoé empezaron a verse con regularidad. Gabriel había sido muy claro desde el principio sobre el hecho de que no buscaba una relación seria y se lo recordaba todo el tiempo a Zoé, de modo que esta se comportaba igual que si las palabras *pareja* y *familia* le causaran tanto horror como ir a pasar las vacaciones en el fondo de una cloaca, cosa que no estaba tan lejos de la verdad, pues, por mucho que Zoé se hubiera enamorado de Gabriel, no tenía prisa por renunciar a la libertad de su vida de soltera. Y como no le perseguía el tictac de ningún reloj biológico, sacaba partido de su independencia con su entusiasmo habitual.

Por mi parte, yo estaba convencida de que bastaría un poco de tiempo para que Gabriel se persuadiera de que eran perfectamente complementarios. Esperaba que el encanto de Zoé y su alegría de vivir tuvieran sobre la cotidianeidad de mi hermano el mismo efecto que la terapia y los ansiolíticos que lo habían acompañado a lo largo de los años.

Una de las veces que vino al convento, Gabriel mencionó la idea de irse a Londres con Zoé el fin de semana de Pascua. No dije nada, claro, pero estaba entusiasmada. Si

Gabriel pasaba más tiempo con ella, acabaría por espaciar sus visitas a Borgoña. ¿Cómo justificaría si no sus idas y venidas de París a Genevigny dos sábados al mes? Lo veía incapaz de hablarle a Zoé de mí y de mis condiciones de vida.

Con el mismo tono con el que habría dicho «a mediodía me he comido un yogur», Zoé le respondió que en Semana Santa se iba de voluntaria a Guatemala para dar un curso de inglés a los niños de un pueblo remoto. No le sugirió que se fueran a Londres otro fin de semana principalmente porque había destinado gran parte de sus ahorros al viaje a Guatemala y se había quedado en números rojos. Gabriel se cuidó mucho de reconocerlo, pero le dolió aquel rechazo, prueba de que Zoé había abierto en algún sitio una puertecita que le había dado a mi hermano permiso para sentir, por primera vez después de mucho tiempo, la falta que le hacía otro ser humano.

Gabriel no es guapo en plan Brad Pitt, pero tiene un físico tipo ángel del caos con mirada glacial que gusta mucho a las mujeres. Su carácter taciturno e inaccesible le aporta cierto aire misterioso y da la sensación de que nada puede hacerle perder el aplomo, sobre todo porque ha aprendido a vivir desconectado de sus emociones. Esa fachada imperturbable, que podría pasar a primera vista por indiferencia, e incluso frialdad, aviva el interés. De todas formas, para mí era un misterio qué podría encontrar tan atrayente en mi hermano una joven tan positiva. No comprendí verdaderamente su relación hasta el día en que Zoé vino a visitarme por primera vez, a escondidas de Gabriel, con sus preguntas y sus lágrimas. En realidad, Zoé veía en Gabriel lo que todo el mundo (salvo quizá yo) ignoraba o había olvidado, lo que él llevaba mucho tiempo siendo: un niño aterrorizado y afligido al que le habían arrancado demasiado pronto de su infancia, abandonado por los adultos a su triste suerte. Y Zoé amaba con pasión a los niños. Quería curarles las heridas, protegerlos de la dura realidad, cobijarlos en sus brazos frente a todo lo que la vida hacía llover sobre su inocente cabeza. Como sabía que nunca había que presionar a un niño infeliz, con una paciencia de ángel Zoé esperó a que Gabriel aceptara comprometerse con ella. Ni una sola vez mencionó la idea de que se fueran a vivir juntos o de que conocieran a sus familias respectivas; solo a veces hacía como que se olvidaba en su casa el cepillo de dientes o un frasquito de perfume, confiando en provocar en él un pensamiento tierno cuando los encontrara al borde del lavabo. Él se los devolvía siempre, metidos en una bolsa de tela del Monoprix, la siguiente vez que se veían. Ella le daba las gracias con una sonrisa de agradecimiento y una punzada en el corazón. Caballerosamente, y por regla general, él le dejaba quedarse con la bolsa.

Un día de San Patricio, durante una velada vespertina en un pub irlandés, una conocida de Gabriel le hizo una advertencia a Zoé en medio de una conversación sobre los beneficios del ayuno intermitente.

—Zoé, deberías dejar a Gabriel antes de que sea demasiado tarde; está completamente pirado, nunca serás feliz con él.

A Zoé, vestida para la ocasión de verde irlandés de pies a la cabeza, aquel comentario la cogió desprevenida. Cerveza en mano, no supo qué responder a su interlocutora, que interpretó su silencio como una invitación a proseguir.

—No sé si estás al corriente, pero no quiere tener hijos. Nunca ha estado con una chica más de seis meses y todas sus relaciones acaban siempre muy mal.

Zoé recuperó la compostura y respondió con mucha calma.

—No soy idiota; sé juzgar yo sola a los hombres con los que salgo. En cuanto a los niños, es un asunto que no me preocupa: yo no puedo tenerlos.

Leal a Gabriel, cogió su vaso de cerveza y se alejó con la cabeza alta. No le habló de esa conversación a mi hermano porque no quería hacerle daño, y olvidó enseguida la extraña advertencia.

En realidad, Zoé no sabía gran cosa de Gabriel aparte de esa primera impresión que se le había clavado como un anzuelo en pleno corazón la primera vez que se besaron: que estaban hechos el uno para el otro. Ella veía signos por todas partes, incluso en los detalles más triviales. El hecho de que los dos estuvieran abocados a una vida sin hijos se unía a que a los dos les encantaban los yogures de cereza y los cómics de Gotlib, y, del mismo modo, también los dos detestaban los libros sobre desarrollo personal y los transportes públicos. Esos argumentos hacían contrapeso con la alergia que tenía Gabriel al compromiso, su aparente ausencia de emociones y su total rechazo a sincerarse sobre su pasado o su familia.

Gabriel y Zoé se paseaban cogidos de la mano por las orillas del Sena, iban al cine y probaban restaurantes por todo París, principalmente vietnamitas, que eran muy del gusto de Zoé. Se encontraban bien juntos, incluso sin hablar. Ella nunca sentía la necesidad de fingir ser otra persona distinta cuando estaba con él. En cuanto a Gabriel...

Digamos que Gabriel solo le mostraba la mejor faceta de su personalidad, pero le mentía únicamente por omisión. Zoé lo deslumbraba. Le contagiaba su entusiasmo, su alegría, sus sonrisas. Introducía color en la película en blanco y negro de su vida. Nunca dibujaba tan bien como cuando ella estaba cerca. A veces se sorprendía admirando un cielo azul e imaginando un futuro fuera de la prisión de nuestro pasado.

Zoé le pidió que pintara su modesto estudio de la *rue* de Paradis. Él lo hizo: un cielo estrellado en el techo abuhardillado, olas verdes y espumosas en el pequeño cuarto de baño, un bosque de cerezos en flor en la zona de la cocina... Cuando Gabriel me lo contó, esa última parte me llamó la atención. Gabriel odiaba de forma visceral los árboles, los bosques y la naturaleza por algo que tenía que ver con la extraña vidriera del rellano de la casa de nuestra infancia. No me acuerdo bien del todo. Ya me vendrá a la mente. Dibuja bosques para sacárselos de la cabeza, pero nunca pensé que accedería a dormir junto a uno, ni aunque lo hubiera pintado él mismo en la pared de una cocina americana. En cuanto a Zoé, ella estaba encantada, y no era siquiera consciente de que esas pinturas originales de Gabriel Mancini, tasadas por un experto, aumentarían considerablemente el valor de su vivienda.

El domingo por la tarde leían juntos, arropados por el edredón de lunares azules de Zoé con una manzanilla sobre la mesita de noche, como una pareja de viejecitos. A veces Gabriel se preguntaba cómo había podido dejar que las cosas llegaran tan lejos. Sentía crecer la angustia en su interior; se le cubría la frente de una fina capa de sudor. Zoé pasaba la página, levantaba la cabeza, captaba la mirada enigmática que le estaba lanzando mi hermano, y él le sonreía antes de volver a enfrascarse en su novela. En esos momentos, Gabriel a veces se sorprendía imaginando, por un instante tan fugitivo como una corriente de aire, que quizá tuviera derecho a algún tipo de redención. Se imaginaba sincerándose con Zoé sobre la manera en que su infancia había marcado toda su existencia; confesándole la negrura en la que vivía sumido a diario, sus crisis de angustia y sus episodios de depresión crónica; explicándole que, de todas las etapas del duelo, nunca había logrado sobreponerse a la de la ira. Después, se encontraba con su reflejo en el espejo del cuarto de baño al lavarse los dientes y su cara se parecía tanto a la de nuestro padre que era presa del vértigo. Si hubiera reunido el valor necesario para abrirse a Zoé, quizá las cosas no se habrían torcido tanto. El tatuaje del brazo, «tres de cada cuatro», le recordaba todos los días las estadísticas que leía en los periódicos: tres de cada cuatro niños nacidos en un hogar con violencia acaban ejerciéndola a su vez o siendo víctimas de ella. Y él sabía bien que, por su sexo, estaba predestinado a terminar en el campo de los agresores más que en el de las víctimas. Tres probabilidades de entre cuatro. Un riesgo inmenso que se había jurado que jamás correría. Se lo tatuó en el brazo sobre todo para no olvidar que la violencia estaba inscrita en él, tallada en sus genes y en su educación como en una lápida, y que no tenía derecho a hacer recaer sobre Zoé ni sobre nadie las consecuencias de su sufrimiento.

¿Cómo habría podido comprender Zoé a Gabriel? Mi hermano vivía cada instante siendo consciente, de una manera insoportable, de que lo peor llegaría sin previo aviso, en el momento en que menos se lo esperase. Como adulto, había aprendido a controlar en parte su angustia, claro. Tomaba medicación, llamaba a su psiquiatra, hacía deporte de forma excesiva, corría maratones y se desfogaba con los sacos de los clubes de boxeo para dar salida a una rabia que se regeneraba sin cesar. Pero, sobre todo, dibujaba. A golpe de lápiz, vertía sobre papel Canson la negrura que habitaba en su interior. Oscurecía las hojas para iluminar su alma. Siempre le sorprendía cuando la gente se maravillaba de su creatividad, de los mundos fantasmagóricos que brotaban de sus dedos. A veces sentía la tentación de explicarles que no se inventaba nada, que simplemente vivía allí, en el corazón frío y húmedo del bosque sin fin de su angustia. Solo. Siempre. Y que, tomara los caminos que tomase, y por mucho que se agotara combatiendo a los monstruos que fueran, volvía siempre al punto de partida, al origen del mal: a nuestra infancia, aferrado a la gélida mano del miedo igual que un niño se agarra a la mano de su madre. ¿Cómo pudo Zoé, sin saberlo, abrirse un camino en el bosque donde habitaba mi hermano? ¿Cómo fue capaz de hacer pasar algún rayo de sol por las fisuras de su alma? Ni idea. Pero lo hizo. Y esa fue la razón por la que, un día, por primera vez en años, Gabriel bajó tanto la guardia que mencionó mi existencia.

Estaba instalando un radiador toallero en el minúsculo cuarto de baño de Zoé. Con una taza de café en la mano, ella le preguntó si le apetecía asistir a la función navideña de su colegio. Concentrado en la tarea, sujetando un tornillo en la comisura de la boca, Gabriel le respondió sin pensar.

—No puedo. El sábado voy a Borgoña a ver a mi hermana pequeña.

Así fue como hice irrupción en la vida de Zoé, no sin estrépito, es cierto, puesto que fui la causa de su primer desencuentro.

Apenas franquearon esas palabras el umbral de sus labios, mi hermano se arrepintió de haberlas pronunciado.

—¡No me habías dicho que tienes una hermana en Borgoña! —exclamó Zoé—. ¿Cómo se llama?

Gabriel se quedó unos instantes pasmado por lo que acababa de confesar. Hasta ese momento, cuando venía a visitarme a Genevigny le contaba a Zoé que tenía que dibujar. Era mentira solo a medias porque, en realidad, cansado de que sus monólogos se toparan con mi silencio, de vez en cuando se sentaba en el suelo a mi lado y dejaba correr los lápices por el cuaderno que llevaba consigo a todas partes. Esos momentos se contaban entre los poco frecuentes en que me era soportable su presencia. No se pierde nada, no se crea nada; todo se transforma. Las heridas de la infancia, en particular, jamás se pierden, y yo siempre supuse que mientras Gabriel pudiera expresar la violencia de sus emociones en sus dibujos, sería capaz de controlar el océano negro que se agita en su interior, susceptible de desatar su furia al primer soplo de viento.

—Abi... Abigaëlle —respondió secamente—. Pero ya te he dicho que no quiero hablar de mi familia.

Al pronunciar esa frase, hizo un gesto brutal con el brazo para apartar de sí cualquier pregunta, como habría hecho para espantar una avispa agresiva. En el minúsculo espacio, rozó el codo de Zoé, quien, instintivamente, dio un paso atrás. El pavor que atravesó el rostro de la joven hizo palidecer a Gabriel, que tensó la mandíbula; se le ensombrecieron los ojos como se ensombrece el cielo antes de una tormenta. Sin añadir palabra, salió de la casa dando un portazo.

Zoé se quedó plantada delante del radiador toallero a medio instalar sin comprender lo que acababa de ocurrir. Un poco desconcertada, sacó el móvil del bolsillo trasero del vaquero y tecleó «Abigaëlle Mancini» en la barra de búsqueda. No salió ningún resultado sobre una posible hermana de Gabriel que viviera en Borgoña, y no era de extrañar, ya que me llamo Abigaëlle Lemonnier; Gabrielle tomó el apellido de nuestra madre cuando se hizo artista. Zoé se encogió de hombros, cogió el taladro y terminó de montar el radiador toallero ella sola.

Zoé no llamó a Gabriel esa semana. Esperaba que él se disculpara por su marcha precipitada y le parecía que no le correspondía a ella dar el primer paso. Durante diez días Gabriel no dio señales de vida. En el transcurso de ese tiempo, Zoé repasó la escena incontables veces en su cabeza. La miró desde todos los puntos de vista y le dio tantas vueltas que al final la transformó y acabó por convencerse de que la reacción excesiva de Gabriel estaba justificada. Sabía que el de su familia era un tema sensible. No tendría que haberlo agobiado con sus preguntas. Le había hecho daño. Extrañaba tanto a Gabriel que le dolía el vientre. Sus colegas de trabajo comenzaron a inquietarse por sus ojeras y sus ojos enrojecidos.

Probó a llamarlo por teléfono, pero él no lo cogió ni le devolvió la llamada. Al cabo de unas horas, ella le escribió: «Te echo de menos». Deprimida por no recibir una respuesta inmediata, llamó a Sofiane, su mejor amiga, cuyo diagnóstico de la situación fue inapelable: «Rompe con ese cretino y búscate una buena persona; es la única cualidad que importa en un hombre, que sea buena persona». Apenas colgó el teléfono, ignorando las advertencias de Sofiane, Zoé no encontró nada más constructivo que volver a escribir a mi hermano: «Sé muy bien que tú también me echas de menos». Gabriel la llamó al cabo de unos minutos. No volvieron a hablar de ese enfado. Gabriel no volvió a esconder el hecho de que venía a visitarme dos veces al mes y Zoé tampoco le hizo preguntas sobre mí.

La realidad es que Gabriel estaba tan enamorado de Zoé como ella de él. Pero mi hermano odiaba la idea misma del amor. Siempre lo había considerado como un veneno, una anestesia que había entumecido la razón de nuestra madre hasta el punto de paralizarla y hacerla esclava de nuestro padre, engañada por la ilusión de que él acabaría por cambiar. A pesar de todo, siempre quise creer que mi hermano era capaz de no reproducir el patrón familiar, que tenía la fuerza necesaria para evitarlo. Incluso varias veces me planteé romper mi voto de silencio para hacerle partícipe de mi fe en el poder redentor del amor. Pero se habría reído en mi cara. Me habría dicho que dejase de creer en milagros, que nunca vivimos nada maravilloso o monstruoso que no se haya vivido ya mil veces y que, por mucho que los enamorados estén convencidos de que su historia es única, acaban por quedar atrapados, igual que todo el mundo, en la realidad de discusiones como quién bajará la basura los días pares. Cada una de sus palabras me habría hecho el efecto de una gota de ácido sobre la herida aún abierta de nuestro pasado. Así que, como siempre, guardé silencio. No tenía ganas de que me demostrase que lo único que sabemos es reproducir los modelos que hemos tenido delante al crecer, cual aguerridos muñequitos de Playmobil repitiendo hasta el infinito los mismos errores, concibiendo las mismas esperanzas, sufriendo los mismos traumas, viviendo la misma vida.

Sin duda pensaréis que me equivoco al creer que el amor todo lo puede curar. No os lo reprocho. Al fin y al cabo, vosotros vivís fuera, en el mundo real, y yo estoy aquí encerrada con unas monjitas por toda compañía. Pero, ocurra lo que ocurra, que sepáis que hasta el último segundo, hasta el momento fatídico en que todo se derrumbe, continuaré creyendo en los milagros. No puedo evitarlo, soy así.

A pesar de todo, y por muy raro que parezca, reconozco que yo no había previsto en absoluto lo que iba a suceder. Apenas unos meses después de conocerse, cuando Gabriel por fin había dejado de devolverle el cepillo de dientes que ella se olvidaba, Zoé comenzó a sufrir vértigos. Tenía náuseas cada dos por tres y la atenazaba una fatiga que no desaparecía aunque durmiera bien por las noches. Aconsejada por su médico de cabecera, se hizo unos análisis de sangre. No se preocupó demasiado, por supuesto. Debía de tratarse de falta de hierro o de magnesio. Una mañana soleada de abril, el laboratorio le envió los resultados de los análisis. Se había producido el milagro, aunque no el que yo esperaba: Zoé estaba embarazada.

CONSULTA DEL DR. GARNIER
Un viernes a las 17.00 h

—Buenas tardes, señora Boisjoli, ¿qué tal está?

—Bien.

Ha regresado. Es una tontería, pero me siento aliviado. Cada vez que abría el correo electrónico, tenía miedo de que me hubiera escrito para anular la cita. Desde que vino por primera vez, no he dejado de pensar en Coralie y en su prometido australiano. ¿Será tan buena persona como aparenta? ¿Le dará toda la ternura y el respeto que ella se merece? Tengo sudores fríos cuando me pongo a pensar en ello. Ayer hasta estuve mirando precios de billetes París-Sídney.

El mismo lunes le pregunté a mi socia Déborah qué sabía de violencia doméstica. Para sorpresa mía, estalló en carcajadas.

—Pero, Doc, ¡pensaba que no ibas a coger pacientes nuevos!

Una vez le confesé que prefería que me llamara por mi nombre, pero ella me respondió que solo usaba apodos con la gente que le gustaba, así que me acostumbré. En fin, que me enteré entonces de que Déborah conocía muy bien el tema de la violencia doméstica. Hacía además voluntariado en un hogar de acogida de mujeres víctimas de esta situación y en talleres acerca del asunto en colegios e institutos.

—Incluso en caso de separación —me explicó ella con pasión—, nos encontramos con situaciones en las que la legislación obliga a las madres a dejar a sus hijos con el hombre que las ha agredido y amenazado durante años. Los hijos se convierten en un instrumento de chantaje y de presión entre los padres; es totalmente destructivo para los chavales. Sí, es negocio para los terapeutas que los ayudan a recuperarse quince años después, traumatizados por completo, pero no te quiero contar el coste que supone para la sociedad.

Desde nuestra conversación, Déborah no deja de mandarme artículos, libros, cifras y folletos. El tema es tan apasionante como aterrador.

Le dedico a mi paciente una sonrisa tranquilizadora. En su caso, aún no hemos llegado a ese punto; para ella la cuestión de la separación no es siquiera concebible. Le sirvo un vaso de agua.

—Me alegro de que haya vuelto.

—Sí... La... última vez... creo... creo que hablar con usted me alivió... La verdad es que nunca comento nada con la gente cercana.

—¿Quiere decir que nunca les ha hablado de la violencia que hay en su hogar?

La señora Boisjoli se sonroja y baja la vista.

—Sí, eso es —murmura.

—¿Por qué?

—Porque... Porque tengo miedo de que dramaticen la situación, que no comprendan...

—¿Que no comprendan qué, exactamente?

—Que nos encasillen, que lo demonicen a él y me... Mire, a la primera de cambio, este amigo por el que he venido a su consulta se puso a hablar de separación, de policía, de psiquiatra... ¡Es algo del todo desproporcionado! No hace falta que la gente se preocupe por mí. Estoy feliz con mi vida y con mi pareja. A veces discutimos, sí, quizá de manera excesiva, pero nadie me está obligando a mantener la relación, es una elección mía. Y además...

Se interrumpe, juguetea con los anillos, incómoda.

—Continúe.

—La gente tiene una imagen de mí muy... positiva, y no quiero que cambie. No quiero que me juzguen. Que piensen que no sé hacerme respetar o que soy... débil.

—¿No cree que podrían querer simplemente ayudarla, sin que tenga nada que ver con juzgarla?

Se encoge de hombros y, con la punta de los dedos, se recoloca un mechón de pelo detrás de la oreja.

—No saben nada de su infancia, no pueden comprenderlo... Yo soy la única que lo conoce de verdad, que lo quiero por lo que es. Tratarían de convencerme de que lo abandonara. Hemos tenido algunos episodios difíciles, sí, como todo el mundo, pero soy incapaz de vivir sin él. Y además, la realidad es que la gente desprecia a las mujeres como yo, quizá incluso más que a los hombres que...

Vuelve a interrumpirse y mira con obstinación por la ventana. Siente vergüenza.

—¿Los hombres que...?

—Pues... eso... Los hombres que... que pegan a veces a su mujer. Sé bien lo que usted se imagina, de todas formas.

—¿Qué es lo que usted supone que yo imagino, exactamente?

—Piensa que se trata de violencia doméstica, como los casos que aparecen en la prensa... Piensa que vivo con un bruto estúpido y alcohólico que me va a estrangular porque he charlado con el vecino o porque no he limpiado bien la casa...

—¿Cree usted que son solo los brutos estúpidos y alcohólicos los que cometen actos de violencia contra su pareja?

—He pintado una caricatura, pero esa es la imagen que tenemos, ¿no? Mi pareja es una persona profundamente sensible que se preocupa mucho por los demás; es un hombre cultivado, inteligente, bastante divertido. Los niños lo adoran... Tiene mucho talento para inventar juegos e historias infantiles.

Antes de proseguir levanta la vista para mirarme.

—Es curioso, además, porque cuando lo conocí no imaginé que sería tan buen padre. ¡Es un padre extraordinario!

Me obligo a sonreír, como si yo también admirase a este padre modelo que sabe inventarse historias y que es tan sensible que le rompe las costillas a la madre de su hijo. La señora Boisjoli me observa fijamente; no se deja engañar por mi sonrisa.

—¿No me cree?

—Sí, le creo, pero las personalidades son complicadas; no se pueden definir con unos pocos adjetivos. Y, por lo que usted me ha dicho, a pesar de todas sus buenas cualidades, a veces su pareja se comporta de forma violenta con usted.

Ella suspira. Vuelve a tener la mirada huidiza. Prosigo con la mayor delicadeza posible.

—¿Es el término *violento* lo que le chirría?

—Sí... Me... me parece que es... excesivo. No define nuestra relación.

—Sin embargo, usted ha terminado en el hospital.

—... Yo... yo... Mire, a veces se enfada, como todo el mundo. Hace todo lo que puede para controlarse, pero la ira lo supera, lo desborda. Necesita tiempo para cambiar, para deconstruir el modelo con el que creció. ¿Sabe?, cuando... cuando era pequeño, su... hum... A él no le gustaría nada que le contara esto, pero su padre le pegaba a su madre.

Me relata algunas anécdotas que su pareja le ha contado a ella. Como, por ejemplo, el día en que cumplió diez años vio a su padre coger a su madre por el pelo y estrellarle la cara contra la tarta de cumpleaños estando encendidas las velas. El plato se rompió y ella casi perdió un ojo. En el hospital la madre dijo que se había caído por las escaleras mientras llevaba la tarta en las manos. La señora Boisjoli me explica que estas confidencias se las suele hacer su pareja en los momentos de remordimiento que siguen a un acceso de violencia. Ella las interpreta como una señal de confianza, sin darse cuenta de que él se sirve de ellas para manipularla y justificar su comportamiento inaceptable.

—¿Por qué, en su opinión, mentía a los médicos la madre de su pareja? ¿Porque era «débil», como ha sugerido usted antes?

—No... Ella no tenía elección. No podía irse. No trabajaba y no tenía ninguna posesión. La casa, el coche, la cuenta bancaria: todo estaba a nombre de él...

—¿Y a su pareja le afectaba el comportamiento de su padre, pero ahora hace lo mismo?

—Sabe que no está bien, pero a veces le es imposible controlarse.

—¿Le ha llegado a pegar en público?

Ella niega con la cabeza.

—¡Desde luego que no!

—Entonces ¿en público siempre logra controlarse?

—Sí.

—Pero, en privado, ante la mujer a la que quiere, ¿le es físicamente imposible?

Ella hace una mueca, frunce las cejas. El argumento ha dado en el clavo.

—Sí, pero... Es... Siempre se desespera cuando le ocurre, él nunca ha querido ser como su padre.

—Cuando dice que es «como su padre», quiere decir que es «violento», imagino.

Ella se remueve en el sillón y no responde. Yo prosigo.

—Para él debe de ser terriblemente triste haber crecido en ese ambiente.

—Sí, eso es... Usted, que es psiquiatra, sabe bien que eso es lo que explica que a veces pierda el control.

—Quizá, pero una explicación, señora Boisjoli, ¿es lo mismo que una excusa?

CUADERNO DE ABIGAËLLE, EXTRACTO
1991

Sé cómo salté del tejado. Me vienen muchos recuerdos de golpe. Pero no sé por qué.

Era el cumpleaños de Céline.

Como la fiesta de cumpleaños era de disfraces, Gabriel me hizo unas alas con papel higiénico y alambre. El tema: las hadas y las princesas. Y yo no tenía disfraz de hada ni de princesa. Solo un traje de R2-D2 de La guerra de las galaxias, *que estaba muy bien, pero R2-D2 no es verdaderamente una princesa ni un hada. Por eso Gabriel me hizo las alas de papel higiénico y mamá me dejó un vestido que me llegaba hasta los pies.*

Mamá dijo: Mi pequeña hada, eres igual de bonita que una estrella. Y Gabriel me dio un capón antes de que saliera de casa.

Cuando llegué a casa de Céline, le puse el candado a la bici y llamé a la puerta. Papá había dicho que vale a que mamá me comprara un regalo de cumpleaños para Céline. No se me ocurrió preguntarle qué era. Papá y mamá estaban contentos de que yo fuera a un cumpleaños. Normalmente no me invita nadie. La madre de Céline abrió la puerta. Me encantaron las flores amarillas y grandes de las paredes del vestíbulo. Detrás de ella llegó corriendo Céline. Cuando me vio, se le quitó la sonrisa de la cara.

—No la he invitado.

(He decidido hacer como en los libros ahora que ya soy mayor. Voy a poner guiones cuando hable la gente).

Su madre estaba ya saturada de Céline, que llevaba tres semanas que no hablaba más que de su cumpleaños: de los disfraces; de la tarta; de los regalos; de las invitaciones, que incluso había perfumado...

—No quiero que entre.

Cuando Céline dijo eso de aquella manera, tuve la impresión de estar en un videojuego de los de Gabriel en el momento en que él llega para matarme con su lanzallamas. Del dolor que sentí, perdí de golpe todas mis vidas.

—Pero, Céline —dijo su madre—. Sé más amable. A lo mejor podemos...

—¡No! ¡Es mi cumpleaños! ¡Todo el mundo dice que es demasiado rara! Mírala, está cubierta de papel higiénico.

Gabriel se había esforzado mucho para hacerme las alas y me enfadé al oír aquello.

—¡Son alas! —grité.

—¡No quiero que se quede! No le he dado ninguna invitación.

Céline se marchó por el pasillo de flores. Su madre se quedó allí plantada moviendo los ojos como un pájaro asustado, sin saber adónde dirigirlos.

Yo corrí a mi bici. Tenía la cara muy caliente. No respiraba muy bien por culpa del mar de tristeza que se me estaba levantando en el pecho.

Mientras quitaba el candado de la bici, a la madre de Céline le dio tiempo de alcanzarme.

—¡Espera!

Iba corriendo con sus zapatos de tacón demasiado finos y agitaba los brazos. Era como una veleta enorme en un día de tormenta.

—Lo siento. No llores. Mira, es para ti.

Yo no lloraba; no soy mariquita. Me tendió un saquito de papel dorado. Aunque tenía los ojos empañados, vi que en el papel había estrellas en relieve. Pude distinguir en el interior una bolsita con gominolas en forma de fresa, un boli turquesa, pegatinas y algo que parecía un cuaderno de espiral. Sin mirarla, le dije:

—No lo quiero, es una porquería.

No sé por qué dije eso. Quizá por el árbol de mi cerebro, que estaba explotando en todas direcciones y hacía salir palabras de mi boca sin contar conmigo. Porque a mí me habría encantado coger aquel saquito que no era una porquería para nada. Me pregunté si la madre de Céline iba a darme una bofetada, como le daba papá a mamá cuando ella decía una tontería. Pero se quedó allí sin moverse, como una farola, sosteniendo en la mano la bolsita magnífica que yo ya no podría tener. Después no vi nada más porque noté que me llovía sobre la cara mientras pedaleaba con todas mis fuerzas en dirección a casa.

Cuando papá me vio volver a entrar, me preguntó por qué estaba allí tan pronto y por qué lloraba.

—No lloro, y es por mi traje. Ya no estoy invitada —dije.

Él se puso a gritar.

—¡Maria! Joder, pero ¿es que hasta encontrar un disfraz adecuado para tu hija es demasiado complicado para ti?

Subí corriendo las escaleras. Habría podido tenderme en el suelo a la luz de la vidriera para calmarme. Pero no quería calmarme. Y, sobre todo, no quería oír gritar a papá. Todo aquello no era culpa de mamá. No sé de quién era culpa, pero de mamá no. Me fui a la habitación de Gabriel, pero no estaba allí. Abajo, papá seguía gritando. Busqué en mi escritorio, debajo del colchón, incluso fui a mirar en el armario de la caldera. Pero no encontré ninguna invitación.

No entendía nada. ¿Me había invitado de verdad Céline o era que el árbol de mi cerebro había hecho crecer allí esa mentira como si fuera una mala hierba en un jardín? ¿De verdad había hablado con Céline de la tarta que iba a pedirle a la veleta enorme de su madre? Me cogí la cabeza entre las manos para taparme los oídos. En el interior era el fin del mundo. En el exterior papá gritaba. Ya no quería oír nada más. Quería salir volando. Nunca tendría amigos. Yo quería a Céline y ella me detestaba. Creé en mi cabeza la idea de que me había invitado a su fiesta, pero no era verdad.

Y encima Gabriel no estaba. Así que subí al tejado y salté.

Salté aunque sabía que diez tiras de papel higiénico pegadas con celo a un alambre no eran unas alas de verdad.

Eso es lo que pasó.

Porque nadie me invita nunca a su cumpleaños.

Porque la madre de Céline quería darme una bolsita dorada y, a veces, la amabilidad, no sé por qué, estruja el corazón con más fuerza aún que la crueldad.

Porque las alas, si no son para volar, no sirven de nada.

Porque papá gritaba cada vez más fuerte. Y porque mamá estaba llorando y diciendo: Por favor, para, por favor, para, por favor, para.

Y era culpa mía.

Quizá salté para ver si estar muerta dolía menos que estar viva.

Pero no quiero hablar de esto. Por eso, aunque me acuerde, prefiero olvidarlo.

De todas formas, lo que no quiero para nada es contárselo a la doctora Hassan.

ABIGAËLLE
Ahora

Es raro; últimamente tengo lagunas mentales con más frecuencia. Hay un elemento fundamental de este asunto que se me escapa, pero ¿cuál? Me requiere más esfuerzo del habitual controlar la arborescencia que hay debajo de la tapa del cubo de basura. Me agota. A veces me entran ganas de dejar de luchar, de abandonar este relato y que mis pensamientos se desplieguen en todas direcciones, a riesgo de que me achicharren el cerebro por completo. Razón de más para continuar con mi historia, diréis. Quién sabe, perfectamente podría olvidarme de todo mañana mismo...

Continuemos.

Hay gente que duda, que vacila, que sopesa, que hace listas de pros y contras. Y luego están los que actúan solo guiados por el instinto, con decisión, y que se lanzan adelante incluso aunque el semáforo se haya puesto en ámbar. Zoé pertenece a la segunda categoría, claro está.

Durante años había planificado una vida sin hijos. Estaba feliz de emparejarse con alguien a quien consideraba el hombre de su vida y que también proyectaba no ser padre. Había asumido y aceptado su esterilidad, no era de las personas que gustan de cultivar el pesar. Sin embargo, de la misma manera que el ganador de la lotería no se plantea ni por un segundo la cuestión de aceptar o rechazar los cuarenta millones que nunca había imaginado que le tocarían, a Zoé tampoco se le había pasado por la cabeza la posibilidad de abortar hasta que mi hermano lo sacó a relucir.

Aquel bebé, para ella, era una evidencia: el regalo más extraordinario que le podía ofrecer la vida. Hasta el momento de la primera ecografía, había vivido con el pavor de que hubiera habido un error en el laboratorio. Una semana después de los resultados del análisis de sangre, el ginecólogo le confirmó que el embarazo era del todo real. Ya se oía el latido del corazón. Zoé se quedó sin saber qué decir. La idea de que unos días antes hubiera fabricado ese corazón minúsculo con ayuda de los gajos de manzana verde y las patatas fritas sabor barbacoa que tenía la costumbre de picar mientras corregía los dictados de sus alumnos la dejaba estupefacta de felicidad. Nunca había tomado verdaderamente conciencia de ese poder último, ese don divino: la posibilidad de crear vida a partir de la nada, del vacío, solo con el amor de su cuerpo milagroso de mujer. El médico le detalló los alimentos prohibidos y le aconsejó concertar una cita para la ecografía del primer trimestre. En recepción le dieron un trozo cuadrado de papel amarillo con una fecha y una hora: «10.45, 21 de mayo, ecografía, 1.ª planta». En el bus de vuelta, se le quedó fija en la cara una sonrisa beatífica. Leía una y otra vez aquellas letras como cuando se lee hasta el infinito el verso de un poema. Apretó el trozo de papel contra el pecho. Hoy ese *post-it* sigue pegado en el cajón de su mesita de noche.

Es extraño hasta qué punto visualizo claramente tantos detalles. ¿Me ha contado Gabriel de verdad todo esto con semejante precisión? ¿Me invento algunas cosas?

Zoé no tuvo miedo de anunciarle la noticia a Gabriel. No era tan ingenua como para imaginar que la evidencia se le presentaría a él de manera tan fulminante como se le había revelado a ella, pero estaba convencida de que sí sentiría alegría.

—¿Que estás qué? —preguntó con los ojos abiertos como platos.

—Embarazada.

Se produjo un silencio. Gabriel la miró fijamente unos segundos sin comprender. ¿Él? ¿Un hijo? No podía ser. Se había jurado no correr nunca ese riesgo. En su interior se levantó una rabia sorda, única protección contra el terror que empezó a atenazarle. Se le ensombreció el rostro.

—Me habías dicho que no podías.

—No te mentí. El médico no puede explicarlo. Es un milagro.

—¿Un milagro?

El tono mordaz con el que pronunció esa palabra produjo en Zoé el efecto de un puñetazo en el estómago.

—¡Sí, un milagro! Se suponía que nunca iba a quedarme embarazada.

Él la interrumpió.

—No lo tendremos.

—Te puede oír, ¿sabes?

—No puedes hacerme esto, Zoé, ¡estábamos de acuerdo!

Gabriel se puso de pie. Cerró los puños con tanta fuerza que los nudillos se le pusieron blancos. A Zoé la invadió la decepción. Luchó contra las lágrimas que amenazaban con anegarle los ojos y respondió con una firmeza que estaba lejos de sentir.

—No, eres tú el que no me puede hacer esto. Siento que lo veas así, pero para mí es la única oportunidad. No volverá a haber otro bebé, otro embarazo. Vete si quieres. No estás obligado a reconocerlo o a implicarte en su vida, pero no hay nada en este mundo que vaya a impedirme tener este bebé.

Las palabras de Zoé cayeron sobre Gabriel como una ráfaga de flechas encendidas. Sentía que aquello era un castigo por haber osado aspirar a una vida normal. La violencia del sentimiento de injusticia que lo devastaba en ese instante y que era incapaz de expresar se convirtió lentamente en furor. Se le nubló la vista, se le aceleró la respiración; la angustia le oprimía los costados.

Abrió la boca como para decir algo, o quizá para buscar aire. Veía borroso, se asfixiaba. Sentía bullir en el cuerpo unas ganas incontrolables de romperlo todo, de quemarlo todo. Entonces, por miedo a cometer lo irreparable, se marchó sin siquiera cerrar la puerta del apartamento tras de sí.

CUADERNO DE ABIGAËLLE, EXTRACTO
1991

Esta mañana Gabriel me ha encontrado en el fondo del jardín encendiendo mis cerillas. Era una cajetilla pequeña con un sol rojo que encontré en el bolsillo del abrigo de papá. El Sol Rojo es el hotel que está al lado de la oficina de correos. No sé por qué papá va al hotel si duerme en casa, pero me alegré de encontrar las cerillas, porque no me dejan tener ninguna y mamá ha escondido las de la cocina.

Le dije a Gabriel:

—Mira lo bonitas que son estas lucecitas.

Pero no puso cara de que le parecieran bonitas.

—¿Eres tonta o qué? ¿Quieres quemar la casa?

Lo empujé. No me gusta cuando me habla así. Él levantó los ojos al cielo. Yo no entendía por qué estaba tan enfadado de repente.

—No son lucecitas, Abi. Es peligroso. ¿No entiendes que con una sola cerilla puedes hacerlo explotar todo?

Y entonces me quitó la caja. Ya solo quedaba una dentro, así que no era tan grave. Pero igualmente me enfadé mucho por que me quitara así mis cosas. Quise recuperarlas y le golpeé. Él me empujó y se puso a gritarme:

—¡Déjame! ¡Estás loca de verdad!

—¡La caja es mía! ¡No he hecho nada malo!

Y lloré por la pena que cayó sobre mí como si fuera un tiesto del balcón.

Gabriel soltó un suspiro muy grande.

—Te la devolveré cuando seas un poco mayor, ¿vale?

—¡No es justo!

—No me olvidaré, te lo juro. ¿Quieres ir a dar una vuelta en bici o prefieres leer un libro?

—Leer un libro.

Y se me quitaron la tristeza y la rabia.

Gabriel ha encontrado otros libros de la familia del carromato en la biblioteca de su colegio y los leemos juntos. Él dice que es una locura que yo lea más rápido que él. Yo le explico que es normal, que es a causa de mi cociente.

Mamá le preguntó a Gabriel, que estaba leyendo La familia en la barcaza, si el libro estaba bien.

Él dijo:

—Sí. El libro está bien; no como nuestra familia.

Entonces mamá se fue a hacer la colada. Ahora hace la colada muy a menudo. El problema es que si llora demasiado se nos va a gastar la ropa de tanto lavarla y plancharla todos los días.

Cuando mamá llora no me gusta. Me pone muy triste. A veces llama a la tía Pauline y murmura al teléfono mientras llora. La tía Pauline la consuela. La tía Pauline no cree que llorar sea de mariquitas, así que está bien. Cuando papá se va de viaje por trabajo, la tía Pauline viene a veces a casa. Es muy divertida, la quiero mucho. Pero no hay que contárselo a papá para que no se enfade. Creo que a él no le gusta la tía Pauline. No sé por qué.

Ella dice:

—Abi, que sepas que puedes llamarme cuando quieras si pasa cualquier cosa. Aquí tienes mi número.

No sé por qué nos mira siempre a Gabriel y a mí con los ojos muy abiertos, como si estuviera preocupada.

La doctora Hassan me preguntó:

—¿Qué habéis hecho durante las vacaciones, Abi?

No sabía qué contarle, porque durante las vacaciones papá le ha reñido mucho a mamá y Gabriel me ha dado muchos capones y he pasado mucho tiempo en el armario de la caldera escuchando en su walkman la canción más bonita del mundo. Y como no puedo hablar de todas esas cosas, que son nuestro pequeño secreto, le conté a la doctora Hassan lo que pasa en el libro de La familia en el trasatlántico, *en el que la familia del carromato va de visita a Estados Unidos. Cambié las cosas: conté también que vimos auroras boreales, y la doctora abrió mucho los ojos porque no hay nada más bonito que las auroras boreales y ella no sabía que podían verse en América. Gabriel me ha enseñado fotos en el libro grande sobre Islandia que hay encima de la mesa del tresillo. Allí es adonde se fueron de luna de miel papá y mamá. Pero no consiguieron ver auroras boreales. A lo mejor es por eso por lo que papá está tan enfadado con mamá. Gabriel y yo un día veremos auroras boreales. Él dice que iremos a Canadá, a la parte más al norte. Allí los días son muy cortos, los caribús beben jarabe de arce y hay muchas auroras boreales en todas direcciones.*

Cuando pienso en todas las cosas bonitas que voy a hacer más adelante en la vida, me olvido de mi tristeza: ver auroras boreales, viajar, aprender inglés para entender la letra de la canción más bonita del mundo, tener amigos, comer crêpes, leer todos los libros, vivir en un carromato, montar en un patín de agua a pedales, escuchar todas las canciones de Radio Nostalgie y todos los chistes de la cadena Risas y canciones, reírme con Gabriel, o sea, un montón de cosas...

Cuando mamá vino a buscarme, la doctora Hassan le preguntó si habíamos ido a Estados Unidos durante las vacaciones. Mamá se puso rojísima y farfulló (que quiere decir que habló para su capote).

En el coche me acarició la cabeza.

—Abigaëlle, ¿por qué le mientes a la doctora Hassan, cariño?

—Porque papá no quiere que le cuente lo que pasa en casa.

Ella volvió a poner las manos en el volante, como si tuviera miedo de caerse del asiento. Después dijo muy bajito:

—¿Y qué es lo que pasa en casa que no debes contar, Abi?

Yo me encogí de hombros.

—Nada, no lo sé. Prefiero contar que vamos a Estados Unidos y que todo está bien. Que somos felices como la familia del carromato. A todo el mundo le gusta oír una historia bonita y a mí me gusta contar historias bonitas que terminan bien.

Mamá me abrazó con mucha fuerza. Se veía que estaba deseando ir a hacer la colada, pero eso no se puede hacer en el coche. Yo tenía la nariz en su pañoleta, la azul con margaritas. Olía su perfume: a sol y a calma. Olía a felicidad y también un poco a detergente con aroma de lavanda.

Mamá me dijo:

—Eres mi niña maravillosa, ¿sabes, Abi, cariño? Eres mi pequeño sol. Te quiero muchísimo, muchísimo, muchísimo. No sé qué haría sin ti y tu hermano.

Mamá huele tan bien, se está tan bien entre sus brazos... Yo también la quiero muchísimo.

En momentos así, la vida es muy bonita, incluso podría decir que esos momentos son lo más bonito del mundo.

CONSULTA DEL DR. GARNIER

Un viernes a las 17.00 h

—¿Qué tal está hoy, señora Boisjoli?

—Bien.

La noto más tensa de lo habitual. Lo que me llama la atención es algo muy sutil: sube la mano a la cara como para echarse el pelo detrás de la oreja, un gesto que le he visto hacer a menudo, pero esta vez sus dedos parecen darse cuenta del error y vuelven a posarse sobre la rodilla sin haber disciplinado a los mechones rebeldes que le caen sobre la frente. Me fijo entonces en el chichón cubierto de maquillaje que se ve a través del pelo. Quizá si no estuviera al corriente de su situación, no me habría dado cuenta.

—¿Es un moratón lo que tiene en la frente?

Ella farfulla una respuesta que no comprendo.

—¿Cómo se lo ha hecho?

Tiene la mirada huidiza; no le gusta mentir. Debe de ser agotador estar siempre engañando, ocultar los moratones, fingir que todo va bien. La señora Boisjoli no viene a la consulta porque quiera que yo la ayude o porque piense que puedo hacer algo por ella. Viene porque es quizá el único lugar donde no tiene que fingir felicidad.

—Con la puerta de un armario esta mañana —murmura.

Dejo que el silencio se prolongue unos segundos antes de preguntar:

—Y ¿cómo ha sido la cosa?

La señora Boisjoli duda. Una parte de ella quiere continuar negando la realidad, pero se le hunden los hombros.

—Creo... creo que él me ha puesto la mano en la nuca y... me ha golpeado la cara contra el armario de la cocina. No... no me acuerdo exactamente.

—¿Y qué ha sido lo que ha desencadenado ese gesto?

—La... la culpa de que discutiéramos ha sido mía... Ahora mismo él está trabajando mucho y yo le he pedido que reorganizara su jornada porque me equivoqué con los horarios y no podía abrirle al fontanero, como habíamos previsto.

—Todos nos equivocamos, ¿no?

Ella se muerde el labio y hace girar el anillo del dedo anular una y otra vez.

—Él dice que no tiene por qué sufrir las consecuencias de mi estupidez, y es verdad: yo debería ser capaz de anotar correctamente la hora de una cita.

La señora Boisjoli está enfadada, pero no con su pareja. Su voz deja traslucir la irritación que siente contra sí misma.

—¿No es exagerado que la llame «estúpida» por un simple olvido?

—Es que me pasa a menudo. Me cuesta concentrarme. Es normal que se enfade. No lo hago a propósito, pero lo pongo a cien. Sé que él es irascible, sé que puede perder el control... Imagino que eso le basta a usted para considerarme una mujer maltratada..., pero no es tan simple. Yo también tengo mis fallos.

—Nunca es tan simple, como usted dice. Y prefiero la expresión *víctima de violencia doméstica.*

—Bueno, es parecido.

—¿Qué es, para usted, una «mujer maltratada»?

Ella se encoge de hombros y mira por la ventana. Tiene todos los músculos tensos, su cuerpo sigue en posición de alerta, presto a huir, a defenderse. Ha asumido lo que la razón aún niega: el peligro, la presencia del enemigo en el seno mismo de su hogar.

—Una mujer débil, sumisa, que se deja pegar sin reaccionar.

Sé que se supone que debo dejarla hablar e intervenir lo menos posible, pero estoy preocupado. Las cosas están empeorando. En pocas semanas, la costilla rota parece haber desplazado el límite de lo aceptable tanto para ella como para él. Ahora resulta que ella se equivoca con un horario y él le golpea la cabeza contra un armario. Y a ella casi le parece normal. Me coloco las manos sobre el vientre y pongo cara de reflexionar sobre sus palabras mientras hago tiempo para formular mi pregunta.

—Si un desconocido agrediera violentamente a una mujer en la calle y se pusiera a pegarle, ¿diría usted que, si la víctima no reacciona, es débil y sumisa?

—No, claro que no... Pero si eso ocurriera en la calle y a manos de un desconocido, la víctima estaría en estado de shock, sería traumatizante.

—Señora Boisjoli, ¿no cree que entra usted igualmente en estado de shock y vive algo traumático cuando la violencia proviene de su pareja, que se supone que la quiere y desea su bien, cuando ocurre en su propio hogar, el lugar donde, por esencia, debería sentirse a salvo? ¿No cree que por esa razón se ve usted igual de incapaz de reaccionar ante la agresión?

No responde, y cada uno de sus silencios es una brecha en su estado de negación que debo ampliar antes de que se cierre. No tengo tiempo de pasar seis meses deconstruyendo sus ilusiones y restaurando la confianza en sí misma que su pareja ha ido destruyendo a lo largo de los años. Los dos últimos episodios de violencia se han producido hace poco y son manifiestamente más intensos que los anteriores. Según lo que he leído, eso no es nunca buena señal y podría degenerar muy rápido.

—Es por su infancia —murmura la señora Boisjoli—. Ya se lo he explicado.

—Pero usted... ¿Es usted responsable del comportamiento del padre de su pareja?

—No, claro que no —responde seca.

—Entonces ¿por qué le parece normal ser quien sufra las consecuencias, acabar en el hospital?

Se endereza en el sillón y se le enrojecen las mejillas por la emoción.

—Porque no puedo destruir la familia que hemos construido juntos. ¡Sería horrible para todos! El hospital fue una excepción... Un accidente. ¿Sabe?, podría incluso ser el detonante que lo lleve a cambiar. Me juró que no volvería a pasar nada parecido.

—Sin embargo, esta mañana, a pesar de sus promesas, a las pocas semanas de que saliera usted del hospital, le ha golpeado la cara contra la puerta de un armario.

Ella no responde. Me da la sensación de que está enfadada conmigo, que no ha venido aquí para que yo socave las ilusiones que se ha pasado años alimentando para poder hacer frente a su vida. Ha venido aquí para que la tranquilicen, no para que la ataquen, y yo, al expresar mi opinión, estoy corriendo el riesgo de ponérmela en contra.

—Su pareja es un hombre adulto. Adulto y responsable de sus actos, ¿no?

—Cambiar requiere tiempo, sobre todo cuando se ha tenido una infancia traumática. Usted es psiquiatra, debería saberlo.

—¿Está él yendo a alguna consulta? ¿Le está haciendo seguimiento algún profesional? ¿Un psicólogo? ¿Un psiquiatra a quien pueda hablarle de su infancia? ¿Se ha acercado a alguna asociación? ¿A algún grupo de apoyo para hombres violentos?

Me lanza una mirada exhausta, casi suplicante. Siento pena por ella, pero necesito que tome conciencia de que su vida está en peligro.

—Mencioné una vez la idea de hacer terapia de pareja, pero a él no le van mucho los psicólogos y... no le gusta nada hablar de su infancia. Considera que las historias de su familia solo le conciernen a él.

—Solo le conciernen a él, pero es usted quien acaba en el hospital. Curarse de traumas y deconstruir los modelos de la infancia son cambios que es poco frecuente que pueda llevar a cabo una persona sola en su rincón sin la ayuda de profesionales.

—Sé que él es sincero...

Le explico con delicadeza lo que he aprendido estas últimas semanas con mis lecturas: la mayoría de los hombres violentos se disculpan, lloran, prometen que no volverá a pasar y, al cabo de una semana, vuelven a empezar. Sentir remordimientos, por muy sinceros que sean, no tiene nada que ver con asumir la responsabilidad y tomar medidas concretas para canalizar la violencia y proteger a las víctimas. Cuando aparece la violencia en el seno de una pareja, no hace sino aumentar con el paso de los años. Los episodios son cada vez más frecuentes y más graves. Es un dato estadístico. Y aunque su caso podría ser la excepción que confirmara la regla, mientras espera a que él cambie, está poniendo en riesgo su vida. Nadie se merece que lo traten de esa forma.

—Lo que usted no comprende —dice ella con enfado— es que, aparte de esos momentos poco frecuentes, él es una persona muy solícita y divertida, que me apoya. Somos... somos felices juntos; sin duda, mucho más felices que la mayoría de las familias que nos rodean.

—¿Es usted consciente de que el día de la fractura de la costilla pudo haberse golpeado la sien contra la esquina de la encimera?

—Él nunca se habría arriesgado a que...

—¿Arriesgarse a qué?

—A... a poner en peligro mi vida.

—¿No me dijo que él la había empujado y que usted se había caído? ¿Cómo habría podido él controlar hacia dónde se caía usted? Y, vista la fuerza del impacto que recibió en la costilla, si el golpe hubiera sido en la cabeza, podría haberla matado, ¿no es cierto?

—Pero ¡no pasó!

—Y ¿si pasa la próxima vez?

—¡No habrá próxima vez!

—¿Y la puerta del armario esta mañana? ¡Ha habido ya una siguiente vez después del hospital!

Me sorprende la ira que siento. Me estoy tomando su caso demasiado a pecho. Esta mujer tiene el aspecto de un ave enjaulada. Se levanta súbitamente y comprendo que he ido demasiado lejos. La he llevado al límite. Le tiemblan los labios.

—... Dis... dis... discúlpeme, te... tengo que ir a buscar a mi hija. Me voy.

En la voz y en los gestos confusos le vibra un pánico desesperado. Me pongo de pie inmediatamente y trato de tranquilizarla. Ahora se ha puesto a llorar. He ido demasiado lejos.

—Escúcheme, lo siento mucho, no tendría que haber... ¿No quiere volver a sentarse un minuto, solo para calmarse un poco?

Querría consolarla, decirle que todo va a salir bien, que vamos a encontrar una solución, que no está completamente sola, pero ella niega con la cabeza. Es más fácil considerarme a mí responsable de su sufrimiento, en lugar de reconocer que ha elegido pasar la vida con la persona equivocada.

—¡Apártese! —murmura.

Impotente, obedezco y le dejo libre el paso.

—Tiene mi número. Puede llamarme a la hora que sea, de verdad. Se lo cogeré, ¿de acuerdo? ¿Señora Boisjoli? ¡¿Señora Boisjoli?!

Pero es demasiado tarde, se ha marchado.

Soy un idiota. No va a volver.

ABIGAËLLE
Ahora

Gabriel vino a verme después del anuncio del embarazo de Zoé. No me lo esperaba porque no era sábado. Me alteró mucho. En mi estado, no me gustan las sorpresas. Pero claro, él no se lo planteó. Se limitó a subirse al coche y conducir lo más rápido posible hasta Genevigny sin molestarse en avisarme.

Caminaba de un lado para otro pasándose las manos temblorosas por el pelo y repitiendo en bucle: «Lo había prometido, no quería romper nuestro pacto». Hacía años que no lo veía tan agitado: desde el momento en que, justo después del entierro, decidió irse de casa y metió atropelladamente en la mochila todo lo que se le vino a la mano.

Estaba dominado por el miedo. No lograba controlarse. Yo veía que las emociones que intentaba contener se apoderaban de él una tras otra: ira, recelo, incapacidad de comprender, desesperación, frustración. Venían hacia mí amenazantes como las rachas de viento desordenadas que preceden a un huracán. Me sentía mareada. Gabriel no es capaz de soportar esa agitación interior: o bien la dibuja y logra hacerla salir; o bien corre unos cuantos kilómetros esperando distanciarse de ella; o bien la acalla y deja que envenene su interior.

Yo lo observaba en silencio, frenética ante la posibilidad de que surgiera de ese caos la terrorífica compañera de nuestra infancia, la violencia que corría por las venas de mi padre y que, con el paso de los años, había transformado a mamá en un animal aturdido, atrapado en la negación y las falsas esperanzas, como una gaviota en una marea negra.

Y luego, al final, el entierro.

No quiero pensar en el entierro hoy.

No quiero pensar en mamá. Punto.

Me siento mal. Creo que me drogan. No encuentro otra explicación. De un tiempo a esta parte he notado que a veces estoy totalmente ausente. Quizá sor Marie-Clotilde no es tan simpática como parece. ¿Qué he comido esta mañana? ¿Dónde podrían haberme deslizado una pastilla? Imposible acordarme de la última vez que he comido. Qué extraño. Cierto, la comida del convento no es alta gastronomía, pero tampoco tan mala como para haber desarrollado una amnesia postraumática después del desayuno. ¿Estoy loca? No. Me niego a aceptar esa explicación. Lo mezclo todo. ¿Qué justificación hay para que yo esté aquí? ¿Es que acaso he hecho algo malo? ¿He cometido algún crimen? A veces miento, es cierto, pero ¿es que mis mentiras han hecho daño a alguien?

Tus mentiras han matado a alguien. Lo sabes perfectamente.

No. No. No.

No soy más que una pobre mujer encerrada por error en este convento, a la que drogan a escondidas, eso es evidente. No estoy segura de que vaya a ser capaz de reconstruir esta historia hasta el final. De un tiempo a esta parte mi cotidianeidad es como un queso gruyer: cada agujero representa un fallo inexplicable de la memoria. Estos problemas cognitivos empeoran cada día que pasa, pero sé que empezaron el día del entierro. O, más exactamente, los días anteriores. Nunca he sido capaz de acordarme de esos días. ¿Por qué? Solo recuerdo estar en el armario de la caldera. Tengo doce años y medio. Todo es claro, preciso, como si estuviera viendo una película. Enfrente, pegado con celo a la pared, un retrato que Gabriel había hecho de mí, con alas y un colibrí posado en el hombro. Me encantaba. Allí dentro tenía en la mano una caja de cerillas y reprimía con todas mis fuerzas las ganas de encender una para contemplar cómo bailaba en la oscuridad la frágil llama, tan ligera y feliz como una vela de cumpleaños. Siempre que sujetaba entre los dedos ese fragmento minúsculo de belleza, me quedaba como hipnotizada. Me olvidaba de los gritos de fuera, de mamá llorando y de la realidad del mundo. No veía más que la luz.

Aún hoy tengo una caja de cerillas por si acaso. La he escondido para que no me la quiten las monjas. Está decorada con un sol rojo. ¿Dónde la he puesto? Gabriel me la dio el día del entierro. Solo queda una cerilla dentro. Siempre me he contenido para no encenderla. Mamá me leía *La pequeña cerillera*; yo no cometeré, como la niña del cuento, el error de desperdiciar la última cerilla. Además, ¿qué pueden unos segundos de claridad fugaz frente a la oscuridad del mundo?

Pero todo eso no me dice lo que ocurrió antes del entierro. En el armario escuchaba música, mi canción preferida. Lo sé, aunque me es imposible acordarme de la melodía, del título o de quién la cantaba. La música se paró de repente. Se agotaron las pilas del walkman de Gabriel.

¿Y luego?

Nada.

Es como si hubiera despertado de una anestesia general de tres días. No tiene sentido. Debería ser capaz de acordarme de mi canción preferida.

En el libro de física del último año de bachillerato, que le cogí prestado a mi hermano en aquella época, leí: «Un agujero negro es un objeto celeste tan compacto que la intensidad de su campo gravitacional impide que pueda escaparse de él cualquier forma de materia o de radiación».

Ese fragmento de mi vida, entre el instante en que se agotaron las pilas del walkman y el momento en que me encuentro en el entierro, ¿podría haberlo aspirado un agujero negro en el sentido astrofísico del término? He aquí una hipótesis que analizar. Sería lógico que nada se escapara de un agujero negro, ni una reminiscencia, ni un sonido, ni una palabra, ni un olor, ni una imagen. La nada. Eso explicaría muchas cosas.

Pero ¿quién murió? Pienso en esa canción y empiezan a surgir destellos luminosos por todos los rincones de mi cabeza, como si fueran las pantallas luminosas de Times Square. La pañoleta del féretro, las margaritas sobre fondo azul. Sé perfectamente que era la pañoleta de mamá. No. Se me cruzan los cables. Me corta la respiración la angustia, dura como una pelota de golf que se me atragantara en la tráquea.

Oigo que tocan a vísperas. Pronto será la hora de cenar. A veces me siento tan sola, tan cansada... Todas estas neuronas de mi cerebro que piensan en lugar de mí... Forman trillones de conexiones por segundo. Concretamente 153 de cociente intelectual, según las pruebas extrañas que me hizo la doctora Hassan. Siete puntos menos que Albert Einstein. ¿Siete puntos de diferencia entre la genialidad y la locura? Mi cerebro invadido por ramas negras, capaz, según mi padre, de hacer de mí la primera mujer en poner los pies en la Luna y, en realidad, incapaz de retener un sencillo recuerdo: ¿quién murió, Abigaëlle?

Contar las respiraciones. Pensar en la doctora Hassan. La seguridad de su consulta soleada. Su sonrisa amable. Oír su voz, submarina, amortiguada y deformada por la densidad del pasado: «Todo lo que vives, Abigaëlle, todo lo que oyes, todo lo que ves, está grabado en algún rincón de tu cabeza. Lo que determina que te acuerdes o no de algo es que vayas a buscarlo al lugar correcto. A veces basta un olor, una canción, una palabra o un detalle ínfimo para que aflore de golpe el recuerdo que has estado ocultando. Será como encender una cerilla; se hará la luz».

Mi cerebro es la mayor biblioteca del mundo. Hay estanterías hasta el infinito, cada una igual de alta que la bóveda celeste. Querer encontrar un recuerdo es como buscar un libro concreto en esa inmensidad. ¿Dónde he colocado el dichoso entierro? Sé que está en alguna parte, pero mi subconsciente me bloquea el acceso. Lo ha encerrado en el cuarto de atrás, en la sala de los archivos olvidados, con los libros enmohecidos, los que se deshacen en polvo, cubiertos de telarañas.

He perdido la llave de los archivos. ¿Por qué?

Porque me protejo. Pero ¿de qué?

Lo sé, todo está ahí, puedo casi rozar el recuerdo con los dedos. Tengo un nombre en la punta de la lengua, y soy incapaz de pronunciarlo. Es como si tratara de atrapar corrientes de aire. Cada vez que me acerco a la puerta cerrada, siento que se proyecta sobre mi nuca la sombra monstruosa de la verdad, y doy un paso atrás.

Me alejo de la puerta.

Instantáneamente me calmo.

En el fondo no he cambiado. De pequeña elegía borrar de la memoria la violencia y la ira de mi padre, el terror de mi madre. Me acordaba de los días en que mi padre era divertido y amable y estaba sonriente, de los momentos en que le llevaba caramelos a mamá porque a ella le encantaban, o cuando le decía que era guapa, que era perfecta, que hacía la mejor pasta al pesto del mundo. Con esos pobres fragmentos de felicidad, me fabricaba una vida de retales agradable y colorida. Remendaba y adornaba los agujeros negros. Añadía un capítulo al libro, una salida imaginaria al museo; la mentira que hiciera falta para formar un conjunto de recuerdos coherentes, una infancia imaginada y dulce en la que pudiera acurrucarme, protegida del horror de nuestra vida familiar.

Ayer, igual que hoy, cualquier cosa antes que la verdad.

En días como este, en que me afluyen los recuerdos aunque no quiera, comprendo el mal que hice. Si le hubiera dicho la verdad a la doctora Hassan... Y a la señora Michelez cuando, temblorosa en el umbral de la puerta, ponía el pretexto de que venía a pedir sal o hierbas provenzales a horas intempestivas porque había oído los gritos de mamá y los insultos de papá... Si le hubiera dicho la verdad al médico que me había hecho preguntas mientras mamá pagaba la consulta en la recepción: «¿Cómo se ha roto tu madre el brazo? ¿Es verdad lo que ha dicho de que se cayó en el garaje?»... Si hubiera dicho la verdad a los policías que venían a tocar a la puerta porque la vecina los había llamado... Si hubiera dicho la verdad cuando mi madre respondía con una sonrisa, sin encender la luz de la entrada: «No os preocupéis, no pasa nada; la tele estaba un poco alta. Es que la señora Michelez, la pobre, está un poco mal de la cabeza»...

Si, en lugar de sonreír, de inventar, de enterrar el horror lo más profundamente posible bajo las flores de mis mentiras, hubiera pedido ayuda, ¿me habría respondido alguien?

Vivíamos bajo la amenaza permanente de la cólera de mi padre y no teníamos siquiera la oportunidad de expresar nuestra angustia. Una palabra mal dicha y corríamos el riesgo de que nos cambiaran de familia. Y yo no podía perder a mi familia. Era la única que tenía. Mentía para protegernos. No comprendía que asumir la realidad habría podido salvarnos. Quizá alguien habría podido tenderle la mano a mi madre para sacarla de la pavorosa soledad donde la había sumido su situación. Pero ¿se habría atrevido ella a aprovechar aquella oportunidad? Mi padre era tan amable, tan afable, tan sonriente, tan atento. Todo el mundo lo adoraba. Sobre todo yo.

En cuanto a mamá, cada vez que lograba reunir algo de dinero, como la calderilla de las compras, o como cuando mi padre, para hacerse perdonar los golpes, de los que siempre se arrepentía al día siguiente, le entregaba veinte francos para que «se diera un capricho», ella siempre jugaba: a la lotería, el euromillones, la quiniela... Acumulaba los billetes, esperanzas de otra vida, en el cajón de abajo de la cómoda. Nunca ganaba. De todas formas, aunque le hubiera tocado el gordo, no habría sabido cómo marcharse. Para salir de la prisión de la violencia no hace falta únicamente dinero, sino también ayuda, y la paciencia y la compasión de los demás.

En el fondo yo habría preferido que mi padre me pegara como pegaba a mi madre. Tal vez así habría logrado odiarlo. No habría sentido toda esa confusión, esa incomprensión en la que se ahogaba la niña que era. Porque se trataba de mi padre. Él me adoraba; yo lo quería. No sabía cómo no quererlo. Quizá fue a causa del amor que yo le profesaba a mi padre por lo que mamá no logró reunir el valor de marcharse. Quizá fue culpa mía que ella se quedara. Culpa mía que las cosas degenerasen poco a poco hasta aquel maldito día del entierro. Culpa mía que Gabriel esté destruido. Culpa mía. Llevo veintisiete años con esta culpabilidad como si fuera un baño de ácido. Veintisiete años dejando que me carcoma el alma, que me socave día tras día, que me consuma la razón, la lógica. Veintisiete años marchitándome a la espera de un perdón que no llegará nunca.

No guardo buen recuerdo del día en que Gabriel me anunció que Zoé esperaba un hijo. No tengo ganas de extenderme sobre ese asunto. Creía que no podría ocurrirme nada confinada en este convento. Pero me había olvidado de que quien ha pasado la infancia aterrorizado por aquellos que habrían debido protegerlo no puede sentirse seguro en ninguna parte.

CUADERNO DE ABIGAËLLE, EXTRACTO
1991

Cuando tenía cinco años, le pregunté a Gabriel:

—¿Qué quiere decir dar un capón?

Él me respondió:

—¿Por qué me lo preguntas?

—Porque papá le pregunta a mamá todo el tiempo que si quiere que le dé un capón y me da miedo cuando se lo dice.

Gabriel se rio.

—¡Qué va! No hay por qué tener miedo. Un capón no es más que un abrazo grande. Mira, así.

Me rodeó con los brazos y me apretó con mucha fuerza contra él.

—Menuda tonta estás hecha. Venga, sabes que siempre estaré aquí para protegerte.

Y me acarició la cabeza. Luego añadió:

—Ya no volverás a tener miedo cuando papá diga eso. ¿Me lo prometes?

Se lo prometí.

De todas formas, cuando mi hermano mayor está a mi lado, no tengo miedo de nada.

ABIGAËLLE
Ahora

Siento haberme dispersado, haberos impuesto mis divagaciones y mi historia personal. No sé qué fue lo que me pasó ayer. ¿O fue anteayer? Sin duda, una tontería de intoxicación alimentaria. De todas formas, hoy estoy mucho más tranquila, vuelvo a controlar mis pensamientos. Así que voy a retomar el hilo de mi historia, que es lo que os interesa, sin irme por las ramas.

Volvamos al día en que Gabriel me vino a ver después de enterarse del embarazo.

A pesar de lo agitado que estaba, mi hermano me contó toda su conversación con Zoé. Se sentía traicionado, pero no por ella (ni por un instante puso en duda su sinceridad), sino por él mismo. ¿Cómo había podido arriesgarse de esa manera? Lo dejé con su agitación sin decir ni una palabra. Me pregunto si, a fuerza de oponer mi silencio a su discurso, acabará por comprender que su presencia me es penosa y espaciará sus visitas. Sin embargo, no parece que mi mutismo lo afecte, todo lo contrario. Él, que de ordinario habla poco, se abre a mí como si se confiara a un sacerdote que, adormilado tras la celosía, le ha de guardar el secreto de confesión.

Durante su visita, como para demostrarme su buena voluntad, Gabriel redactó un largo mensaje dirigido a Zoé. Se disculpaba por su reacción; era evidente que ella no había hecho nada para provocarla. Bla, bla, bla... Lamentaba que hubiera elegido tener el bebé, pero lo respetaba. Por su parte, le exigía que nunca le revelara al niño su identidad. Le pedía que valorase la cantidad de dinero que haría falta para su educación, y se lo desembolsaría. Tendrían que poner fin a todo contacto, porque la situación tal cual era les impediría mantener una amistad.

El correo electrónico calcinó el corazón de Zoé sin dejar más que un montón de cenizas humeantes. Al día siguiente encontró en su buzón la ya tradicional bolsa de tela del Monoprix con su jersey preferido bien doblado, su cepillo de dientes y su frasco de perfume, que Gabriel había envuelto con cuidado en una hoja de papel de seda para protegerlo. Esa pequeña atención la conmovió. En el último minuto, Gabriel había metido en el paquete una reproducción en forma de postal de la foto de *El beso* de Doisneau, en recuerdo de una exposición que habían ido a ver juntos. Zoé vio en ella una declaración póstuma, claro está. Llorando, guardó la postal en el cajón de su mesita de noche. Gabriel nunca había reconocido que la quería. A ella le vinieron a la cabeza, sin embargo, todas las pequeñas atenciones que él tenía con ella a diario. Le había comprado su té fetiche al día siguiente de que ella confesara que odiaba comenzar la jornada sin haberse tomado uno. Cuando veían una película, siempre le dejaba elegir. La escuchaba de verdad. Cocinaba para ella (antes de conocerse, la alimentación de Zoé se basaba principalmente en patatas fritas sabor barbacoa, tomates cherri y salchichas con kétchup). La ayudaba en muchas cosas, como volver a atornillar el pestillo del cuarto de baño, llamar al proveedor de internet cuando tenía un problema de conexión, hacerle la compra o calentarle un plato de sopa cuando estaba en cama con gripe.

Ella había decidido fijarse más en esas pequeñas atenciones que en el resto: los mensajes a los que a veces dejaba de contestar de forma abrupta, los días de silencio que nunca explicaba, la llave de su apartamento que Zoé quiso darle el día de San Valentín y que él había rechazado, los ansiolíticos del cajón del cuarto de baño, la distancia que imponía entre los dos cuando ella se pasaba un poco de cierto límite.

En la primera cita en la que un amable médico le preguntó a Zoé con una sonrisa «¿No esperamos al padre?», ella se puso a llorar. Ni la emoción de los padres, que le habían prometido apoyarla todo lo que pudieran, ni la alegría de sus amigos y las llamadas diarias de Sofiane, que se autoproclamó madrina del bebé, compensaban el vacío que había creado Gabriel en su pecho al abandonarla. No tener a nadie con quien compartir esos momentos de felicidad no era como ella había imaginado. Zoé se sentía culpable de la inmensa pena que la abrumaba, y que no dudaba que rezumaría de todas las células de su cuerpo para viajar directamente al líquido amniótico. No obstante, el bebé tenía una salud perfecta y el vientre de Zoé continuaba redondeándose, lo que no podía ser prueba más literal de que un corazón roto nunca impide que la vida continúe.

Dos semanas después de la ruptura, no pudiendo soportarlo más, Zoé envió un mensaje de texto a mi hermano para saber de él. Intercambiaron unos pocos mensajes y después, cuando ella le dijo que no lograba olvidarse de él, Gabriel no respondió. Zoé se pasó la noche llorando. No volvió a ponerse en contacto con él hasta dos meses más tarde, cuando se enteró del sexo del bebé. «Probablemente te dé igual saberlo, pero es una niña», le escribió. No esperaba respuesta. Solo quería que él supiera que pronto habría en el mundo una niña cuyo padre era él.

Gabriel fue a llamar a su puerta esa misma tarde. Llovía a mares y no llevaba abrigo. Le goteaba agua por el oscuro cabello en desorden. Había adelgazado, tenía aspecto triste. Zoé apareció en el umbral de la puerta con el pelo graso y vestida con una sudadera extragrande del maratón de Nueva York, aderezada con una mancha de kétchup justo encima de la aguja del Empire State. Los maratones no eran lo suyo, pero nunca se quitaba esa sudadera ni la lavaba porque pertenecía a Gabriel, que se la había dejado olvidada en el apartamento. De inmediato, él le cogió la cara entre las manos y la besó como si quien acabara de abrir la puerta hubiese sido Sharon Stone y aquel beso fuera el último antes del fin del mundo. Zoé notó que los edificios neoyorquinos de la sudadera se empapaban al contacto con la ropa mojada por la lluvia; sintió en el pelo las manos de Gabriel; en la boca, en las mejillas, en la frente, sus labios ardientes. En aquel momento habría podido explotar el edificio de enfrente, que ellos no se habrían dado ni cuenta.

Al cabo de varios minutos, Zoé encontró en algún lugar el valor inaudito de separarlo de sí, y declaró con la firmeza que le supo insuflar la perspectiva de su maternidad próxima:

—Si vuelves, tiene que ser para siempre.

A Gabriel le pareció entonces tan bella con su vientre redondeado que le habría prometido prácticamente cualquier cosa. Al día siguiente, a pesar de haberse jurado que nunca viviría con una mujer, se instaló en casa de Zoé.

Las semanas que siguieron fueron como una luna de miel. Se aislaron del resto del mundo. Pasaban las horas bajo el techo abuhardillado del apartamento —Gabriel, con la mano sobre el vientre de Zoé, al acecho del menor movimiento— eligiendo el nombre de la niña, hablando sobre su crianza y sobre la marca de los biberones. Cuando Sofiane se enteró del retorno providencial de Gabriel, le aconsejó a Zoé que no se entusiasmara, que tuviera presente que Gabriel la había abandonado durante más de dos meses al enterarse del embarazo. Los padres de Zoé, que no conocían aún a Gabriel, también se preocuparon. Los consejos y las advertencias que le daban sus seres queridos le entraban a Zoé por un oído y le salían inmediatamente por el otro. Empezó a espaciar las llamadas. No quería que su negatividad viniera a empañar la felicidad extraordinaria de formar parte de aquella pequeña familia de dos personas y media.

CONSULTA DEL DR. GARNIER

Un viernes a las 17.00 h

Está en la sala de espera con sus vaqueros de buen corte y su blusa blanca. Le he mandado hasta tres correos electrónicos preguntándole si le guardaba su hora de los viernes. Tendría que haberme limitado a uno solo. El primer viernes la esperé en vano. Al lunes siguiente acabó respondiéndome con una línea para confirmarme la cita habitual. Mi preocupación por ella supera la que debe sentir un psiquiatra por un paciente. Si no hubiera venido, me habría costado perdonarme las palabras que pronuncié la última vez. Por mucho que me repita que no tengo que tomarme como un asunto personal liberarla del influjo de su pareja, el parecido que tiene con mi hija es un verdadero problema. Me doy cuenta de que he desarrollado hacia ella un sentimiento paternal que me impide guardar una distancia profesional. Llegados a este punto, lo mejor sería recomendarle a otro terapeuta, pero no logro decidirme...

En fin, esta historia por lo menos me habrá servido para atreverme a llamar a Coralie y tener noticias suyas más a menudo. Siempre parece contenta de oírme. Creo que, a diferencia de mi paciente, a ella le va bien.

—La última vez se marchó enfadada. ¿Por qué ha decidido volver, señora Boisjoli?

Ella suspira.

—No lo sé... Porque usted ha insistido y porque... me hace falta hablar con alguien.

—¿Se siente sola?

—A veces sí. Mis padres y mis amigos viven en Lyon. Soy madre, trabajo... y no me queda mucho tiempo para la amistad, la verdad. Antes mi hermana y yo éramos íntimas, pero... en los últimos años nos hemos distanciado un poco. Como mi pareja no se lleva muy bien con mi familia, así nos evitamos problemas. Y además es mejor que reservemos los fines de semana y las vacaciones para estar juntos. Estamos muy bien en nuestra casa, en familia.

No me sorprende que, como la mayoría de los hombres violentos, haya encontrado excusas para aislarla de sus íntimos.

—¿No echa nunca de menos a sus padres?

Ella traga saliva, duda.

—Sí..., a menudo.

—¿Y se lo dice a él?

Se encoge de hombros.

—Él no lo entiende. Solo me necesita a mí para ser feliz. Es muy apasionado, posesivo... En fin... Escuche, he reflexionado mucho después del último día. Sé... sé que usted piensa que debería dejarlo, pero es que no quiero. No podría vivir sin él. Sin embargo, me pregunto si quizá usted podría ayudarme a... a hacerlo cambiar.

—¿Quiere usted decir... que él va a venir a la consulta?

Ella abre mucho los ojos ante esa idea.

—¡No! No... no sabe que estoy viniendo a verle. Me he hecho una cuenta de correo expresamente para las citas, ¿sabe? Él no lo entendería, se lo tomaría como una traición...

—Si no es factible que hable con él, ¿de qué manera podría ayudarlo a cambiar su comportamiento?

—¿Aconsejándome a mí? Quizá ayudándome a identificar qué es lo que desencadena su ira para evitar que vuelva a pasar, no sé...

La señora Boisjoli parece desesperada, dispuesta a cualquier cosa para encontrar una solución. Siempre me sorprende lo mucho que comprende: los desencadenantes, el trauma de la infancia... Desde luego, está claro que ha reflexionado sobre el asunto, que se ha informado. Y, a pesar de todo lo que ha averiguado, sigue considerándose como la excepción que confirma la regla.

Está a punto de ponerse a llorar. Me gustaría consolarla, pero me es imposible mentirle. Le hablo con suavidad. Le explico que puedo ayudarla a exteriorizar sus emociones, a intentar comprender el mecanismo que subyace a la violencia de su pareja y las razones por las que ella ha aprendido a tolerarla, pero le repito que su pareja solo podrá cambiar si toma conciencia de que él es el único responsable de sus actos.

Cuando la señora Boisjoli se pone a llorar quedamente, me siento impotente ante su infortunio. Le acerco la caja de pañuelos de papel que hay encima de la mesa antes de continuar.

—Vamos a encontrar una solución. Quizá no es la que usted espera, pero lo conseguiremos, ¿de acuerdo? Cuando se sienta mal, en peligro, si tiene necesidad de hablar, llámeme. Estaré siempre disponible y, juntos, haremos todo lo posible por mejorar su situación.

—De acuerdo. Lo... lo siento... No sé qué me pasa, es ridículo...

—No se disculpe. Es normal llorar. Lo que le ocurre es terrible y usted es muy valiente. Pero ya no está sola. No la abandonaré, la voy a ayudar. Se lo prometo.

CUADERNO DE ABIGAËLLE, EXTRACTO
1993

Ayer cumplí diez años. Estoy ya en secundaria. Me hicieron saltarme quinto de primaria y luego, en diciembre, también sexto, y me pasaron a primero de secundaria. Parece que fue porque me aburría y que eso creaba problemas con los otros alumnos. Desde luego, no era nada divertido tardar cuatro semanas en leer Matilda, *de Roald Dahl, cuando con ocho años me la leí en dos horas. Y además me la he vuelto a leer por lo menos doce veces. Hay que decir que es el mejor libro del mundo. Quizá yo también descubra algún día que tengo un superpoder. Como Matilda. No la telequinesia, sino otra cosa. Por ejemplo, que puedo volar. Molaría mucho, molaría muchísimo tener alas. A ver, teniendo en cuenta lo que he entendido del capítulo sobre la gravedad del libro de física de primero de bachillerato, me parece complicado. Pero, bueno, quizá a veces, como dice la vecina, la señora Michelez, hay que creer un poco en los milagros. Si no, ¿cómo lo haríamos para soportarlo todo? No es mala pregunta la que se hace la señora Michelez.*

Los milagros están bien. Por ejemplo, mamá, que juega todos los viernes a la lotería a escondidas, podría ganar y seríamos millonarios. Y ella no tendría que hacer la colada nunca más. Eso sería un milagro.

He vuelto a la consulta de la doctora Hassan porque me han pillado otra vez encendiendo cerillas en los baños. No es justo. No es que quiera pegarle fuego al colegio. Es solo que me gusta mirarlas... Pero los adultos no entienden nada. Mamá ha negociado con el colegio para que no me expulsen. A cambio, tengo que volver con la psiquiatra. Había dejado de ir al final del año pasado porque a papá le ponía de los nervios. Yo estoy contenta, porque echaba de menos a la doctora Hassan.

Era la tercera advertencia. Para mamá no tuvo que ser nada fácil negociar.

La primera advertencia fue porque la profe de ciencias se dio cuenta de que otros alumnos me pagaban para que les hiciera los deberes. Estaba guardando el dinero para el superviaje a Canadá que voy a hacer con Gabriel cuando seamos mayores para ver las auroras boreales.

La segunda fue porque hice pellas para irme con Gabriel a fumar al parque. El día anterior yo había estado en el armario de la caldera después de cenar. No me gusta dejar que Gabriel haga pellas solo cuando está en ese estado. Se pone nervioso como un león enjaulado. No sé qué pasaría mientras estuve escondida en el armario de la caldera leyendo La taberna *(superlibro de Émile Zola), pero al día siguiente me di cuenta de que mi hermano tenía ganas de romperlo todo. Ha cambiado. Se pelea a menudo, le rebosa la rabia por todas partes. Por eso prefiero estar con él, en lugar de ir al colegio a poner cara de escuchar cosas que ya sé.*

Es Gabriel quien debería ir a ver a la doctora Hassan. Podría decirle que odia a papá. Sin embargo, ni siquiera se da cuenta de que a veces se parece a él. Papá no es perfecto, pero yo lo quiero igual. A veces me pone las manos en los hombros y le dice a todo el mundo: «¡Mirad bien a mi pequeña, la superdotada! ¡Mi hija, que va dos cursos adelantada! ¡Será la primera presidenta de Francia, la primera mujer que ponga los pies en la Luna! Ya veréis, se va a hablar mucho de ella». No puedo por menos que quererlo cuando está tan orgulloso de mí. Pero no me gusta que mi hermano se parezca a él. Siento en la garganta ganas de llorar. Hablamos de eso el día que hicimos pellas para fumar en el parque los cigarrillos que Gabriel le había afanado a la señora Michelez.

Se puso furioso.

—¡Estás loca, no tengo nada que ver con ese cabrón!

Golpeó con el puño el costado del tobogán. Y verlo me dio miedo, como a veces me pasa con papá y por eso corro a esconderme en el armario de la caldera. Me puse a llorar y la rabia de Gabriel se apagó como cuando cortamos el gas del fuego de la cocina porque ya hierve la leche.

Me abrazó.

—Abi, tú sabes que nunca te haría ningún daño.

—Sí, a mí no. Pero lo que hace falta es que nunca le hagas daño a nadie.

Suspiró.

—Sé perfectamente que me enfado y que a veces me peleo, pero me pegaría un tiro antes de acabar como él cuando sea mayor.

Me dio miedo la forma en que dijo aquello. Pensé en la escopeta de caza que guarda papá en el aparador del salón; aunque solo la utiliza cuando viene a casa su hermano, que vive en Alemania.

En el fondo me da totalmente igual ganar la lotería, volar como un pájaro y todo eso. Lo que querría como superpoder sería conseguir que Gabriel no acabara como papá cuando sea mayor, poder ayudarlo a seguir siendo tan bueno y tan amable como es ahora.

Yo no quería terminar como mamá y Gabriel no quería terminar como papá. Así fue como se me ocurrió la idea del pacto.

Le dije a mi hermano:

—¿Sabes qué? La solución es no casarnos nunca ni tener hijos. Así estaremos seguros de que nunca nos pareceremos a ellos.

—Es verdad... Si no tenemos familia, no correremos el riesgo de acabar así.

Le tendí la mano.

—Cruz de madera, cruz de hierro...

—... Si miento que me vaya al infierno.

Nos escupimos en las manos y chocamos los cinco. Gabriel se rio. Hacía mucho tiempo que no lo veía tan contento. Yo fingí que también estaba contenta, pero en el fondo me puse triste porque aquello quería decir que nunca iba a ser madre. Creo que me habría gustado tener un bebé pequeñito y lindo al que cuidar. Estaría siempre riéndose porque yo le habría ocultado la fealdad del mundo. Lo habría protegido. Los grandes protegen a los pequeños. Así es la ley de la selva, como dice Gabriel, aunque, a ver, él en realidad no conoce la selva. Al bebé le habría dado mi peluche Albert y le habría leído La familia del carromato y un montón de historias felices que acaban bien y que explican que existe la felicidad, aunque solo sea en los libros. Pero, bueno, así son las cosas. Ahora Gabriel está lleno de rabia y no sé cómo sacársela.

De todas formas, en la vida hay sombra y hay luz. La luz no está distribuida igual por todo el mundo. No hay más que leer La taberna *para comprender que no hemos nacido todos con las mismas cartas en el gran póquer de la vida. Eso es la señora Michelez quien lo dice. Me gusta. Desde luego, la señora Michelez podría haber sido filósofa.*

Gabriel y yo, en el gran póquer de la vida, tenemos un asco de cartas, pero si las juntamos, son menos malas. Lo que tengo claro es que en estos momentos soy la única persona que logra poner un poco de luz en los días de mi hermano. Y la luz es la única cosa que cura el miedo y la ira. A lo mejor en el fondo mi superpoder es ese. Y no está tan mal.

ABIGAËLLE
Ahora

Me doy cuenta de que, por culpa del estado de confusión en el que estoy sumida últimamente, me he olvidado por completo de una persona muy importante en esta historia, que es por quien llegó el caos a la vida de Gabriel y Zoé. Quiero hablaros de Aline Pasquier, la hermana mayor de Zoé. Sé de buena tinta que pocas relaciones tienen tanta relevancia en la vida como las que desarrollamos en la infancia con un hermano o una hermana, y que el lugar que ocupamos en una familia, sea el de hijo único, mayor, mediano o pequeño, tiene un papel determinante en el que luego ocuparemos en el mundo. Hasta este momento, sin embargo, no estaba prestándole a Aline la atención que merecía.

De pequeña, Aline era una niña sociable y voluntariosa, tenaz como una apisonadora. Mientras que Zoé se imaginaba de adulta salvando a los pandas de la extinción, explorando la Patagonia o viviendo con los gorilas en Ruanda, Aline anotaba en su diario de Hello Kitty que se casaría como muy tarde a los veintiocho años con un profesor universitario o un abogado, que se vestiría de Cyrillus y Jacadi, y que tendría cuatro hijos, una carrera brillante y una casa preciosa con porche a las afueras de Lyon. Soñaba con tener una casa con porche cuando fuera mayor igual que otras personas sueñan con ser Beyoncé o Barack Obama.

Quiero precisar que Aline no era materialista porque sí. Resulta que su mejor amiga de la escuela primaria vivía en un estudio con su madre, auxiliar de enfermería a tiempo parcial en una residencia de la tercera edad. Aline pudo constatar desde la infancia que si el dinero no daba la felicidad, la pobreza tampoco es que ayudara mucho.

Sus diferencias no impedían que Zoé y Aline estuvieran profundamente unidas cuando eran más jóvenes. En la época del accidente de bici de Zoé, Aline había paseado a su hermana en silla de ruedas por todas partes, insultando a quien osara burlarse de su discapacidad. Deslizó en la bolsa de deporte del novio que había cortado con Zoé por mensaje de texto unos huevos que, meticulosamente, había dejado pudrirse varias semanas en el fondo del jardín. Cuando Zoé le contó que no iba a poder tener hijos, Aline buscó por internet todas las alternativas a un embarazo natural, desde el vientre de alquiler (ofreciéndose incluso a ser ella la portadora del bebé) hasta la adopción, y le estuvo enviando a su hermana decenas de correos electrónicos y SMS sobre el asunto, hasta que Zoé le pidió que parara.

Aline se sacó el bachillerato con matrícula de honor, hizo un curso de preparación para la universidad y después entró en la escuela de comercio y estudió la especialidad de marketing. Encontró trabajo en un gran grupo empresarial y, gracias a su eficacia y su inteligencia, ascendió por el escalafón hasta obtener el prestigioso puesto de directora de marketing de Europa de una conocida marca de champú anticaspa. Paralelamente, se casó con el encantador Jean-Baptiste Pasquier, a quien todo el mundo llamaba JB y que, como a él le gustaba precisar riéndose, por desgracia no tenía nada que ver con la marca de brioches Pasquier. Había alcanzado el éxito él solo, no era ningún heredero. JB era pediatra y trabajaba en el hospital infantil de Aulnay-les-Roses, una ciudad pequeña y encantadora donde se instaló la pareja después del nacimiento de su primer hijo. Como lo resumía JB, siempre con humor, mientras su mujer salvaba el cuero cabelludo de la gente, él salvaba la vida de los niños. Ella ganaba mucho más dinero que él, pero cada uno tiene sus prioridades.

Aline y Jean-Baptiste Pasquier se conocieron durante un intercambio universitario en Copenhague a través de amigos comunes. JB, con su tierna mirada de miope y su calvicie incipiente, enseguida se enamoró perdidamente de Aline. No me gusta juzgar a las personas por su apariencia y creo que si la gente invirtiera la mitad de los esfuerzos que dedican a mejorar su aspecto físico en ser amables y generosos, el mundo iría mucho mejor. Sin embargo, creo que es importante señalar que Aline es una mujer muy guapa. Mucho más que Zoé, si consideramos los criterios estéticos de nuestra época y nuestra cultura. Por su ambiente profesional, su interés por los cosméticos y la moda, así como su tendencia al perfeccionismo, Aline atrae en todo momento las miradas sobre sí, cual tarro de mermelada a las avispas. Y, al igual que su hermana pequeña, tiene la sonrisa fácil y afable, lo que hace de ella una persona muy agradable. No digo todo esto para justificar la fascinación que sintió mi hermano la primera vez que vio a Aline. Trato de explicar las cosas con objetividad.

Pero me voy por las ramas. Volvamos a JB Pasquier.

Cuando se conocieron, subyugado por la belleza de Aline, no se atrevió a cortejarla. Como se cruzaban a menudo en la pequeña comunidad de estudiantes franceses de Copenhague, se hicieron amigos. A Aline le relajaba mucho ese pretendiente con ojos de cordero degollado, sociable y cultivado, que siempre la acompañaba a casa después de salir de fiesta y era demasiado respetuoso para autoinvitarse a subir al apartamento o decidirse a darle un beso. Hasta el día en que, ya cerca del fin de su estancia en Dinamarca, tomó conciencia de que la perspectiva de no volver a ver a JB todos los días le parecía insoportable. Así que fue ella quien tuvo la iniciativa de besarlo a la entrada de su edificio, a pesar de que no fuera ni profesor universitario ni abogado. Esa noche JB subió con ella al apartamento y, desde entonces, no se han separado.

Aline se casó a los veintiocho años y tuvo sus cuatro hijos (dos niñas y dos niños), conforme al plan de vida que había establecido. Les dio el pecho durante seis meses exactos, tanto de día como de noche; esto último resultó ser muy práctico para negociar con los proveedores chinos, habida cuenta del desfase horario. Moderaba conferencias telefónicas durante las sesiones de reeducación perineal; validaba discretamente operaciones de promoción de millones de euros durante las reuniones de padres y profesores; formaba a jóvenes recién graduadas mientras se sacaba la leche, y redactaba listas durante las clases de piano o se arreglaba las uñas durante los entrenamientos de baloncesto, sin dejar de gritar en el momento oportuno los «¡Bravo, cariño, eres la mejor!». Nunca se negaba a hacer una tarta de chocolate fundido casera, por regla general entre las doce de la noche y la una de la madrugada, para las meriendas de la parroquia, las fiestas del colegio, los eventos benéficos o cualquier otra ocasión que lo requiriese. Y todo ello, por supuesto, sin jamás tener ni una sola mota de caspa en su sublime cabello teñido con mechas californianas.

Con el paso del tiempo, la llegada de los hijos y los ascensos, se debilitó el vínculo entre Zoé y su hermana mayor y se evaporó la bonita complicidad que habían tenido hasta la veintena. Se llamaban cada vez menos y cuando lo hacían se contaban las novedades sin profundizar. Solo se veían en Navidad y en algunas ocasiones familiares. Puede que Aline dejase de invitar a Zoé a comer a su casa los domingos para evitar que se sintiera mal al presenciar su vida familiar perfecta. Puede que Zoé dejase de coger el cercanías para ir a Aulnay-les-Roses porque se cansó de oír a su madre compararla con su hermana mayor e insistirle en que después de los treinta lo mejor que podía hacer era comprar un piso, casarse y poner dinero en un fondo de pensiones en lugar de vivir al día. Y además, a Zoé le parecía que Aline había cambiado. Su hermana mayor se tomaba un poco demasiado en serio, con sus gafas de sol de Gucci en invierno, sus pañuelos de cachemir carísimos, su maquillaje siempre impecable y su familia Pasquier más perfecta que un brioche industrial listo para publicarlo en redes sociales. Hay que reconocer que, al llegar a la treintena, Zoé y Aline no tenían gran cosa en común y que pasar tiempo juntas ya no les resultaba una prioridad. Así pues, Zoé se cansó de insistir cuando su hermana empezó a espaciar las llamadas, y dejó de intentar organizar unos almuerzos precipitados a los que Aline llegaba tarde de todas formas, cuando no los anulaba en el último momento por lo apretado de su agenda. A Zoé le dio pena, pero no quería forzar las cosas.

Aline, que no estaba al corriente de nada porque no llamaba ya a su hermana, se enteró por tanto el mismo día que su madre, extremadamente preocupada, de que Zoé había estado saliendo con un artista (empezábamos ya mal) seis años mayor que ella (por encima de dos años ya es demasiado; ¿quién era aquel pervertido?), de que se había quedado embarazada a los cuatro meses de relación y de que la primera reacción del padre había sido aconsejarla que abortase, después de lo cual había puesto los pies en polvorosa. Aunque ya no tenían una edad en la que procediera deslizar huevos podridos en la mochila de los chicos que hicieran daño a su hermanita menor, esas noticias despertaron el instinto protector de Aline. Dada su cuádruple experiencia maternofilial, Aline se dedicaba a repetir a quien quisiera oírla que ninguna decisión en la vida era más importante que la de tener un hijo. Y tenerlo con la persona equivocada era malograr irremediablemente la vida propia y la de todos los miembros de la familia.

Ante la insistencia de su madre, traumatizada por la huida de Gabriel tras el anuncio del embarazo, Aline se tomó la molestia de coger el teléfono para llamar a su hermana pequeña y encontró la manera de encajar todas las frases siguientes en una conversación de menos de ocho minutos: «Es una insensatez total decidir unir tu vida a alguien a quien solo conoces de hace unos meses. ¿Sabes que en Holanda se puede abortar hasta los seis meses de embarazo? ¡Aún estás a tiempo de decirle que has tenido un aborto espontáneo, romper con él y quedarte con el niño sin que se entere!».

Zoé colgó decepcionada y entristecida. Su hermana la llamó al cabo de una semana para disculparse. Zoé la perdonó; siempre perdonaba sin pensárselo a la gente a la que quería. Para compensar, Aline la invitó a comer a Aulnay-les-Roses el domingo siguiente con Gabriel. Harían una barbacoa y JB prepararía su famosa ensalada de pasta. Hacía demasiado tiempo que Zoé no veía a sus sobrinos. Y Sixtine era su ahijada. Así fue como un domingo soleado, estando Zoé embarazada de seis meses, chocaron de frente los caminos de Gabriel y Aline.

CUADERNO DE ABIGAËLLE, EXTRACTO
1994

Debe de hacer un año que no escribo en un cuaderno, pero necesito contar lo que ha pasado hoy. Esta mañana Gabriel tenía un moratón en el brazo. Una mancha violeta que viraba al negro al llegar a la manga de la camiseta. Le he preguntado que cómo se lo había hecho y me ha dicho que se había peleado con unos chicos en el bar. Que habían discutido jugando a la máquina de pinball. Como siempre que miente, no me ha mirado a los ojos.

Ayer, a la hora del postre, durante la cena, papá y mamá empezaron a discutir porque ya no quedaba roquefort. Así que, hasta la hora de dormir, estuve en el armario de la caldera releyendo Anna Karenina, *alumbrándome con el frontal que le habían regalado a Gabriel en Navidad, y su walkman puesto con la canción* Smells Like Teen Spirit, *de Nirvana, en bucle de fondo.*

Hoy por la mañana no hablaba nadie. Papá se había ido pronto a trabajar. Cuando riñe con mamá evita encontrarse con nosotros por la mañana. Creo que le da vergüenza. Gabriel comía sus Chocapic. Mamá estaba muy pálida, tenía los ojos enrojecidos y miraba por la ventana, muy lejos. Su cuerpo estaba allí, pero ella no estaba de verdad con noso-

tros. A veces me da la impresión de que su espíritu echa a volar y abandona su cuerpo para que soporte él solo aquello que, de lo contrario, podría destruir su alma.

Estaba sentada a la mesa, pero no comía. Ni siquiera bebía su café con leche habitual. Se agarraba las manos con tanta fuerza como si fueran las de alguien que estuviera impidiéndole desplomarse. Se sobresaltaba a cada momento. De repente miraba el brazo amoratado de Gabriel; abría los ojos hinchados como si se sorprendiera, como si descubriera el cardenal en ese instante, y apartaba enseguida la vista. Gabriel se ha levantado y ha abierto el lavavajillas.

—Tendrás que ponerte un jersey —ha murmurado mamá.

Ha hablado tan bajo que casi no se le entendía. Gabriel se ha parado en seco. Muy despacio, con el cuenco aún en la mano, se ha vuelto.

—¿Qué has dicho?

Mamá temblaba. Afuera, el sol resplandecía. Eran las ocho y veintitrés de la mañana. He mirado el termómetro de encima del fregadero. Marcaba veintiséis grados.

—Tendrás que ponerte un jersey —ha repetido mamá con voz sofocada—. No puedes ir así al instituto. Te van a hacer preguntas.

Me ha dado la impresión de que mamá se iba a licuar de desesperación delante de nosotros sobre las baldosas del suelo de la cocina y que pronto no quedaría de ella más que un charquito de lágrimas saladas. Papá le ha quitado todo. No tiene amigos, ni familia aparte de nosotros. Hasta la tía Pauline ha acabado por abandonar; hace más de un año que no la vemos. No tiene trabajo ni dinero ni esperanza. Lo único que tiene son los billetes de lotería sin premio del ca-

jón de la cómoda y, en el cuarto de baño, todos los tonos posibles de base de maquillaje para ocultar los moratones.

Me duele darme cuenta de que se ahoga un poco más cada día en esta existencia desperdiciada que es como el fango pegajoso de un pantano. Me duele que haya acabado acostumbrándose, olvidándose de que solo tenemos una vida y que la suya debería haber sido diferente. Que de todas las posibilidades que ofrece el mundo, de todo lo que podemos experimentar y vivir en una existencia, de toda la historia del universo, ella no conocerá nunca otra cosa que esta pobre vida de aquí. Su vida de esclava en un país libre.

Gabriel, con el cuenco en la mano, no reaccionaba, así que mamá ha añadido en voz baja:

—No tendrías que haber intervenido... El matrimonio es complicado, ¿sabes? Eres demasiado joven para entenderlo... Es más sencillo cuando tú no intervienes.

Yo no sabía que podía reflejarse en un rostro cómo se rompe un corazón en mil pedazos. Gabriel tiene los ojos de un azul tan claro y puro que cualquiera diría que son de cielo. Y yo veo circular sus emociones por su mirada como si fueran peces a través del cristal de un acuario. Es mi hermano. Cuando él siente algo, yo lo siento exactamente igual que si me pasara a mí.

—Hace demasiado calor. Puede que sea mejor que no vaya al instituto.

Lo ha dicho dándole un tono de interrogación al final de la frase. Este tono de interrogación era de esperanza. Esperanza de que mamá lo riñera por esa idea absurda de hacer pellas a su edad, de que mamá protegiera a su hijo en lugar de proteger a papá.

Pero ella ha respondido:

—Vale.

Y se le ha relajado un poco el cuerpo. Estaba aliviada. Se había solucionado el problema. Gabriel ha guardado los Chocapic en el armario. Antes de cruzar el umbral de la puerta de la cocina, le ha espetado a mamá con tono hiriente:

—Un día te va a matar.

Entonces la he abrazado porque se ha puesto a llorar. Mientras, he visto por la ventana que Gabriel salía de casa y se subía de un salto a la bici. Mamá repetía que lo sentía mucho, que los niños no deberían consolar a los padres, que tendría que ser al revés. Que ella no era buena persona ni buena madre y que no nos merecía, que no sabía qué hacer. Yo le he asegurado que no cambiaría de madre por nada del mundo. Y era verdad, incluso aunque, en el fondo, sé que ella debería sacarnos de aquí, pero no lo hace.

Lo que he dicho la ha calmado. Entonces me ha besado en la frente y me ha propuesto hacerme trenzas, como cuando era pequeña. Me ha cepillado un buen rato, hasta que no he tenido ni un solo nudo y la electricidad estática ha empezado a levantarme algunos pelos, formando una aureola crepitante alrededor de la cabeza. Era agradable. Cuando ha terminado, habían dejado de temblarle las manos. Ha sonreído y me ha cubierto de besos ruidosos el cuello, las mejillas y la frente, como si yo aún tuviera tres años. Me he resistido por guardar las formas, porque ahora ya soy mayor, pero, en el fondo, habría querido que no parase nunca, porque esos momentos son lo más parecido a la felicidad.

Después he cogido la bici y, en lugar de ir a clase, me he ido al parque. Gabriel estaba sentado debajo del tobogán, con la espalda apoyada en el metal recalentado por el sol. Tenía la mochila a los pies y dibujaba en su libro de ejerci-

cios de matemáticas por encima de las ecuaciones de segundo grado.

—Hola —he dicho soltando la bici sobre la arena.

Gabriel no me ha respondido.

—¿No me haces un retrato?

Él ha levantado una ceja.

—¿Para qué?

—Para sacarme bien.

No ha dicho nada, pero ha abierto un cuaderno y se ha puesto a dibujar. Como yo no tenía nada que hacer, he resuelto las ecuaciones del libro que él había dejado en el suelo. Gabriel levantaba la cabeza para examinarme y luego volvía a su hoja. Siempre tiene una mirada extraña cuando dibuja; como si viera las cosas y a la gente por dentro. Esa es su especialidad: dibujar lo invisible. Él no se da cuenta, como si los dedos supieran cosas que ignora su cerebro.

Cuando ha acabado, me ha tendido la hoja. En el dibujo yo parezco una reina: medio niña, medio ave. Se me ven unas alas que me cubren los hombros en plan capa. Incluso con un lápiz de grafito ha logrado plasmar que no tengo los ojos del mismo color. Le he pedido que dibujara porque sé que es la única cosa que lo calma, pero no me esperaba aquello. Es un dibujo magnífico, aunque yo haya quedado con cara triste. Y además tengo un pajarito en un hombro, un colibrí de largo pico hacia el que inclino la cabeza como si estuviera confiándome un secreto. Me encantaría tener un amigo pájaro siempre en el hombro. Yo puedo hacer en veinte minutos todos los exámenes de primero de bachillerato, pero nunca seré capaz de expresar lo que Gabriel muestra en sus dibujos.

—Podrías ser dibujante.

Él se ha reído como si yo hubiera hecho una broma y se ha encendido un cigarrillo. Ha soltado el humo y ha dicho:

—Podríamos ir de verdad, ¿sabes?

—¿Adónde?

—A Canadá. Dentro de un año tendré dieciséis. Yo podría trabajar de camarero y tú irías al colegio. Allí, con tu inteligencia, te darían becas. Podríamos buscarte un colegio especial, lleno de genios como tú. Y estudiarías muchas cosas...

—No tenemos dinero.

—La señora Michelez no deja de hablar de los diez mil francos que ha escondido en el colchón de la habitación de invitados...

Me he echado a reír.

—¡No vamos a robarle a la pobre señora Michelez!

Gabriel se ha incorporado con ojos brillantes. Ha sido entonces cuando me he dado cuenta de que hablaba en serio y también de que no podía seguir viviendo más con nuestros padres.

—Le dejaremos una carta para decirle que le devolveremos el dinero cuando tú trabajes en la NASA. Te adora, lo comprenderá.

Yo hacía círculos con el pie en la arena. Me he puesto a pensar en Canadá, en las auroras boreales, el jarabe de arce, los osos y los caribús en los bosques de hojas rojas, tan bonitos en otoño; la nieve espesa y blanca que lo recubre todo en invierno. No tener que ir ya al armario de la caldera, no tener ya que mentir. He pensado en todo lo que podría aprender, todos los libros, los países y la gente por descubrir; en un colegio donde los alumnos serían como yo, donde no sería la rara de turno. He pensado en la NASA. Quizá al final sí que podría ser la primera mujer en poner los pies en la Luna, o inventora, médica o presidenta... Y luego me he acordado de las trenzas que mamá acababa de hacerme, he acariciado con los dedos los suaves montes y valles que formaban, y le he respondido:

—No podemos dejar aquí a mamá.

También he pensado que no podíamos abandonar a papá. Pero eso no podía reconocérselo a Gabriel. Si nos íbamos, papá se pondría muy triste, y, en el fondo, nunca se sabe, quizá algún día cambie. Y, si cambia, entonces podremos ser una familia normal, quizá no tan perfecta como la familia del carromato, pero sí que podríamos no tener siempre la impresión de andar por la cuerda floja, sin saber cuándo vamos a caernos; podríamos irnos de vacaciones, hacer barbacoas y ver películas en la tele sin tener miedo a cada instante de lo que podría pasar a continuación.

Gabriel ha suspirado, se ha puesto las manos en la nuca y se ha tumbado en el tobogán con cara de estar pensando en lo del jersey y el moratón del brazo. Ha mirado el cielo antes de responder muy bajito, como si hablara consigo mismo:

—Es ella quien nos abandona aquí.

Quizá no lo he entendido bien, porque ¿cómo puede abandonar alguien que se queda? Bueno, como dice la doctora Hassan, la gente es más complicada que las matemáticas, incluso para mí. Entonces lo he empujado para que me hiciera sitio en el tobogán y poder tumbarme a su lado, al sol. He apoyado la cabeza en su hombro y nos hemos quedado sin hacer nada, allí tranquilos. Mi hermano y yo al sol, nada más. Incluso en un día desastroso hay siempre un poco de felicidad. Es el único recuerdo que quiero guardar del día de hoy. Eso, los besos de mamá y el dibujo magnífico que ha hecho Gabriel de mí, con un colibrí sobre el hombro, que meto entre estas páginas para que nunca se me pierda ni me olvide de él.

CONSULTA DEL DR. GARNIER

Un viernes a las 17.00 h

—Adelante, señora Boisjoli.

Progresamos, pero no lo bastante rápido. La señora Boisjoli no puede venir dos veces por semana. Su pareja sigue sin saber de nuestras citas y es mejor así. Sin embargo, entre consulta y consulta, la señora Boisjoli tiene tiempo de reconstruir sus ilusiones. Basta con que él sea amable cinco minutos, que la lleve a un restaurante o le deje escrita una disculpa bajo la almohada para que ella vuelva a estar convencida de que en su relación la violencia es algo anecdótico.

He buscado por todas partes, en internet, en los libros que me ha aconsejado Déborah, en las estadísticas y en las revistas de la biblioteca. No he encontrado ni un solo testimonio, ni un solo caso de marido violento que un día dejara de pegarle a su mujer. No parece que exista estadísticamente. La curva de la violencia solo va en una dirección: a peor. Es una pendiente resbaladiza; resulta fácil descender por ella, pero es casi imposible volverla a subir. Sin embargo, aún no he logrado hacer aceptar esta realidad a la señora Boisjoli.

Voy anotando en una libreta la fecha y todos los detalles de las agresiones físicas y psicológicas, así como las heridas y señales que le han dejado. Quizá algún día pueda serle útil. Cuando la presiono, cuando le digo que tiene que denunciar o hacerse fotos de los cardenales, deja de venir una semana, a veces dos. Paso esa ausencia examinando los periódicos con frenesí. Cuando ocurre un nuevo feminicidio, es decir, cada dos o tres días en Francia, me leo todos los artículos sobre la noticia, aterrorizado por la idea de encontrarme con su nombre o un indicio cualquiera que la identifique como la víctima.

Le sonrío. Se sienta siempre en el mismo sillón, junto a la ventana.

—¿Se acuerda de la primera vez que fue su marido violento con usted, señora Boisjoli?

Tarda unos segundos en responder.

—De la primera vez, sí... De las siguientes, no del todo. Es extraño. A veces tengo la impresión de que mi cerebro borra lo que ha ocurrido. Ya no sé si he exagerado, si han sucedido de verdad las cosas ni en qué orden...

Le explico que esa confusión mental es característica del estrés postraumático, que el cerebro se niega a admitir la situación porque es demasiado difícil de asimilar, así que la borra parcialmente, es decir, reescribe la historia de manera que se convierta en un recuerdo soportable.

Ella niega con la cabeza.

—Decir que estoy traumatizada me parece excesivo...

—Es muy duro lo que le está pasando. La gente se queda traumatizada por cosas bastante menos graves.

No responde. Hace ya tiempo que la noto demasiado distante, como si se hubiera desconectado de la realidad para poder aguantarla.

—Hábleme de esa primera vez.

Ella duda. Cuando se pone a hablar, noto que elige las palabras con precaución, con la intención, sin duda inconsciente, de desdramatizar el terrible recuerdo que me va a contar.

—De la primera vez, a diferencia de las posteriores... no... no me puedo olvidar... Es ese tipo de situación que... que se queda grabada hasta en los más mínimos detalles en algún sitio de la mente. Nunca había imaginado que yo sería el tipo de mujer que aceptara que un hombre le diera una bofetada.

La observo sin responder. ¿Es que hay algún tipo de mujer que acepte que le pegue un hombre? ¿Cómo es que nos llegamos a plantear esa pregunta?

—Continúe.

—Pues... Fue... Acabábamos de mudarnos a nuestra casa. Yo estaba embarazada. Estábamos pintando la habitación del futuro bebé. Bueno, sobre todo él, porque no quería que yo me fatigara. Así que le hacía compañía mientras él pintaba. Encendí la radio y pusieron una canción que me gusta bastante. *Bitch*, de Meredith Brooks. Es una canción de mi adolescencia. Me encantaba. La cantaba con mi hermana en el instituto.

Le sonrío, afable. La evocación de su hermana la serena por un instante. Tendremos que tratar ese tema; quizá podría volver a hablarse con ella. Necesita tener aliados.

—Estaba embarazada —continúa—, estábamos enamorados, preparábamos la habitación del bebé, yo estaba feliz. Me puse a cantar a voz en grito, como una cría, usando un pincel a modo de micro... A usted le hace sonreír, pero a él... a él... no le gustó...

—¿Cómo reaccionó?

—Me dijo: «Para, qué horror».

Se mira las manos, el anillo que lleva en el anular. Muy pálida, prosigue.

—Es curioso, porque ahora, cuando usa ese tono, hago todo lo que puedo para que se calme, no se me ocurriría echar más leña al fuego... Pero en aquella época no era consciente de... de ese aspecto de su personalidad.

—¿Y hoy?

—Hoy sé que se puede disparar, así que trato de tener cuidado.

—¿Quiere decir que lo obedece? ¿Se calla si él se lo ordena?

—Sí.

—¿Por qué?

Desvía la mirada hacia la ventana. Desprende un gran cansancio y desaliento.

—Porque... no quiero que las cosas degeneren. Antes no le tenía miedo; ahora a veces sí.

—¿Miedo de qué exactamente?

La señora Boisjoli tiembla de manera casi imperceptible. Revivir ese momento es una dura prueba para ella.

—Miedo de que me haga daño, de que nos oigan, de volver al hospital y tener que mentir de nuevo... Pero en aquella época, yo no imaginaba que... En fin, no solo seguí cantando, sino que incluso canté más fuerte, con más entusiasmo. Y entonces...

Se interrumpe con los ojos llenos de lágrimas. Cuando se recompone, habla de manera más entrecortada, se le quiebra la voz.

—Entonces me gritó «Cállate, joder, ¡no lo soporto!»

con un tono hiriente. Me enfadó que me hablara de esa manera, que se le ocurriera mandarme callar. Así que no solo no paré, sino que me puse a bailar por la habitación. Y... y tropecé con el bote de pintura. Estaba encima de una hoja de periódico, pero la pintura se extendió por todo el parqué, que él se había pasado dos días instalando. Entonces... no... no sé..., era tan absurdo, aquel charco enorme de pintura rosa sobre el suelo todo nuevo... Me... me eché a reír y... fue en ese momento cuando...

Se calla y empieza a llorar. Le duele hablar en voz alta de este recuerdo. Seguramente sea la primera vez que lo hace. Se da cuenta de repente de que, aunque haya querido siempre minimizar la gravedad de lo que ocurrió aquel día, se trata del instante preciso en que su vida voló en mil pedazos.

—Continúe.

Le tiendo la caja de pañuelos. Coge uno, pero se lo queda entre los dedos inertes sin enjugarse las lágrimas. Acaba por susurrar con voz apenas audible:

—... cuando pasó lo de la bofetada.

Se instala un silencio que tardo en interrumpir. Estas seis últimas palabras quedan flotando entre nosotros. Ella toma conciencia de su peso, de su realidad.

Con toda la delicadeza posible, consciente de lo mucho que le está costando esta confesión, vuelvo a hablar.

—¿Pasó? ¿Quiere decir que él le dio una bofetada?

A la señora Boisjoli le ruedan lágrimas silenciosas por las mejillas.

—Fue algo que no pudo controlar. Pasó todo muy rápido y fue muy extraño. Porque, al momento, se tapó la boca con las manos. Estaba estupefacto, casi más que yo...

Se deshizo en disculpas. Dijo: «Oh, Dios mío, amor mío, cuánto lo siento, perdóname. Tú sabes que no sería capaz de pegarte», y me cogió entre los brazos. Y repetía: «Perdóname, perdóname, perdóname, no sé qué me ha pasado...».

—Entonces, le pegó y justo después de hacerlo le dijo: «No sería capaz de pegarte».

Ella no responde. Posa la mirada en el pañuelo húmedo que estruja entre los dedos inquietos.

Yo continúo:

—Es contradictorio, ¿no?, hacer algo y justo después afirmar que uno sería incapaz de hacerlo.

Ella esboza un gesto de impotencia; no se le escapa lo absurdo de su disculpa. Sin embargo, avergonzada por lo que acaba de reconocer de manera un poco deshilvanada, trata de justificar sus reacciones mutuas: él estaba agotado, le había pedido que parase y ella se puso a gritarle en los oídos. Había echado a perder todo su trabajo... Así que sí, ella había creído que él era incapaz de pegarle a pesar de que acabase de demostrar lo contrario. Y además se sentía culpable de haber sido la causante de su desvarío, de no haber parado cuando él se lo había pedido y de haberlo encolerizado tanto.

Asiento con la cabeza en un gesto de comprensión.

—¿Cree que si no hubiera volcado el bote de pintura, no le habría pegado?

—Estoy segura.

—¿Y las otras veces? ¿Había volcado un bote de pintura el día que tuvo que ir al hospital con una costilla rota?

—No, claro que no...

—De todas formas, ¿cree que volcar el bote de pintura justifica que le pegara?

La señora Boisjoli parece haber recuperado la compostura. Está muy pálida, pero ha dejado de llorar.

—Fue solo una bofetada. No es lo mismo que si me hubiera dado un puñetazo o me hubiera molido a palos. Una bofetada, una vez, es algo que puede pasar...

—Desafortunadamente, nunca es solo una bofetada, una vez, como usted dice. Es el inicio de una espiral.

—Lo llevé al límite...

—Todo el mundo se siente «al límite» de vez en cuando. ¿Cómo reacciona usted cuando pierde los nervios?

—Pues... depende. La mayor parte del tiempo me controlo. Si me enfado mucho, podría pasarme que explotara, fuera desagradable o gritara.

—Entonces ¿nunca ha golpeado a nadie cuando se ha enfadado?

—No... Puedo sentir ganas de hacerlo, desde luego. Pero es diferente... Yo no soy así. En mi familia había cariño, me enseñaron a solucionar los conflictos hablando, con calma, sin recurrir nunca a la violencia. Él no tuvo esa oportunidad.

Asiento con la cabeza, pensativo. En mi consulta no hago más que ver desfilar personas que padecen, muchas que han tenido una infancia complicada, que han sufrido traumas, que tienen que afrontar el duelo por la muerte de un ser querido, una enfermedad... Si hay algo que he aprendido es que todo el mundo sufre un día u otro; es inevitable. Los traumas forman parte de la vida, pero un trauma nunca es una excusa válida para comportarse mal.

Prosigo con más delicadeza.

—En retrospectiva, y teniendo en cuenta el número de veces que ha pasado, ¿no cree que habría terminado por pegarle un día u otro, que aunque aquel día hubiera dejado de cantar a tiempo, estaría exactamente en la misma situación hoy?

—No lo sé.

—¿No cree que si su marido se hubiera emparejado con otra mujer, la que fuera, ella habría acabado por «llevarlo al límite», usando sus palabras, y que un día también le habría dado una bofetada?

La señora Boisjoli guarda un momento silencio antes de reconocer a regañadientes:

—A lo mejor...

—Entonces, si habría terminado pasando un día u otro, con usted o con otra persona, eso demostraría que su violencia no tiene nada que ver con usted, ¿no?

Ella asiente lentamente con la cabeza, convencida solo a medias.

—Hace un momento, cuando le he preguntado si usted pegaba a la gente cuando la llevaban al límite, me ha dicho «Yo no soy así». ¿A qué se refiere con eso de «ser así»?

—Pues quería decir que no soy una persona violenta.

—Entonces su pareja ¿es una persona violenta?

La señora Boisjoli hace girar mecánicamente el anillo del dedo anular. ¿Lo toca para recordarse la lealtad que cree que le debe a su marido o porque una parte de ella sueña con poder quitárselo para romper las cadenas que representa?

—En ciertos momentos sí.

—Y, en esos momentos, cuando es un hombre violento, ¿quién es víctima de su violencia?

Por el rabillo del ojo le aparece una nueva lágrima que se lleva consigo un poco de rímel antes de resbalarle por la lisa mejilla.

—Hum... Yo.

Le acerco la caja de pañuelos. Las lágrimas son siempre buena cosa. Cuando un paciente llora, está dejando salir emociones; hay una barrera que se derrumba. Son una señal de confianza.

—Coja un clínex, señora Boisjoli. Tiene derecho a llorar...

Se seca las lágrimas, pero no dejan de brotarle de los ojos.

—Sabe lo que eso quiere decir, ¿verdad?

—Sí —musita.

Se abraza a sí misma como si tratara de impedirse caer.

—Dígamelo en voz alta, por favor.

—Quiere decir que tiene usted razón. Si... si soy víctima de su violencia es que soy víctima... de violencia doméstica.

ABIGAËLLE
Ahora

La casa de Aline y de Jean-Baptiste Pasquier en Aulnay-les-Roses estaba situada, de forma ideal, a quince y nueve minutos respectivamente del hospital donde salvaba niños JB y del tren que llevaba a Aline todas las mañanas a la estación del Norte para ir a erradicar la caspa de los franceses. Conforme a los planes de Aline, la casa de la pareja tenía un porche que se abría al jardín (un cuadrado de césped, un manzano, una barbacoa y un balancín), que daba, a su vez, «al bosque». Cuando los Pasquier hablaban de «bosque» se referían a unas hectáreas de terreno palustre no edificable, pobladas de robles, pinos silvestres y hayas, que servían de límite entre Aulnay-les-Roses y la igual de encantadora pero un poco menos chic Asnières-les-Coquelicots. Se trataba de una franja de bosque silvestre y espeso encajada entre esos dos barrios residenciales, amputada al norte por la autovía y al sur por la circunvalación. Estos escasos restos de naturaleza, con senderos embarrados y mal acondicionados, tenían la consideración de área natural protegida.

Tras la invitación de Aline, Zoé y Gabriel cogieron el metro y luego el tren para ir a comer a Aulnay-les-Roses. Gabriel vestía camisa y llevaba una botella de borgoña.

Había asesorado a Zoé en la compra de un bloc de papel Canson, una caja de acuarelas y otra de pasteles para Sixtine, su ahijada, la hija mayor de Aline y Jean-Baptiste, a quien le encantaba pintar.

Jean-Baptiste les abrió la puerta. Con una sonrisa afectuosa, estrechó vigorosamente la mano de Gabriel y le dio las gracias por la botella de vino.

—Aline está en el jardín y los niños en su habitación —anunció—. Enseguida os veo. Voy a buscar la carne para la barbacoa. ¡He preparado un adobo que espero que os guste!

Zoé y Gabriel cruzaron el porche y salieron al jardín, bañado por el sol. Aline estaba sentada a la sombra del manzano en una silla de jardín, y tenía en las rodillas un libro al que no prestaba atención. Llevaba el rubio cabello recogido en una cola de caballo impecable, de las que solo se ven en las películas o en los escaparates de las peluquerías, con un mechón de pelo enrollado alrededor de la goma elástica para ocultarla. Tenía los ojos castaños enmarcados por largas pestañas oscuras, definidas con un trazo discreto de rímel, y en la piel clara, cubierta de crema con protección solar total para evitar las arrugas, no se veía imperfección alguna, salvo por las ojeras azuladas que le daban un aire vagamente romántico en aquel instante de ensoñación, cosa que no solía permitirse. Llevaba un vestido de lino rosa de manga larga, a juego con unas bailarinas de tacón bajo. Sumida en sus pensamientos, no los había oído acercarse.

—¡Hola! —le gritó Zoé, encantada de volver a ver a su hermana mayor por primera vez desde las Navidades pasadas.

Aline se levantó, sonrió, y Zoé se lanzó a abrazarla con

fuerza. Aline se sobresaltó y dio un paso atrás, incómoda por aquella demostración de afecto pueril. El gesto le dolió a Zoé, pero no lo demostró. Aline dijo enseguida, quizá consciente de la frialdad de su reacción:

—Cuánto tiempo hacía que no nos veíamos, déjame mirarte. ¡Ya se te nota la barriga! Qué belleza la de una mujer que espera un hijo. Yo me encantaba cuando estaba embarazada. Viéndote así, ¡casi que me entran ganas de ir a por el quinto!

—Yo me veo fatal —respondió Zoé riéndose, antes de añadir—: ¡Qué bonito el pañuelo!

Adelantando los dedos, quiso rozar el tejido de color pastel.

—Mucho ojo, es carísimo, ¡de seda salvaje! —protestó Aline frunciendo unas cejas perfectamente disciplinadas.

En ese momento, Aline puso la vista por primera vez en Gabriel y se cruzaron sus miradas. Zoé se volvió. Gabriel escrutaba a su hermana con una curiosidad intensa que le recordó cómo la había mirado a ella cuando se conocieron a la salida del teatro. Aline y Gabriel se dieron dos besos rápidos, rozándose apenas, y durante unos segundos solo rompió el silencio el canto de los pájaros.

—Bueno, aquí está el famoso Gabriel —declaró Aline con una risa un poco incómoda—. ¡Cuidadito con mi hermana pequeña o tendrás noticias mías!

Gabriel no le rio la broma; apenas esbozó una media sonrisa que no llegó a reflejarse en la mirada.

—Voy a buscar a los niños —continuó Aline—. Poneos cómodos. ¿Queréis beber algo? Qué suerte la mía. JB se ocupa de todo. Solo he tenido que preparar el aderezo de la ensalada.

Desapareció en el interior de la casa. Al cabo de unos minutos, los niños salieron al jardín y saludaron atentos. Estaba claro que eran unos chavales muy bien educados. A Sixtine le encantó su regalo, y los más pequeños se dejaron mimar por su tía.

Durante la comida, Sixtine bombardeó a Gabriel con preguntas sobre su oficio, sus técnicas de dibujo y el proceso que había seguido para hacerse artista. Por su parte, Aline interrogó a Zoé sobre el embarazo. ¿Estaba pensando en dar a luz con o sin epidural? ¿Tomaba las vitaminas indicadas? ¿Había oído hablar del yoga prenatal? ¿Pensaba dar el pecho al bebé? Zoé, que vivía al día, respondía «Pues no sé» o «Aún no lo he pensado» mientras saboreaba las excelentes chuletas adobadas que había preparado su cuñado y se servía una y otra vez ensalada de pasta.

—Es verdad que quizá habría que preocuparse de todo eso —comentó Gabriel con el ceño fruncido.

—Venga, no les metas presión... —le reprochó Jean-Baptiste a su mujer—. ¡Los vas a agobiar!

—Lo siento —reaccionó enseguida Aline—. No quería ser intrusiva. La verdad es que yo me obsesioné un poco en mi primer embarazo.

Jean-Baptiste hizo una mueca cómica que significaba «y que lo digas», y Zoé se echó a reír.

El gato de los vecinos se coló por la valla y la vecina se pasó a por él. Como los niños querían jugar con el animal, la mujer, que se llamaba Myrtille, se quedó a tomar café. A Zoé le pareció enseguida muy simpática y entabló una conversación animada con ella.

Había algo idílico en esa barbacoa estival. Aline había sabido hacer de su casa y su jardín un pequeño paraíso protegido por los grandes árboles del bosque. Zoé estaba feliz de encontrarse con su hermana después de tanto tiempo y de jugar con sus sobrinos. Estaba convencida de que el bebé las iba a unir de nuevo. Le pediría a Aline que fuese la madrina y recuperarían la complicidad de antaño. No se había dado cuenta del silencio de Gabriel, que, desde que había terminado de responder al interrogatorio de Sixtine, permanecía extrañamente distante, a pesar de los amables intentos de JB por integrarlo en la conversación.

—Podemos daros un montón de cosas —afirmó Jean-Baptiste—. Una cuna, un cambiador, ropa, una sillita de coche, un parque. No sabemos ya dónde meterlo todo.

Zoé le dio las gracias por su generosidad. Era buena idea, pero primero tenían que encontrar una casa nueva. Ni en su apartamento ni en el de Gabriel había espacio para un bebé.

—¿Vais a iros de París? —preguntó la vecina, súbitamente interesada—. Si necesitáis consejo, no dudéis en consultarme: dirijo tres agencias inmobiliarias en la región.

—Gabriel prefiere la ciudad —respondió Zoé—, aunque es verdad que para un bebé París no es la mejor opción.

—¡Deberíais ir a ver la casa del otro lado! —exclamó Myrtille—. ¡Sería perfecta para vosotros!

—¿La casa del otro lado? —preguntó Zoé.

—Sí, la del otro lado del bosque, en Asnières-les-Coquelicots. Tengo una supercasa para alquilar, a dos pasos de la estación, con mucha luz y la escuela infantil a diez minutos a pie. Os puedo llevar en coche en un momentito. ¡Solo tengo que ir a por las llaves a mi casa! ¡Esperad!

Zoé quiso interrogar a Gabriel con la mirada, pero él parecía estar sumido en sus pensamientos sin escuchar la conversación y, de todas formas, Myrtille ya se había ido.

—Gabriel —le preguntó—, ¿quieres ir a ver esa casa?

Él pareció volver a la realidad y, aunque no tenía ni idea de qué estaban hablando, murmuró:

—Sí, claro, si tú quieres.

—¡Es justo lo que buscáis! —declaró la vecina cuando volvió agitando un manojo de llaves.

Hablaba con tanta convicción que la joven pareja, que no buscaba nada en absoluto, se lo creyó.

Durante el corto trayecto, Myrtille enumeró los argumentos que justificaban el carácter excepcional de la casa, desde las vigas vistas hasta el perfecto aislamiento de las ventanas, pasando por las tiendas próximas y la cercanía del bosque, al que daba el jardín, como en la casa de Aline y JB. Y además, Zoé y Gabriel estarían a quinientos metros a vuelo de pájaro de Aline. Podrían dejar el bebé al cuidado de su tía y su tío muy fácilmente cada vez que quisieran tener una cena romántica en uno de los deliciosos restaurantes del centro de la ciudad, donde además —¿ya lo había comentado?— se hace un mercado genial los domingos por la mañana con productos locales y ecológicos. Una oportunidad única; habían tenido una suerte inaudita de encontrarse con ella, porque estaba segura de que la casa no tardaría ni cuarenta y ocho horas en alquilarse.

—¿Por qué no hemos cruzado el bosque a pie si está tan cerca de la casa de mi hermana? —preguntó Zoé mirando al pasar los troncos grises a través de la ventanilla del Audi.

—Hay una pasarela de madera para cruzar a pie, pero

queda a unos dos kilómetros. La parte que separa vuestra futura casa de la de Aline y JB está en una zona palustre auténtica. Los senderos llevan años sin acondicionarse. Aquí llamamos a esa parte «la selva». La vista desde el jardín es magnífica, pero os desaconsejo que os aventuréis en ella sin brújula y sin unas botas buenas.

Zoé había escuchado la lista de ventajas de manera distraída mientras pensaba que vivir cerca de Aline sería tranquilizador. La idea de tener a su hermana mayor, con su experiencia de supermamá, a unos minutos le parecía una situación ideal.

La casa era encantadora. Antigua, con postigos rojos, muros de piedra cubiertos de enredaderas y un rosal trepador en la puerta de entrada. El jardín, minúsculo, daba al bosque. En el interior, los rayos de sol acariciaban el parqué de color miel. Zoé se enamoró al instante. Llena de entusiasmo, bailó de habitación en habitación, se imaginó ya bebiendo café en la barra de la cocina, leyendo cuentos al bebé en un rincón del salón y pasándose a ver a su hermana de manera espontánea como si nunca se hubieran distanciado.

—Mira —le dijo a Gabriel—, ¡con toda esta luz, este cuarto podría servirte de taller y de despacho!

Myrtille abrió la puerta-ventana y salieron al jardín.

—No es muy grande, pero, como da al bosque, ¡tendréis la impresión de estar en plena naturaleza! Os dejo hablándolo, que voy a contestar esta llamada.

Se marchó a responder al teléfono mientras Zoé seguía embelesada.

—¡El entorno es fantástico! Podrás salir a correr por el bosque en lugar de en medio de los tubos de escape.

Gabriel, con las manos en los bolsillos, se fijaba en los árboles, que oscilaban porque soplaba una brisa. Estaba como hipnotizado. Zoé, preocupada, le puso la mano en el brazo.

—¿Estás bien, cariño? Te veo muy pálido...

Él se sobresaltó.

—Odio los bosques —murmuró.

Sorprendida, lo miró detenidamente. Cuando hablaban de los lugares que les gustaría visitar algún día, Gabriel decía que Hong Kong, Berlín o Estocolmo, mientras que Zoé evocaba la naturaleza canadiense o los desiertos australianos. Gabriel podía pasarse horas enteras sentado delante de un cuadro en el museo de Orsay, pero nunca le proponía dar un paseo por las Tullerías o el parque de Luxemburgo. Incluso para correr, como se estaba dando cuenta Zoé en ese instante, iba siempre o al gimnasio o a las orillas del Sena, en pleno centro. Ella sabía que a Gabriel lo que le iba era la ciudad, el ruido y la contaminación, pero en ese momento su cara no reflejaba la indiferencia un poco esnob de un urbanita convencido, sino pavor.

—¿Por qué? —le preguntó Zoé con suavidad, sin quitarle aún la mano del brazo—. ¿Por qué te dan miedo los bosques?

No esperaba una respuesta. Se daba cuenta de que era una pregunta íntima, quizá la más íntima que le había hecho nunca. Sin embargo, él respondió, casi mecánicamente, como la vez en que, sin reflexionar, le había revelado mi existencia.

—En mi casa, de pequeño, había una vidriera con árboles grandes. Es un mal recuerdo.

—¿Por eso dibujas todos esos bosques hostiles en las aventuras de Abi Colibrí?

Él se encogió de hombros.

Zoé se dio cuenta de que se trataba de un tema sensible y no quiso herirlo. Y, como era capaz de ver lo positivo en todas partes, sabía que ella sería perfectamente feliz tanto en la ciudad como en el campo siempre que estuviera al lado de Gabriel.

—No hay ninguna necesidad de vivir aquí, ¿sabes? —decidió—. Podemos buscar un apartamento más céntrico.

Él asintió con la cabeza sin responder y en ese momento reapareció la vecina de Aline.

—¿Y bien? Es genial, ¿verdad?

Señaló una pequeña cancilla al fondo del jardín.

—Creo que antes se podía salir por ahí; había un sendero detrás de esa puerta. Ya no está acondicionado, pero quizá sea posible limpiarlo. En ese caso, estarías en casa de tu hermana en diez minutos.

Gabriel volvió la mirada azul de nuevo hacia el bosque, como si, tras los troncos apretados, pudiera divisar a Aline, al otro lado, recogiendo los platos del desayuno o leyendo una novela a la sombra del manzano en flor.

—Vamos a pensarlo —respondió Zoé con una sonrisa—. Quizá sea demasiado campestre para nosotros.

—Vale, pero no tardéis mucho en decidiros. Mañana empiezo a enseñarla y por experiencia os digo que una casa como esta vuela en unas horas. Venga, os llevo de vuelta.

Gabriel no las siguió de inmediato. Con los ojos fijos en las copas ondulantes, escuchaba los crujidos de los troncos negros. No solo no existía ya el sendero, como había dicho

Myrtille, tragado por las ortigas y las ramas podridas, sino que además las zarzas, cual serpientes espinosas, habían trepado por la cancilla y estrangulaban las herrumbrosas rejas. Gabriel tropezó con una cosa dura en el césped. Bajó la mirada. En medio de la hierba recortada asomaba una raíz que había cruzado por debajo del muro. Para él, a diferencia de Zoé, aquella no era una vista sublime de un bosque conservado en estado silvestre, sino un pedazo de naturaleza mutilada, dispuesta a todo para recuperar sus derechos. Veía el reflejo de su alma. Y, a pesar del sol, se estremeció.

CUADERNO DE ABIGAËLLE, EXTRACTO
1995

Sigo en el armario de la caldera, sola con mi peluche Albert, aunque ya soy mayor para peluches. Pero cuando estoy en el armario, lo necesito. Hoy no tengo nada en particular que contar; escribo por no escuchar los gritos de la cocina. Llevo puestos los cascos del walkman de Gabriel, con la canción más bonita del mundo en bucle. He aprendido inglés solo por entender la letra. ¿Cómo es posible que una persona desconocida pueda explicar con tanta claridad lo que siento en lo más profundo de mi ser? Es un misterio. Se lo he dicho a la doctora Hassan y ha sonreído. Le he preguntado que por qué, y me ha respondido:

—Te imaginaba entusiasmándote por Wagner o Beethoven, no por Nina Simone. Pero, bueno, es una tontería; son prejuicios.

La he notado un poco incómoda. Se ha arrepentido momentáneamente de sus palabras por miedo a que yo la juzgase. Tengo la impresión de que nos estamos alejando un poco la una de la otra, como si el árbol hubiera crecido lo bastante como para separarme de los demás, de quienes no viven con una arborescencia explosiva de pensamientos erráticos en la cabeza.

La doctora Hassan suele hablarme de Gabriel. No se fía de él. Sabe que a veces le miento. Piensa que lo protejo. Pero yo nunca lo hago: es él quien me protege a mí. Porque los hermanos mayores están para eso. Siempre me lo repite: los grandes protegen a los pequeños, es la ley de la selva.

Me parece que la doctora Hassan nunca ha creído de verdad en la confusión tonta de los capones. Y lo del armario de la caldera, que he sido tan torpe como para que se me escapara, le ha preocupado mucho. En el fondo, ella siempre ha pretendido hacerme confesar que Gabriel me incitó a saltar del tejado, o que, en general, es violento conmigo. Ha convocado a mamá varias veces para hablar del asunto. Mamá, por supuesto, lo ha desmentido con vehemencia. Pero nunca ha dejado que la doctora Hassan hable con Gabriel. Creo que tiene miedo de que mi hermano mencione los ataques de ira de papá. Bastaría que la doctora Hassan insinuara que yo estoy en peligro en casa para que él lo reconociera todo. A veces tengo la impresión de que Gabriel sería capaz de matar a alguien para protegerme.

Cada vez se me da mejor esquivar las estratagemas de la doctora Hassan. Adivino más rápido adónde quiere llevarme con sus preguntas. Ella se da cuenta, claro. Es muy inteligente para una persona normal. Pero la verdad es que no tanto como yo. Creo que eso nos resulta difícil a las dos.

Querría poder explicarle que Gabriel me encierra en el armario simplemente porque le gustaría construir para mí un universo lleno de magia y delicadeza, un bosque protector como el de la vidriera de lo alto de las escaleras, donde no pudiera ocurrirme nada malo.

Tengo demasiado miedo de las consecuencias. Ella me preguntaría de qué me quiere proteger. Y al final quien lo pagaría sería mamá. Siempre es mamá quien lo paga. En esta familia, en el fondo, mamá y yo protegemos a papá, y Gabriel nos protege a mamá y a mí. El problema es que nadie lo protege a él.

Papá nunca se enfada conmigo. Me da dinero para que me compre libros, escucha siempre con atención todo lo que le digo, imita al pato Donald para hacerme reír y se ha pasado mi infancia poniéndose todos los disfraces posibles e imaginables para participar en mis juegos preferidos.

La semana pasada, casi le parte la cara al padre de Adrien Rochardet porque su hijo había escrito «A la tarada de Abigaëlle Lemonnier le huelen los pies» con típex en mi mochila. Se fue a llamar a la puerta de su casa y les gritó que su hijo no era más que un bruto sin educación. Adrien Rochardet tuvo que comprarme una mochila con el dinero que le había dado su abuela en Navidades para comprarse una bici nueva. Papá estaba furioso. Luego me llevó a comprarme unos zapatos. Yo intenté explicarle que no hacía falta, que las zapatillas tenían apenas tres meses y yo no sudo más de la cuenta. Que, como Adrien Rochardet no es Baudelaire, su creatividad es muy limitada en cuanto a rimas. Pero papá, que siempre reprocha a mamá que gasta demasiado, no quiso saber nada. Le pidió a la vendedora unas zapatillas a la moda para una niña de mi edad y salí de la tienda con unas Converse amarillas. Son preciosas. Papá insistió en que me las pusiera de inmediato. También compró para Gabriel unas Nike, que elegí con él.

Al entrar en casa, le tiró a mamá a la cabeza las zapatillas que ella me había comprado hacía unos meses. Le dijo que no servía para nada y que no era ni capaz de ocuparse correctamente de sus hijos. Gabriel no le dio las gracias por sus Nike. Las cogió sin decir nada. Sé que las ha revendido y que ha guardado el dinero para nuestro viaje a Canadá. Laura, una niña de mi clase que es bastante legal, me ha contado que al día siguiente Gabriel puso a Adrien Rochardet contra la pared y le escupió en la cara.

—Como vuelvas a acercarte a mi hermana, te mato.

Se habló mucho de ello en el colegio porque todo el mundo sabe que es mejor no enfadar a Gabriel. Ahora Adrien desvía la mirada cuando nos cruzamos en los pasillos. A Laura le parece supersexy que Gabriel haya hecho eso. En cambio a mí me entraron ganas de vomitar cuando me lo contó.

La realidad es que papá perdió los nervios por esta historia de las zapatillas y cuando pierde los nervios la toma con mamá. Luego se disculpa convenciéndola de que ha sido ella quien le ha hecho perder los nervios, y ella lo cree y entonces le perdona. A veces incluso es ella quien le pide perdón a él. Es raro, ¿no? Es él quien le pega, quien la insulta y, a pesar de ello, es ella quien pide perdón... Nunca me había dado cuenta de lo extraño que es antes de escribirlo aquí.

Mamá me recuerda a los soldados de un documental sobre la guerra de Vietnam que vi el otro día en el canal Arte. A los combatientes, cuando vuelven de la guerra, les pasa una movida psicológica. Allí se habitúan a la violencia, la sangre y la muerte porque es la única manera de sobrevivir sin volverse loco, y cuando vuelven a su casa, están trastornados. Se sienten como si siguieran en la guerra y pudieran morir en cualquier momento. La violencia y el sufrimiento, para ellos, se han convertido en la normalidad, se les han quedado grabados dentro.

Es lo que entendí del documental. Para mamá es parecido. Ella se adapta para sobrevivir, y ahora su cerebro ya no piensa de forma normal. Cada vez que papá se disculpa, lo cree; cada vez que promete que será la última vez, se queda tan convencida que para ella es como el primer día del resto de su vida. Su cerebro ha pasado al modo de supervivencia para protegerla y le impide reflexionar sobre lo que ha ocurrido, porque sería demasiado difícil soportarlo. Él le hace creer que la situación es aceptable, que las cosas van a mejorar. Esa es la razón por la que mamá no abandona a papá. No es culpa de mamá: la violencia y el miedo reprograman el cerebro. E incluso una vez que acaba la violencia, deja secuelas terribles. Eso es lo que explicaban en el documental. Y es por eso por lo que mamá se convence de un montón de mentiras tan grande que da vértigo. Algunos días llega incluso a creer que Gabriel la perdonará por habernos hecho vivir con papá.

ABIGAËLLE
Ahora

El día de la visita a la casa de Asnières-les-Coquelicots Gabriel habría podido aprovechar la ocasión para sincerarse con Zoé. Le habría podido explicar que no era capaz de ver un árbol sin pensar en la muerte y en la absurda fragilidad de la existencia. Le habría podido confesar los momentos en los que el pasado se alzaba como el agua estancada de la bodega de un barco para hundirlo en las profundidades de la angustia. Pero había visto que el dulce rostro de Zoé se iluminaba cada vez que descubría una nueva habitación; había captado en sus ojos castaños el desfile de días felices que ella había imaginado que tendrían en esa casita de postigos rojos. Él, que llevaba tanto tiempo sin creer en nada, tenía fe en la alegría de Zoé, en la luz que irradiaba como un faro en medio de la noche interior de Gabriel. Ella era la dirección que seguir para encontrar la felicidad, así que la siguió. Reprimió el malestar que le generaba el bosque del fondo del jardín, ignoró las advertencias de su terapeuta sobre lo que se arriesgaba a despertar al romper con su rutina y minimizó la magnitud del sacrificio que representaba para él abrir los ojos todas las mañanas y ver el paisaje de sus peores pesadillas. Sin experiencia en la vida en pareja para saber que los años acaban siempre por transformar en rencor los sacrificios demasiado grandes, fingió participar del entusiasmo de Zoé y añadió una mentira más a todas las que ya había dicho por omisión. Y un sábado por la mañana lluvioso, se instalaron en la casa de Asnières-les-Coquelicots.

Aline y JB vinieron a ayudarlos a colgar las cortinas y a vaciar las cajas. Zoé iba de habitación en habitación precedida de su enorme vientre, con las manos en las caderas para compensar el dolor de espalda, maravillada de vivir por primera vez en una casa en lugar de un apartamento. En pocas semanas, el sentido estético de Gabriel y el entusiasmo de Zoé transformaron el chalé de barrio residencial en un nido acogedor. En la habitación del bebé, Gabriel pintó el mar y un cielo azul lleno de pájaros. Compraron un coche, instalaron la silla infantil en el asiento de atrás y Zoé puso una pegatina verde con el texto ¡EN RUTA, SIMONE!* en el parabrisas trasero. A Gabriel le pareció horrorosa, pero no dijo nada.

A pesar de todo, tuvo la lucidez de no vender o alquilar su apartamento de París, aduciendo que lo usaría de taller. Ni siquiera organizó la reexpedición del correo. Zoé, a quien le había costado mucho dejar atrás su vida anterior, no le reprochó nada. Transformó la habitación luminosa y espaciosa que daba al jardín en un estudio para él, esperando convencerlo así de trabajar allí. Un día, cuando Gabriel abrió la puerta de casa, apareció Zoé y le vendó los ojos. Lo condujo de la mano hasta la habitación en cues-

* Alusión a Simone Louise des Forest, primera piloto de carreras profesional francesa. *(N. de la t.)*

ción y gritó «¡Tachán!» mientras le retiraba la venda con gesto teatral. Había acertado en todo. Desde la alfombra persa de segunda mano que cubría el parqué hasta las ventanas sin cortinas, por las que entraba el sol a raudales para luego reflejarse en espejos antiguos, encontrados en anticuarios. Una luz dorada y natural bañaba la estancia. Zoé se había dado cuenta de que a Gabriel le desagradaba la iluminación eléctrica, aunque nunca lo hubiera confesado. En una estantería de madera oscura de roble, había colocado ediciones ilustradas antiguas de las novelas preferidas de mi hermano, compradas en librerías de viejo: *El extraño caso del Dr. Jekyll y Mr. Hyde*, los poemas completos de Emily Dickinson, *El castillo de los Cárpatos*, *Cumbres Borrascosas*, *Frankenstein*... A Zoé no se le había pasado por la cabeza abrir las cajas etiquetadas como PERSONAL de Gabriel ni tampoco se había fijado particularmente en aquel paquete largo, envuelto en papel de burbujas y sujeto con gomas del pelo de niña pequeña. Lo había colocado todo junto en un armario verde de gran tamaño próximo a la ventana del cuarto para cuando Gabriel tuviera tiempo de ordenar sus cosas. Al descubrir esa habitación, mi hermano se quedó allí plantado, estupefacto. Todo era perfecto. Salvo los árboles que se veían por la ventana, porque le recordaban la vidriera de nuestra infancia, claro. Pero lo que no podía hacer era exigirle a Zoé que asfaltara el bosque.

¿Qué pasó con esa vidriera? Sé que tiene algún significado, pero ¿cuál? Es extraño. No me acuerdo. Siento la arborescencia, que quiere desplegar sus ramas, y me da la impresión de que estos últimos días se ha hecho más fuerte. Me pregunto cuánto tiempo más tendré la mente lo bastante clara como para seguir contándoos esta historia.

Gabriel intentó trabajar en esa estancia, pero no lo consiguió. Se quedaba mirando fijamente los robles, las hayas y los pinos silvestres, incapaz de avanzar en el proyecto que tenía entre manos. Entonces empezó a salir de casa pronto por la mañana y a volver tarde por la noche para dibujar en su taller de París. Estaba trabajando en el último tomo de *Las aventuras de Abi Colibrí.* Había decidido que la serie tenía que acabar y esa nueva entrega, muy esperada, le estaba llevando un tiempo infinito.

Necesitaba concentrarse. Estaba distante, soñador, obsesionado por esa última obra que no lograba terminar. Se pasaba horas corriendo en la cinta del gimnasio. No escuchaba a Zoé nada más que a medias y siempre parecía perdido en sus pensamientos, los cuales se negaba a compartir. Había cogido la costumbre de quedarse a dormir en el taller varias noches a la semana. Dos sábados al mes seguía acercándose a Genevigny a visitarme. Huía de su hogar. Cuando pasaba la noche fuera de casa, Zoé, en su gran cama vacía, sola con su vientre redondo, dormía con los brazos en cruz las veces que no luchaba contra el insomnio. Tenía una gran tolerancia y mucha admiración por el artista que era Gabriel. Comprendía que la creatividad podía necesitar un contexto particular para expresarse. Por eso, como era habitual en ella, no le hacía ningún reproche a mi hermano.

Como era, además, consciente de la fragilidad de Gabriel, le daba las mismas prebendas que se les conceden a los niños. Mi hermano confundía la fuerza de Zoé, su aptitud para la felicidad y su naturaleza afable con ingenuidad. Nunca quiso arriesgarse a abrumarla con sus traumas; ella nunca quiso obligarlo a revelar sus secretos. Parece que los dos se subestimaron mutuamente.

Cuando Zoé empezó a disfrutar de su baja por maternidad, le pesaba la inactividad. Echaba de menos a sus alumnos. Leía artículos sobre el momento de dar a luz. Tenía miedo de sentir dolor, pero no se atrevía a hablar de ello. De los cuatro partos de su hermana, dos habían sido sin epidural: Aline no habría comprendido sus inquietudes. Zoé caminaba sola por la pasarela que atravesaba el bosque, donde Gabriel se había negado a poner los pies ni una sola vez. Estaba cansada del embarazo, de las ecografías, los análisis de sangre. Deseaba ya lanzarse a la aventura de la maternidad.

Le habría gustado ver más a su hermana. Al anunciarle que se instalaba cerca de ella, no se había producido la explosión de alegría que había esperado Zoé. Tampoco se estaban concretando las visitas cotidianas que había imaginado. Aline se pasaba a veces un rato breve por la noche, con una pizza o unas hamburguesas que había encargado en un restaurante del centro. Zoé la encontraba esquiva, las conversaciones que tenían eran superficiales. Existía entre ellas una tirantez que no comprendía. Una noche en que a Zoé le costaba respirar de forma pausada, Aline se ofreció a llenar el lavaplatos y dejó el móvil encima de la mesita baja de la sala de estar. Cuando le vibró mientras estaba en la cocina, Zoé le echó un vistazo mecánicamente y se llevó la sorpresa de ver aparecer en la pantalla el nombre GABRIEL MANCINI. Sonrió. Su cumpleaños era la semana siguiente. Seguro que Aline y Gabriel le estaban preparando una sorpresa. Esperaba que esa idea los acercara un poco, porque a veces tenía la sensación de que a su hermana mayor no le caía muy bien Gabriel.

Pasó el día de su cumpleaños sin que hubiera ninguna sorpresa. Y Zoé se olvidó de la llamada.

A los pocos días dio a luz una niña. Decidieron llamarla Laëtitia. Fue el primer sábado de mes, y mi hermano no vino a verme al convento. Era la primera vez, desde que estoy aquí, que se saltaba una visita sin avisarme. El hecho de que me ocultase totalmente la existencia de la niña durante los días siguientes a su nacimiento, hasta el punto de no anunciármelo hasta el sábado siguiente, me provocó una mezcla perturbadora de alivio y tristeza. Sin embargo, había conseguido mi objetivo: Gabriel se alejaba de mí.

—¿No crees que estaría bien presentarle la niña a tu hermana, la que vive en Borgoña? —se atrevió a proponer Zoé al día siguiente del nacimiento.

Se había dado cuenta de que Gabriel, transformado por la aparición de Laëtitia en su vida, estaba de buen ánimo. Sentado en un sillón de plástico, en un rincón de la habitación del hospital, tenía a la niña dormida en los brazos y apenas osaba respirar. Lo anonadaba la confianza instintiva y absoluta que parecía concederle aquel ser humano diminuto. Nunca había imaginado que se encontraría ante semejante inocencia. Debía de haberse cometido algún error en alguna parte del gran mecanismo del universo, pues él no creía tener derecho a una felicidad tan pura y simple como la de esos minúsculos momentos en estado de gracia que vivía desde que era padre. Laëtitia sonreía como un ángel y se aferraba a su dedo con la tibia manecita. Lo miraba con ojos gris azulado de bebé, dos mares de serenidad. Laëtitia era el presente y el futuro; barría el pasado igual que una ráfaga de viento ahuyenta el mal tiempo para mostrar el sol.

—¿Por qué no? —murmuró para no despertarla.

—Como mis padres están en casa de Aline y Jean-Baptiste, ella podría quedarse unos días con nosotros.

Mi hermano levantó el rostro agotado y miró a Zoé. Casi no había dormido en las dos noches anteriores y, por un instante, había olvidado la realidad de la situación.

—No... Tendremos que ir nosotros. Es que mi hermana... Es complicado, ya te lo contaré en otro momento, ¿vale?

Zoé, consciente de que acababa de abrirse una puerta, sonrió con dulzura y no insistió. Tenía la sensación, totalmente acertada, de que Gabriel nunca le había hablado tanto de mí a nadie.

Después del nacimiento de la niña, Gabriel abandonó la obra en la que estaba trabajando y se quedó en casa seis semanas. Se ocupaba de Laëtitia, le cambiaba los pañales y hacía la compra. Zoé estaba feliz de verlo tan implicado, pero él acabó volviendo a su proyecto y a la tónica de irse al taller de París tres veces por semana. Los demás días, se obligaba a dibujar en la habitación que Zoé le había preparado. A ella le costaba comprender por qué no trabajaba todo el tiempo en casa. Por su parte, no habría soportado separarse de la niña tanto tiempo y tan a menudo. Se daba cuenta, sin embargo, de que los dos días en que Gabriel se quedaba era incapaz de concentrarse. Estaba nervioso e irritable, incluso desagradable. Permanecía un rato dentro del estudio y luego salía con el pretexto de hacerse un café y se pasaba una hora viendo cómo dormía Laëtitia o intentando enseñarle a sonreír. Para él, era una prioridad que la niña se pareciera a Zoé, que heredara de su madre la alegría de vivir y su jovialidad natural. Vigilaba sus expresiones y sus gestos, escuchaba con atención cada uno de sus grititos. Era crucial, sobre todo, que no se pareciera en nada a él.

Todos los días Zoé anotaba en un cuadernito detalles del día de Laëtitia. Como muchas madres jóvenes, estaba extenuada y perdida, lo cual no le impedía sonreír todo el tiempo y maravillarse del mínimo progreso del bebé. Madre e hija se tumbaban juntas en el jardín. Los robles del bosque estiraban las ramas por encima del muro para protegerlas del sol. Las dos observaban los rayos de luz que se colaban entre las hojas al antojo de la brisa tibia que mecía el ramaje. Zoé se pasaba las horas contemplando a su hija dormida. No había nada más sólido ni más gozoso ni lleno de sentido que la respiración de Laëtitia junto al cuello de su madre. El dulce aliento de la pequeña despejaba todas las inquietudes, las dudas y los temores que pudiera albergar Zoé sobre Gabriel.

CONSULTA DEL DR. GARNIER

Un viernes a las 17.00 h

—¿Ha leído lo que le he enviado?

La semana pasada le pedí permiso para mandarle unos artículos. Por nada del mundo habría corrido el riesgo de que su pareja se topara con esos mensajes. Aceptó, siempre que yo utilizase la dirección de correo electrónico que ella había creado para pedir la primera cita en mi consulta y de la que su marido seguía sin tener noticia.

La señora Boisjoli suspira y se retira un mechón de pelo con gesto febril.

—Sí... Pero la teoría se convierte en la práctica cuando de lo que se habla es de la vida propia. Es muy diferente, ¿sabe? Solemos leer que hay que dejar la relación en cuanto ocurre la primera bofetada, como si se tratara de una evidencia... que... que..., no sé... Desde luego, es lo que yo le recomendaría a una amiga si me dijera que su marido la ha abofeteado, eso está claro. Pero jamás habría imaginado que pudiera pasarme a mí. Vamos a ver, incluso si, en teoría, sé que esa primera bofetada debería haberme llevado a replantearme la relación, a dejarlo, la realidad es que no puso en entredicho ni el amor que sentía por él ni la familia que queríamos crear ni la pareja que formábamos...

Yo no quería dejarlo. Seguía siendo el hombre al que amaba. Y la verdad es que ni se me pasó por la cabeza la idea de denunciarlo. Es como si todo lo que sabía sobre la violencia doméstica estuviera fuera de lugar en mi caso.

Parece alterada, se le salen mechones de pelo de la coleta. Noto que estas lecturas, principalmente relatos de mujeres que han pasado por trances similares, la han afectado bastante.

—Continúe —le digo con suavidad—. ¿Qué más cosas se le han removido por dentro?

Ella juega nerviosa con los anillos.

—Al leer los testimonios, aunque yo siempre he creído que era una especie de... excepción..., me... me he reconocido a mí misma muchas veces. Creo... creo que tendría que haberle puesto unos límites claros hace mucho tiempo y que ahora es demasiado tarde, ya no puedo... Ahora me siento... atrapada.

«Atrapada». Es la primera vez que expresa este sentimiento. Antes era amor, una decisión libre y, súbitamente, al comparar su situación con la de otras mujeres que han salido de ella, se siente «atrapada».

—Nunca es demasiado tarde para poner fin a lo que nos hace infelices. Es muy difícil abandonar a la pareja, y hasta nos puede parecer insoportable cuando lo pensamos, pero es posible.

La señora Boisjoli no responde. Sin embargo, al contrario que en nuestras primeras citas, en las que la evocación de una separación le provocaba un rechazo vehemente, no le disgustan mis palabras. Así que me aventuro a continuar.

—En su opinión, si no fue al recibir la primera bofetada, ¿cuándo habría sido un buen momento para dejar la relación?

Como siempre que trata de tranquilizarse, se acaricia maquinalmente la palma con el dedo pulgar. Duda.

—Diría que... No es fácil. Ha habido tantas cosas pequeñas que he pasado por alto... Por ejemplo, el día en que no fui al cumpleaños de una amiga poniendo como excusa que estaba acatarrada cuando en realidad fue porque a él no le caía bien y me reprochaba que fuésemos demasiado amigas. Cuando comenzamos a mentir a nuestro entorno o a callarnos ciertas cosas, creo que es señal de que hay un problema. En el fondo, mentimos porque nos da vergüenza reconocer la verdad. Y no deberíamos nunca avergonzarnos de lo que aceptamos hacer por amor. Sentir la necesidad de mentir es prueba de que nos estamos equivocando al aceptarlo.

Una vez más, me fascina la capacidad que tiene de analizar los hechos y comprender los mecanismos psicológicos de su situación. Y quizá es justo por esa comprensión por lo que vive con la ilusión de que controla las cosas.

—¿Sabe? —prosigue pensativa—, no se enseña a las niñas a preservar su libertad. Por el contrario, nos enseñan que es importante esforzarnos si queremos que duren las relaciones, y que el éxito de una relación se mide por lo larga que sea. Así que hacemos esos esfuerzos y toleramos los defectos de la otra persona, por muy graves que sean, porque nos han enseñado que está bien sacrificarse por amor, por los hijos, en nombre del ideal de una familia unida... Me crie en una familia católica. Siempre me han presentado el perdón como el acto máximo de humanidad. La gente fuerte, la gente buena perdona. Sin embargo, la primera bofetada acaba llegando por haber perdonado demasiado. A veces, al perdonar demasiado es como si diéramos permiso para que todo volviera a comenzar, incluso para que la otra persona se porte aún peor. Es dar permiso para... para que te maltraten.

Recupera el aliento. Parece sorprendida de que le hayan salido de la boca todas esas palabras. Como si estuviera descubriendo sus pensamientos a medida que los expresa. Le sonrío. Está claro que ha reflexionado mucho últimamente; hemos progresado bastante. Le pido que me describa esas «cosas pequeñas» que ha identificado como signos precursores de la violencia. Ella se para a pensar. Tamborilea con los finos dedos en el reposabrazos. Es inteligente, impaciente, curiosa y creativa. Seguro que, a excepción del amigo que la ha remitido a esta consulta, a su alrededor nadie imagina que una mujer como ella pueda encontrarse en una situación parecida. Me cuenta las pequeñas restricciones de libertad, casi invisibles, que ha ido aceptando poco a poco. Se da cuenta de que, cuando a su pareja no le ha convenido su comportamiento, siempre la ha castigado. Cuando discutían, era capaz de pasarse días sin hablarle, poniendo caras largas... Le reprochaba que trabajara en fin de semana y hasta cambiaba la contraseña del wifi y se negaba a dárselo. Hacía comentarios sobre su forma de vestirse hasta que ella cedía y se cambiaba. Le escondía las llaves del coche o las de la casa porque no quería que saliera... Evidentemente, todas esas cosas consideradas juntas dan escalofríos. Pero esos ataques solapados y aislados, alejados unos de otros, intercalados con momentos de reconciliación y grandes declaraciones de amor, fueron pasando desapercibidos. Ella se habituó, sin darse cuenta de que, cada vez que lo perdonaba, dejaba que se desplazara unos milímetros el límite de lo aceptable. El problema es que una vez que se supera un límite, nunca se vuelve atrás. La primera bofetada no es en el fondo más que la consecuencia lógica de todas las violencias psicológicas que la han precedido. La señora Boisjoli lo ha comprendido muy bien y, una vez más, se reprocha no haber sabido defenderse.

—Al mirar atrás, con la comprensión que tiene hoy, es fácil recriminarse, pero ¿cómo habría podido saberlo en aquella época?

Ella se encoge de hombros. Nunca dejará de sentirse culpable. Culpable de haberle hecho perder los nervios, de aceptar que le pegara. De una manera u otra, él ha logrado hacerle creer que su violencia es culpa de ella, y esa culpabilidad ha ido alimentando sus dudas y acabando con la confianza en sí misma que le habría hecho falta para decidirse a abandonarlo.

Como no me responde, prosigo:

—¿Cómo reaccionaba usted cuando él se comportaba así?

—Me molestaba, claro, pero lo consideraba... como... como comportamientos infantiles; pensaba que era mejor no entrar en su juego. Por eso, la mayor parte de las ocasiones, cedía para tener la fiesta en paz. Y lo peor es que, a veces, soportar todo eso me daba incluso la sensación de ser más fuerte, más estable y más madura que él... Por ejemplo, me arrepiento de haber tolerado sus celos, cuando eran infundados y me dolían. En cuanto me miraba un hombre, se ponía loco; no le gustaba que estuviera demasiado cerca de nadie o que pasara demasiado tiempo sola con mis amigos. Al principio, esa actitud me conmovía, me sentía única, amada, pero después...

—Pero ¿después...?

Suspira levemente.

—Después me costaba soportarlo porque lo único que querían decir los celos era que no confiaba en mí. Dejé de ver a mis amigos y a mi familia porque él me reprochaba que no pasábamos suficiente tiempo los dos juntos. Me decía que lo dejaba tirado cuando salía sin él. Afirmaba que no sabía estar sin mí, que ya trabajaba demasiado y que si no quería pasar con él mi tiempo libre, no merecía la pena estar en pareja...

—¿Se resistía usted a veces? ¿Se negaba a ceder a su chantaje emocional?

Frunce el ceño y hace girar el anillo del dedo anular, como cada vez que piensa en su pareja.

—Sí, a veces... A veces también grito, me defiendo... Y hay algo con lo que nunca he cedido, por ejemplo, que es mi trabajo. Siempre me ha dicho que no hace falta que trabaje. Cuando tuvimos a la niña, le entró una especie de obsesión con eso. Se ponía a darme charlas retrógradas sobre el hecho de que no se traen hijos al mundo para confiar su cuidado a otras personas. A veces me halagaba, decía que yo estaba hecha para ser madre, que no debía volver a trabajar. Otras veces me llamaba loca porque una madre normal no debería querer trabajar si tenía medios para quedarse en casa...

—¿Y por qué, justo en este punto, tuvo usted la fuerza de no ceder a su manipulación?

—Porque adoro mi trabajo. Me siento competente y... libre. Cuando las cosas no van bien en casa, es mi escapatoria. No me veo renunciando a eso, sobre todo si es para quedarme encerrada todo el día y verme obligada a justificar en qué empleo el tiempo. Y además..., creo que siempre he tenido la sensación de que perder mi independencia financiera es un poco...

Se interrumpe y se muerde los labios, incómoda.

—¿Un poco qué?

—Peligroso —murmura.

—¿Cómo se lo tomó cuando le dijo que iba a volver al trabajo?

—Preparé bien mi discurso. Había ensayado delante del espejo del cuarto de baño... la manera en la que iba a abordar el tema, mis argumentos... Lo anuncié expresamente un día en que vinieron mis padres de visita para evitar que él reaccionara mal...

—¿Le parece normal que la reacción del hombre con el que vive le dé tanto miedo que necesite abordar con estratagemas un asunto tan básico como su derecho a ejercer una actividad profesional?

—Se las arreglaba para presentarlo como si fuera por mi bien o, en todo caso, por el bien del bebé... Para protegerme, para que no lo lamentara más tarde... Es mucho más complicado de lo que piensa la gente. Él es tan feliz cuando... No, quiero decir que somos tan felices cuando estamos juntos.

—Cuando él no le pega o cuando usted no tiene miedo de que le pegue, ¿quiere decir?

—Sí... Y quizá a causa de todo lo que me ha mandado usted para leer, no sé..., pero últimamente... últimamente...

Suspira y se le llenan los ojos de lágrimas. Le acerco los

pañuelos. Por dentro, noto una sensación de triunfo. Siento que ha cruzado de verdad un umbral importante.

—¿Qué es lo que ha cambiado últimamente, señora Boisjoli?

—Le tengo miedo cada vez con mayor frecuencia... No siempre es algo consciente, pero voy todo el rato como andando de puntillas, incluso cuando él no está enfadado. Porque nunca sé cuándo se me va a echar encima, pero lo que sí sé es que lo hará en un momento u otro.

ABIGAËLLE
Ahora

El día en que dio todo un vuelco y se puso lentamente en marcha el engranaje del drama, Zoé estaba en el centro de la ciudad con Laëtitia, que iba gorjeando en el cochecito. No llevaba un rumbo concreto. Quería pasarse por la librería y luego quizá ir de tiendas para la niña, que crecía tan rápido que parecía que la ropa le encogía de un día para otro. Brillaba el sol. Zoé aspiró una gran bocanada de aire y se sintió bien. Sonrió a la niña, que tendía las manitas hacia el cielo, y le envió un mensaje con un corazón rojo a Gabriel. Él no respondió. En la librería compró tres libros, uno para ella, otro para Gabriel y uno blandito de tela para Laëtitia. Después, como la niña empezaba a estar agitada, se fue a una tetería de la que le había hablado Aline con la idea de darle el pecho allí.

Llegó al establecimiento muy tranquila y, antes de entrar, se paró para echar un vistazo a los dulces del día que se mostraban en el escaparate. Estaba planteándose si elegir una tarta de chocolate o de ruibarbo para acompañar el té con leche cuando distinguió la silueta familiar de Aline, sentada al fondo de la sala. Se la veía sumida en una conversación importante, con el ceño fruncido, y parecía nerviosa. Su interlocutor le estrechaba las manos fervorosamente.

Sé por propia experiencia que cuando no queremos ver algo, no lo vemos. Y supongo que si a Zoé le hicieron falta varios segundos para darse cuenta de que el hombre que tenía cogidas las manos de su hermana era Gabriel, fue porque habría preferido no saberlo. Se quedó un instante plantada delante de los pasteles de almendra y las porciones de tarta de queso como si la hubiera alcanzado un rayo. Existía una incompatibilidad absoluta entre la escena que se desarrollaba ante sus ojos y la manera en que Zoé veía el mundo. Cuestionaba con una violencia inaudita todo aquello en lo que siempre había creído. Era como si el cielo se le hubiera venido encima. Laëtitia lanzó un gritito que la sacó de su estado de anonadamiento. La idea de que su hija pudiera ser testigo de aquello le pareció tan insostenible que se dio la vuelta y se fue corriendo de allí.

Al cabo de una hora, cuando volvió Gabriel, Zoé había tenido tiempo de repetir la escena muchas veces en la cabeza y de convencerse de que había malinterpretado la situación. Lo más seguro era que él se hubiese cruzado con Aline cuando venía de la estación y ella le había propuesto tomar un café. Quizá le había cogido las manos en un gesto de amistad porque quería consolarla de algo, o puede que simplemente Zoé no se hubiera fijado bien. ¿De verdad estaba cogiéndole las manos? ¿No las tendría posadas en la mesa delante de él? Las horas escasas de sueño por estar pendiente de Laëtitia debieron de provocar esa alucinación. Le preguntó como si nada a mi hermano qué tal el día, si había hecho algo especial, convencida de que le daría una explicación plausible del incidente y que acabaría riéndose de su inquietud. Sin embargo, Gabriel le respondió distraído que «nada especial» y fue a encerrarse en su estudio con aspecto evidente de estar contrariado.

Antes de la llegada de Laëtitia, Zoé se habría encarado con mi hermano y le habría preguntado qué estaba haciendo en esa tetería cogiéndole las manos a su hermana. Pero en aquel momento estaba tan impactada por la verdad que se vislumbraba que quiso proteger a su hija de un posible drama.

Esa noche, sin conciliar el sueño, recordó la llamada de Gabriel que había visto en el móvil de Aline hacía no tanto, cuando había supuesto que preparaban juntos una sorpresa para su cumpleaños. El día en cuestión, Gabriel la había llevado a su restaurante vietnamita favorito y eso había sido todo. Entonces ¿por qué había llamado Gabriel a Aline? Zoé se pasó la noche reescribiendo el pasado y reinterpretando todas las pequeñas cosas que no había querido tomar en consideración: los intercambios de miradas; la incomodidad que a veces notaba que había entre su hermana y Gabriel; el hecho de que, a pesar de vivir tan cerca, Aline solo viniera a verla cuando no estaba él y rara vez la invitara a su casa. El cerebro le iba a mil por hora. ¿Qué sabía ella de Gabriel, en el fondo? No conocía a su familia, no sabía nada de su infancia, ni siquiera de su pasado amoroso... Por haber tolerado sus silencios y sus secretos, ¿no había unido su vida a la de un perfecto desconocido? Laëtitia, sintiendo la tensión que había en el dormitorio, se despertó a cada hora esa noche para pedir el pecho. Por la mañana, Zoé estaba agotada y con las ideas confusas. Gabriel le había hecho un café. Parecía estar aún más sumido en sus pensamientos, con la cabeza en otra parte.

—Hace tiempo que no veo a Aline —murmuró Zoé.

El comentario encendió una chispa de interés en los ojos azules de Gabriel. Clavó en ella una mirada cortante como un cuchillo y pareció a punto de decir algo. Al final cambió de tema y se marchó para coger el tren a París.

Zoé se pasó horas andando de acá para allá por la casa, dudando de si llamar a su amiga Sofiane para explicarle la situación. Pero Sofiane nunca se había fiado de Gabriel y Zoé tenía miedo de que no hiciera más que confirmar sus dudas. En sus paseos por la casa, se encontró ante la puerta del estudio. Laëtitia estaba durmiendo la siesta. Vaciló un momento. Después se convenció de que no pasaba nada por echar un vistazo.

Aunque Gabriel no lo utilizara mucho, el estudio estaba muy desordenado. Había bocetos por todas partes, sobre todo de árboles y de pájaros, la mayoría de ellos ligados al proyecto en el que estaba trabajando en ese momento. Zoé encontró también algunos esbozos de ella y del jardín. Tardó unos segundos en reconocerlo porque los árboles del bosque de detrás del muro parecían mucho más grandes; las ramas y las raíces se desbordaban sobre el césped cual serpientes prestas a invadirlo. En medio de la hierba, como esperando a que el bosque la devorase, había una silueta negra, imposible de identificar. Sin saber por qué, Zoé se estremeció al observar el dibujo. En ese momento le vibró el móvil. Era un mensaje de Gabriel: «No me inspiro. Lo he dejado por hoy. Acaba de llegar el tren. Estoy ahí en diez minutos».

Se disponía a salir de la habitación cuando, impulsada por una intuición repentina, se dirigió hacia el gran armario verde que había junto a la ventana y lo abrió. Las cajas «personales» de Gabriel seguían cerradas. Algo atrajo su atención al fondo, detrás de ellas. Algo de colores vivos. Estiró la mano y sacó un objeto largo y pesado envuelto en plástico de burbujas, sujeto por unas gomas elásticas amarillas, decoradas con arcoíris. Mis gomas del pelo.

Las deslizó con precaución y apartó el plástico.

Zoé no había visto nunca un arma de fuego. Contempló con estupefacción la culata oscura, barnizada; el cañón metálico que, de tantos años resguardado de la luz, brillaba como si fuera nuevo, y la caja de cartuchos que la acompañaba.

Fuera, los pájaros cantaban.

Laëtitia dormía en su cuna.

Zoé comprendió que su vida acababa de dar un vuelco.

Sentía hormigueos en las manos, paralizadas; se le había acelerado la respiración; notaba los músculos tensos. Entonces le vino a la memoria el mensaje de Gabriel. Estaba al caer. Su cuerpo, que presintió el peligro antes que su mente, había pasado al modo defensa. Actuar primero, pensar después. Las manos envolvieron de nuevo con el plástico de burbujas el arma y los cartuchos, y colocaron las gomas elásticas exactamente igual que las había encontrado. Cuando fue a poner el bulto detrás de las cajas, no se acordaba de cómo estaba colocado. Oyó que se cerraba la puerta de la entrada y resonó la voz de Gabriel.

—¿Zoé?

Sin tiempo para reflexionar, dejó el arma de cualquier manera. Al cerrar a toda prisa el armario, tiró al suelo una cajita polvorienta, que se rompió al caer sobre la alfombra con un ruido amortiguado y dejó escapar un montón de cuadernos viejos.

La voz de Gabriel de nuevo, ya desde el salón:

—¿Zoé?

Ella metió los cuadernos atropelladamente en la caja y cerró la puerta del armario.

Gabriel se acercaba por el pasillo.

—Cariño, ¿estás ahí?

Zoé quiso precipitarse fuera de la habitación, pero tropezó con algo. Bajó la vista. Se había dejado fuera un cuaderno Clairefontaine de espiral con la pasta azul.

Gabriel empujó la puerta del estudio. Por un segundo, Zoé logró ocultar el cuaderno metiéndoselo por la cintura del vaquero, debajo de la amplia camiseta que llevaba para facilitar la tarea de darle el pecho a la niña.

—¿Qué haces aquí?

Con la mano en el picaporte, la miraba con sorpresa. El cuerpo de Zoé, en piloto automático, hizo el gesto de encogerse de hombros, y la boca respondió con una sonrisa.

—Quería ver si hacía falta limpiar los cristales de las ventanas.

La perfección de esa mentira, su precisión, su facilidad, su verosimilitud, cuando jamás se le había pasado por la mente limpiar cristales ni allí ni en ningún otro sitio de la casa, la dejó pasmada.

Era la primera vez que le mentía a Gabriel. Sin embargo, su expresión permaneció impasible.

Él dirigió su mirada azul a la mesa y los bocetos en desorden. Frunció el ceño, se acercó y reunió las hojas dispersas.

—No me gusta que entren en mi estudio cuando no estoy —farfulló.

—Lo siento —repuso Zoé—. No quería ser indiscreta, pensaba que todo tu trabajo estaba en el taller.

Gabriel negó con la cabeza.

—No pasa nada... Es solo que estos dibujos son muy malos.

—No les he prestado atención. Voy a ver si se ha despertado Laëtitia.

Zoé se dirigió a la puerta. Le ardía contra la piel del vientre uno de los cuadernos azules donde yo escribía de pequeña.

En el momento en que salía de la habitación, con el rabillo del ojo vio que Gabriel cerraba la puerta del armario verde con llave, y la guardaba en un cajón de su escritorio.

CUADERNO DE ABIGAËLLE, EXTRACTO
1995

Sé que ayer se reunieron mis padres, la jefa de estudios, la profesora de matemáticas y la doctora Hassan. Quieren mandarme a un instituto de París. Es para niños superdotados, el tipo de niños prodigio que salen fotografiados en el periódico porque han acabado el bachillerato con matrícula de honor a los catorce años.

Yo no sé si es buena idea. A veces tengo la impresión de perder el control de los pensamientos. Siento que la arborescencia crece y me invade el espacio estrecho del cráneo, hunde más profundamente sus raíces en el cerebro. A la doctora Hassan no le he hablado de eso. Tengo demasiado miedo de que me quiera poner en tratamiento. Ya lo mencionó en los periodos donde todos mis haces de pensamientos se fusionaban hacia la desgracia y no lograba ver otra cosa que la maldad y la fealdad del mundo.

Papá me preguntó si quería ir a ese instituto. Me pareció que estaba un poco inquieto, y me examinaba con una especie de admiración, quizá hasta de respeto.

—Así que eres de verdad una pequeña genia —murmuró.

Por una vez, no se atrevió a añadir: «Has salido a mí». No sé qué fue lo que le dijeron en el colegio durante esa reunión de las altas esferas sobre cómo había que planificar el resto de mi vida. Una reunión a la que, a pesar de mi inteligencia y mi madurez fuera de lo normal (cito a la doctora Hassan), a nadie se le ocurrió que fuese buena idea invitarme. En todo caso, no parece que se anduvieran con chiquitas.

La verdad es que, hoy por hoy, me da igual lo de ser la primera mujer que ponga los pies en la Luna o la primera mujer presidenta. Si de verdad soy tan inteligente como dicen, lo que me gustaría es poder cambiar el mundo. Hacer que sea un poquito mejor.

Papá continuó y miró a mamá riéndose burlonamente:

—¡Lo que está claro es que no ha salido a ti!

Como cada vez que mi padre hace algo que se parece de cerca o de lejos a una broma, mamá emitió su risa falsa. Es la risa pregrabada que saldría de una muñeca con ojos de plástico a la que le apretaras la barriga. Cada vez que oigo ese sonido, me chirría el vientre como cuando rechina una tiza en el encerado.

Estábamos sentados a la mesa del comedor mamá, papá y yo. Gabriel fingía que veía la televisión, en el sofá, pero yo sabía que estaba escuchando la conversación. Mamá, como siempre, guardaba silencio. Estaba muy pálida. Ella me conoce muy bien. Yo habría querido que hablara, que me aconsejara, pero no se atrevía a expresarse.

Mi padre encendió un cigarrillo mientras me observaba.

—¿Qué es lo que quieres hacer, Abi, bonita? ¿Quieres ir a ese instituto?

No miré a mamá. Sabía que, si lo hacía, a papá le enfadaría que tuviera en cuenta la opinión de mamá antes que la suya. Dijera mamá lo que dijese, él ridiculizaría sus pala-

bras. Las tacharía de tonterías, diría que nunca se entera de nada o, peor aún, lanzaría una carcajada despectiva que tendría sobre ella el mismo efecto que si le hubieran arrojado un cubo de estiércol en plena cara.

El verdadero problema que hay con este instituto es Gabriel. No puedo dejarlo aquí. ¿En qué se convertiría si se queda aquí solo, atrapado entre nuestros padres?

Así que respondí:

—Voy a pensarlo.

Esperé a después de la cena para hablar con mi hermano, que protestó cuando entré en su habitación.

—Se supone que tienes que llamar a la puerta antes de entrar.

Estaba jugando con la Game Boy. Últimamente no dibuja mucho. Yo le pido que me dibuje cosas solo para obligarlo a volver a coger el lápiz. Lo hace para contentarme y luego vuelve a sus videojuegos, a la televisión, a sus cigarrillos y a sus problemas de comportamiento.

—¿Qué piensas tú de ese instituto? —le pregunté.

Él levantó la cabeza y se echó a reír.

—¿Que qué pienso? ¿Me tomas el pelo? ¡Que tienes que ir, claro! No lo dudes ni medio segundo. Haz la maleta y lárgate de aquí lo antes y lo más lejos posible.

—Pero...

—¿Te lo imaginas, Abi? ¿Ir al colegio con gente como tú, que te comprenda de verdad? Podrás tener amigos, podrás aprender tantas cosas tan rápido... ¡Y luego harás todo lo que quieras! ¡Viajar, cambiar el mundo, ser Marie Curie, Martin Luther King, Nina Simone, Nelson Mandela o Frida Kahlo!

Me di cuenta al momento de que se había preparado el

discurso, los argumentos. Que sabía que yo le pediría su opinión. Percibí su tristeza; la sentía en los huesos, allí donde notaba siempre todo lo que él sentía. Pero también noté que estaba más decidido que nunca.

—¿Y Canadá? —le pregunté con timidez.

Él se encogió de hombros.

—Iremos después, cuando hayas acabado los estudios. Será más fácil ir al extranjero cuando tengas esos diplomas tan geniales.

Apartó la vista para que yo no viera que mentía, que había abandonado la idea de ir a Canadá, lo mismo que el resto: el instituto, el dibujo y toda esperanza.

Me senté en la moqueta; tenía ganas de llorar.

—No sé... París está lejos y tú vas a estar aquí muy solo.

Gabriel dejó la Game Boy sobre el edredón y clavó sus ojos en los míos.

—No te necesito, no estoy solo. Tengo a mis amigos y, además, a los dieciocho años me piro de aquí; no es como si aún me quedara mucho tiempo que aguantar.

—Tú nunca me abandonarías. Aunque tuvieras una oportunidad como esta, te quedarías, ¡lo sé!

—Puede, pero eso no tiene nada que ver. Yo soy el mayor. Los grandes protegen a los pequeños, ¡es la ley de la selva!

—Tú nunca has puesto los pies en ninguna selva.

Él suspiró y vino a sentarse a mi lado.

—Escucha, Abi, si lo haces, si te quedas porque tienes miedo de que no salga adelante sin ti, es muy fácil: no te lo perdonaré jamás. Abre los ojos: aquí no hay nada para ti. Si te quedas, vas a volverte loca. ¿Crees que no veo que estás hundiéndote poco a poco? ¿Quieres acabar en un psiquiátrico?

—¿Y tú? ¿No es posible que acabes en un psiquiátrico si te quedas aquí solo?

Me cogió las manos entre las suyas y las apretó con fuerza. Se le cubrieron los ojos de nubes grises y oscuras.

—Te prohíbo, ¿me oyes?, te prohíbo que te quedes aquí por mí. Tienes un don, no puedes desperdiciarlo.

—Ah, y tú me dices eso...

—¿A qué te refieres?

—¿Por qué ya no dibujas?

—Ah, eso. No es un don. Solo es un pasatiempo que no sirve para nada.

—Mentira. Sirve para dar sentido al mundo. Si no fuera por el amor y la belleza, no tendría ninguno.

Gabriel me miró como si yo fuera Isaac Newton y acabara de enunciar la ley de gravitación universal.

—¿Ves? Tienes doce años. ¿Quién es capaz, con doce años, de decir algo parecido? Tienes que ir a ese instituto. París no está lejos y además volverás todos los fines de semana, y harás por fin amigos de verdad, que te comprenderán, que serán como tú.

Imaginé la amiga que podría tener en ese instituto especializado. Una amiga con quien debatir apasionadamente sobre la dualidad onda-partícula. No sé por qué aquí a nadie parece interesarle la física cuántica, con lo fascinante que yo la encuentro, a pesar de que aún me quede mucho por comprender, claro. Hasta el profesor de física se queda planchado cada vez que le hago alguna pregunta. Mi amiga sí que me comprendería; sería incluso más fuerte que yo. Tendría mucho sentido del humor, se vestiría como le diera la gana y no le preocuparía que no la quisieran quienes no la comprenden. Hasta llevaría el pelo azul o rosa. Tendría la capacidad de ser ella misma en todas las circunstancias y yo podría aprender de ella. Juntas haríamos grandes cosas. Juntas seríamos lo bastante fuertes como para crear un mundo mejor, sin guerras ni violencia. De todas formas, por la cara de Gabriel, veía que no me iba a dejar elección: no permitiría que me quedara.

—Vale, iré si me prometes una cosa —murmuré.

—¿El qué?

—Prométemelo primero y entonces te lo digo.

Él se rio.

—¡No voy a prometerte nada sin saber lo que es!

—Muy bien, entonces me quedo —declaré cruzando los brazos sobre el pecho.

—Vale, te lo prometo.

—Júralo por mí.

—Lo juro por ti.

—Tienes que dibujar todos los días una hora.

—¡¿Cómo?!

—Dibujarás una hora todos los días de tu vida, incluso el día de Navidad, el de Año Nuevo, el día que nazcan tus hijos.

—Te recuerdo que nunca tendré hijos. Y ¿qué es lo que quieres que dibuje una hora al día? ¡Para dibujar hacen falta ideas!

—No, para dibujar lo único que hace falta es un lápiz. Y, si no tienes ideas, puedes dibujarme a mí. ¿Te acuerdas de mi retrato, con el colibrí en el hombro? ¿El que me hiciste en el parque? Solo tienes que crear un personaje. ¡Las aventuras de Abi Colibrí! ¡Suena bien! Va a ser un superventas.

—Puf, del género «idea débil»...

—Una hora al día, Gabriel, lo has jurado por mi vida. Tú dibujas y yo voy al colegio de superdotados.

Me escupí en la palma y se la tendí. Él alzó los ojos al cielo y luego me estrechó la mano.

ABIGAËLLE
Ahora

Desde el día en que Zoé descubrió mis cuadernos no pudo dejar de leerlos. Todas las mañanas esperaba con impaciencia a que saliera Gabriel para enfrascarse en ellos. A pesar de las circunstancias, del estado en el que me encuentro, de los agujeros negros y todo lo demás, el fervor con el que Zoé se apasionó por mi historia y la avidez con que leía mis cuadernos como si fueran novelas de Agatha Christie me produce un orgullo mayúsculo. En mi cabeza, salto de gusto como una niña pequeña cada vez que lo pienso. Mientras oigo distraídamente el carillón que anuncia la misa de las once, fantaseo con otra vida. Quizá habría podido ser escritora. Así habría hecho un uso constructivo de mi talento de mentirosa y de todas mis ideas incoherentes. Al fin y al cabo, una historia no es más que una sucesión metódica de causas y efectos hasta el desenlace inevitable, que por fuerza un lector atento habrá adivinado, puesto que todo debe ser simple y llanamente lógico. La literatura, si uno se para a pensarlo, tiene algo de matemático. Sin embargo, por mucho que me gusten las matemáticas, esta idea me deprime.

Gabriel, sumergido en el trabajo, no se percató del cambio de actitud de Zoé. Ella lo analizaba en silencio, a la luz de todo lo que iba averiguando en mis diarios íntimos. No comprendía por qué Gabriel nunca le había contado todo lo que ella leía entre las líneas que yo había escrito con cuidado a bolígrafo hacía tantos años. Se sentía perdida. Algunos días, tenía ganas de coger a mi hermano en sus brazos y estrecharlo contra su corazón con todas sus fuerzas para hacerle olvidar la violencia de nuestra infancia. Otras veces lo observaba con inquietud, recordando la escopeta del armario verde; evitaba dejarlo solo con Laëtitia, pretextando cualquier cosa, y lo escuchaba respirar por la noche a su lado como si fuera un desconocido peligroso.

Después del nacimiento de Laëtitia, el amor que Zoé sentía por la niña había compensado las dificultades propias de ser madre primeriza. Había afrontado con alegría y buen humor las noches sin dormir, el dolor y el agotamiento del cuerpo, la soledad, el fin de su libertad y de sus perspectivas de viajar, la angustia y las ganas de llorar que a veces sentía ante la inmensa responsabilidad que suponía esa vida pequeña que había venido a anidar entre sus brazos. Sin embargo, la traición de Gabriel le resultaba un duro golpe. Se sentía de repente extenuada. Llevaba cuatro meses levantándose entre cinco y seis veces cada noche; los días eran largos, marcados por el ritmo de las tomas de la recién nacida, el cambio de pañales, los lloros que había que consolar y las lavadoras que había que poner. Tenía la impresión de que el cerebro le trabajaba a cámara lenta. Se planteó retomar el trabajo antes de lo previsto, pero Gabriel afirmaba que necesitaba reposo y ella tenía que reconocer que no estaba en la mejor de las formas.

Yo llevaba ya meses pensando mucho en ella, pero fue entonces cuando Zoé se puso a pensar en mí constantemente. El sábado siguiente al descubrimiento de la escopeta de caza, cuando Gabriel vino a verme, Zoé le propuso acompañarlo con Laëtitia. Él le dijo que no era buena idea. Ese día me habló sobre todo de Aline. Para ser sincera, incluso si hubiera querido romper mi voto de silencio, estaba demasiado estupefacta por lo absurdo de la situación para reaccionar de una forma u otra. ¿Qué se suponía que tenía que responderle, de todas formas? El lunes, Gabriel le pidió a Zoé que lo acercara en coche a la estación pronto por la mañana. Tenía que acabar tres páginas para el día siguiente y apenas había empezado. Volvería tarde a casa.

Zoé disimuló el alivio que sentía últimamente cuando Gabriel se ausentaba. Metió la bolsa con las cosas de Laëtitia en el maletero, sentó a la niña en la sillita del coche y acompañó a mi hermano a coger el tren. Esperó en el parking, escuchando Radio Nostalgie, a que llegara el tren para París y se llevara a Gabriel. Al cabo de unos minutos, al ver que él no salía de la estación, dedujo que se había subido al tren y que, por tanto, tenía todo el día para ella. Encendió el GPS, hizo clic sobre «últimos destinos» y eligió el más reciente, seleccionado por mi hermano el sábado anterior: la dirección de la abadía de Sainte-Marie-de-la-Saône, en Genevigny.

—Vamos a darnos una vuelta por Borgoña, pequeña mía —le dijo a su hija mientras metía primera—. Por fin vas a conocer a tu tía.

Es raro.

No recuerdo con claridad lo siguiente que ocurrió.

Las conocí y después... Un agujero negro.

Creo que pasó algo muy grave cuando vinieron a verme Zoé y Laëtitia.

Me acuerdo de la alegría intensa que sentí cuando las vi. Supe enseguida quiénes eran, aunque fuera la primera vez que nos veíamos. Nadie viene a visitarme aparte de Gabriel y, a veces, la doctora Hassan. Mamá solo viene una vez al año. Bueno, eso creo. Ya no lo sé. ¿O soy yo quien va a verla? ¿Dónde vive ella ahora? Me parece que en el Polo Norte, en medio de auroras boreales. ¿De dónde saco esta idea tan ridícula? ¿Por qué me aparece en la mente? ¿Es una trampa de la arborescencia? Es absurdo. Parece como de un cuento infantil.

Me pierdo.

El tema no es ese.

Zoé y Laëtitia vinieron acompañadas por sor Marie-Clotilde, que, amablemente, les indicó el camino. Zoé al principio me confundió con sor Blandine, que estaba regando las flores. Sor Marie-Clotilde la sacó de su error y la llevó hacia mí. Cuando me vio, Zoé se quedó muy sorprendida.

—Tie... tiene que ser un malentendido... —murmuró mirándome con estupor.

Es posible que sor Marie-Clotilde comprendiera que semejante falta de delicadeza podía herirme. ¡Aunque no hable no estoy sorda! Se llevó a Zoé un poco aparte, habló con ella en voz baja y Zoé se echó a llorar sin poder contenerse.

Me llegaban fragmentos de palabras, pero no tenía ganas de cogerlas al vuelo. Estaba triste. No era así como imaginaba nuestro primer encuentro. ¿Tan desolador es mi estado? ¿Qué esperaba encontrar viniendo a verme de improviso? ¿Una mujer un poco mayor que ella, secretaria médica o de dirección, en un piso de las afueras de Dijon, que le ofrecería un té con galletas?

Creo que ocurrió algo terrible, pero ¿qué? ¿Por qué me he olvidado? Veo a Zoé caminar por el sendero de gravilla, con Laëtitia en la mochila portabebés y sor Marie-Clotilde a su lado dándole golpecitos afectuosos en la espalda. Estoy hecha un lío. ¿En qué año estamos? ¿Dónde está mamá? ¿Me han vuelto a drogar? Me acuerdo de la cara de Zoé, bañada en lágrimas, toda su alegría borrada de golpe al verme. Sin embargo, me parece que esto ha ocurrido hace muy poco. Que ha ocurrido hace apenas unos minutos. En realidad, ahora mismo.

CONSULTA DEL DR. GARNIER

Un viernes a las 17.00 h

—Buenos días, señora Boisjoli.

—Buenos días.

Se levanta y me sigue a la consulta. Está muy pálida y le tiembla el cuerpo de forma casi imperceptible. No ha sido una buena semana. Todos los viernes, cuando suena el timbre, pienso: «Aún no la ha matado», y me lleno de alivio. Tengo la impresión de que los episodios de violencia se multiplican. Ha vuelto al hospital. Había dejado lejos el móvil, doce minutos, el tiempo de cocer un poco de pasta. Él la llamó y ella no se lo cogió. Resultado: cuarenta y siete llamadas perdidas y un esguince de muñeca. Cada vez le pega más y se disculpa menos.

Dejo que se siente junto a la ventana. A veces me digo que solo viene aquí por los momentos de calma, porque puede mirar los árboles y los pájaros sin miedo a que la agredan. Lleva un jersey de cuello alto. Dada la temperatura que tenemos y que ella no es friolera, ya sé qué significa. Es la segunda vez que trata de estrangularla. La última vez, perdió el conocimiento. Él no llamó a urgencias y después la convenció de que no era necesario ir al hospital. Juró llorando como una magdalena que nunca jamás volvería a pasar y le organizó un fin de semana sorpresa en Aix-en-Provence.

—No va a cambiar.

La señora Boisjoli no ha esperado a que le pregunte nada. Ha empezado la sesión con estas cuatro palabras y lágrimas en los ojos. Y la alegría que me inunda en este instante preciso no tiene nada de profesional.

—Estoy de acuerdo. ¿Qué le ha hecho llegar a esa conclusión?

—Ha... ha estado a punto de pegarle a mi hija.

Se le quiebra la voz. Coge un pañuelo en previsión de que va a llorar y luego continúa.

—La niña volcó un vaso de agua... Algo que le pasa a cualquiera, volcar un vaso... No es nada grave... Él estaba de mal humor porque había olvidado comprar unas entradas para un concierto y habían volado. Yo había notado que estaba tenso, que el día podía acabar mal. Pero ella, ella no tiene la culpa de nada. Estábamos a la mesa y... —los sollozos se intensifican— la niña volcó el vaso. De golpe él se puso a gritarle «Joder, qué torpe eres. Cómo puedes ser tan idiota» a mi niña..., mi pobrecita niña... Levantó la mano, pero no llegó a pegarle, aunque sé... Conozco ese tono. Sé que empieza con insultos y luego... luego... La niña... la niña se quedó tan impactada... No... no... no quiero pensar que un día pueda hacer algo así... Si es que la adora... No lo entiendo...

Le dejo su tiempo para que llore y se enjugue las lágrimas y, cuando parece que se ha recompuesto un poco, le pregunto con delicadeza:

—¿Ya había tenido antes la idea de abandonarlo?

Ella asiente despacio.

—Sí... Pero la única vez que lo pensé seriamente fue hace mucho tiempo, al principio de la relación. Por aquel entonces aún no me había pegado nunca, pero su comportamiento me había parecido inaceptable.

Se echa a reír, un sonido triste e irónico.

—¿Por qué se ríe?

—Porque en aquel momento estuve a punto de dejarlo por una nimiedad en comparación con todo lo que hace ahora...

—Cuéntemelo.

Se suena la nariz, se recompone y empieza a hablar con voz firme. A veces me sorprende la fuerza que emana de ella, la fortaleza que demuestra tener.

—Estábamos volviendo de cenar con alguien importante de su medio profesional. La velada había sido intensa, con un debate político algo virulento que tensionó el ambiente. Cuando nos subimos al coche, desahogó su frustración.

—¿De qué manera exactamente?

—Verbalmente. Me dijo que mi vestido era vulgar, que parecía una puta... Me defendí y le pregunté que quién se creía que era para insultarme. Le dije que parara el coche porque quería bajarme. No me hizo caso. Estuvimos chillándonos todo el trayecto. Él me gritaba que yo lo había avergonzado, que lo había hecho aposta, que esa cena era muy importante para él, pero yo era tan egoísta que me importaba un bledo. Yo estaba furiosa e incluso me fui a dormir al sofá. Me acosté prometiéndome que al día siguiente haría las maletas y habríamos acabado.

—¿Y por qué no fue así?

—Porque cuando me desperté, me esperaba con un desayuno preparado: croissants y flores... Me pidió perdón, me explicó que estaba estresado, que había bebido mucho, que él no era así... Por primera vez esgrimió su infancia, el modelo espantoso que había heredado de sus padres, me dijo que yo era el amor de su vida, que se mataría si lo dejaba, en fin... Se me pasó el enfado, así que... Así que me dije que era una pelea, muy desagradable, pero que todas las parejas se enfadaban y se reconciliaban.

—¿Cómo se sintió usted después de esta discusión?

—Aliviada de que nos reconciliásemos y... y culpable sobre todo. Por haberme puesto inútilmente provocativa con un vestido demasiado ajustado, por haberle hecho daño...

—¿Es usted consciente de que la culpabilidad es uno de los mecanismos de manipulación que él utiliza con frecuencia para controlarla? Lo mismo que las lágrimas, el chantaje del suicidio y la pena.

Ella duda, retuerce el pañuelo húmedo entre los dedos.

—Puede que sí, pero no creo que lo haga aposta... Y además, en aquel momento... Sé que es ridículo decirlo, pero... De alguna manera, parecía avergonzarse tanto de su comportamiento... Por no hablar de que era la primera vez que se sinceraba sobre su infancia. Así que tuve la sensación absurda de que podía salir algo positivo de aquella discusión.

—¿Volvió a ponerse ese vestido alguna vez?

—Se lo regalé a mi hermana al cabo de un tiempo.

—Y, en retrospectiva, ¿sigue pensando que aquella discusión fue positiva?

Suspira y se queda mirando a los clínex hechos trizas sobre las rodillas.

—No... Desde luego que no.

La observo. Ha hablado en voz baja. Sabe lo que voy a responderle y no quiere realmente escucharlo, pero, a pesar de todo, corro el riesgo.

—Señora Boisjoli, está usted en peligro. Su familia está en peligro; cada día que pasa un poco más que el anterior. Tiene que dejarlo. Y lo más rápido que pueda. ¿Le parece que intentemos poner en marcha un plan?

El silencio se prolonga. La señora Boisjoli tiene la cabeza gacha y no le veo la cara. Se supone que no debo tomar decisiones por ella, aunque, de todas formas, hace ya tiempo que me salí del marco de nuestra terapia. Tal vez un día me denuncie ante el colegio de médicos por mi falta de profesionalidad. Me da igual, podría ser mi hija. No puedo esperar a que ese hombre la destruya por completo o la mate. Levanta despacio la cabeza y se me queda mirando fijamente. En su mirada se trasluce la mujer que era antes; decidida, independiente, fuerte. Tengo miedo de que se ponga a la defensiva conmigo, que salga de la consulta y no vuelva. Tengo miedo de haber ido demasiado lejos.

Pero murmura:

—Es verdad, tengo que irme. Casi le pega a la niña... No puedo correr el riesgo de que lo haga de verdad. Una madre debe proteger siempre a sus hijos.

ABIGAËLLE
17. 12 h

La visita de Zoé me ha hecho el efecto de un electroshock.

Había una canción.

La canción más bonita del mundo. Me he acordado de ella. Oigo el piano, muy lejos, como bajo el agua.

No me acuerdo de la letra. Estoy en equilibrio en el borde de mi memoria, como ante un precipicio cuyo fondo queda oculto por la niebla. En la biblioteca inmensa de mis recuerdos, me encuentro delante de la sala cerrada de los archivos. Solo necesitaría extender la mano. Girar el picaporte. Abrir la puerta. ¿Me liberará la verdad? ¿Me matará?

Es extraño. Siento el recuerdo, pero la puerta que me separa de él me impide comprenderlo, como cuando se ha sufrido un ictus y no se puede decir correctamente en voz alta una palabra que se conoce desde siempre. ¿Cómo es que me embarga justo esta sensación? ¿He tenido un ictus? ¿Estoy aquí por eso? ¿Cómo es posible que sepa todo lo que sé? ¿Soy omnisciente? A veces incluso me pregunto si no seré Dios. ¿Podría padecer Dios estrés postraumático? Desde luego lo suyo es que Dios sea capaz de comprender todos los entresijos de su propia historia, si no de la nuestra.

Respirar.

Tratar de pensar etapa por etapa. En línea recta.

Causas y consecuencias.

Sin digresiones.

Sobre todo, no dejar que crezcan las ramas de la arborescencia. Mantener la tapa en su sitio.

No debería saber todo lo que sé. Eso es un hecho. No debería conocer todos esos detalles de la vida de Zoé, Aline y Gabriel. ¿Acaso me los he inventado? ¿He ocultado una parte de los acontecimientos? ¿He rellenado los huecos de su historia con mi imaginación demasiado fértil, como cuando era pequeña? ¿Existen por sí mismos o no son más que el fruto de mis divagaciones de loca?

Dios mío. ¿Qué hago fuera, bajo la lluvia? He salido del convento. Ni siquiera sé cuándo ni cómo. Los agujeros negros se multiplican.

Estoy delante de la verja, se oyen truenos; un relámpago cruza el cielo negro, encapotado. Empieza a caer una lluvia gris y densa, como si se desataran los elementos para obligarme a volver dentro, a mi sitio. No tengo derecho a salir. El ruido de la lluvia me invade la cabeza. No puedo pensar.

Zoé corre hacia el coche intentando proteger a Laëtitia de las gotas frías que se abaten sobre ellas. La asegura bien en su sillita. Está empapada.

Se sube al asiento del conductor. Parece atontada. Llora. Llora a causa de lo que ha descubierto sobre mí. Llora por las mentiras de Gabriel, por Laëtitia. Llora por su familia, que ya no lo es, ahora que ha comprendido que mi hermano nunca le ha dicho nada importante ni auténtico sobre su infancia, sobre mí e incluso sobre él.

La veo, borrosa tras la cascada que chorrea por el parabrisas. Tiene las manos sobre el volante, pero pasa un minuto y luego dos, y no arranca el coche. ¿A qué espera? ¿A mí?

CONSULTA DEL DR. GARNIER

Un viernes a las 17.00 h

Hay algo que ha cambiado en ella después de aceptar la idea de la separación. Como si, hasta ese momento, nunca hubiera entrevisto la posibilidad de tener otra vida, una vida normal, sin golpes, sin insultos, sin miedo. Ha abierto una cuenta bancaria a su nombre. Su salario sigue llegando a la cuenta común, pero cada semana saca efectivo del cajero, cantidades pequeñas, distintas cada vez, y va a ingresarlas a su cuenta. Lo ha organizado todo en el trabajo. Se irá a Lyon, pero no a casa de sus padres. Va a esperar a las vacaciones para hacer las cosas con tranquilidad. De momento, nadie debe saber nada. Ha alquilado un apartamento. El contrato está a nombre de su amigo, el que la envió a mi consulta; el coche de alquiler también. Este amigo le ha prometido prestarle dinero si le hace falta. No deja de repetir: «¿Qué hacen las mujeres que no tienen dinero ni nadie que las ayude? ¿Qué hacen las que no trabajan?». Se retuerce las manos, se desespera.

Planificar la tranquiliza, le da la sensación de que puede controlar la situación, la reacción de su pareja cuando comprenda que ella se va y que dejará de estar a su merced. A pesar de mi insistencia, no ha querido denunciarlo ni guardar pruebas, fotos de sus lesiones, mensajes al móvil con insultos, informes médicos; no ha querido hacer una lista de todas las veces que él le ha pegado, la ha insultado y humillado, ni capturas de pantalla de las decenas de llamadas perdidas que le aparecen en el móvil si tarda diez minutos en contestar, si no responde como cuando se le silba a un perro.

Ella espera un final pacífico. Yo me debato entre la necesidad de hacerle comprender que nunca hay un final pacífico en estas historias y el miedo de que cambie de opinión. Así que continúo haciendo lo que he hecho desde el principio: tratar de limitar los daños, procurar que se termine lo menos mal posible, pero que se termine.

La señora Boisjoli se sienta en el sofá y se alisa la falda con la mano aunque no haga falta. Le sonrío.

—¿Qué tal se encuentra hoy, señora Boisjoli?

Levanta la cabeza y frunce las cejas perfectamente depiladas.

—Deje de llamarme señora Boisjoli.

Su voz es tranquila y su tono firme.

Entorno los ojos sin comprender bien.

—¿Y eso?

Se levanta y empieza a andar de un lado para otro delante de mí, nerviosa pero decidida. Ha recobrado un poco de la confianza en sí misma que su pareja ha ido erosionando a lo largo de los años. No puedo evitar sentir cierto orgullo ante la idea de que en parte se deba a mi intervención.

—Pedí la cita con mi apellido de soltera porque en Aulnay-les-Roses todo el mundo se conoce, pero a pesar de no haber adoptado oficialmente el apellido de mi marido, nadie me llama ya así.

—De acuerdo, ¿cómo prefiere que la llame?

Se vuelve a sentar. Responde, pero sin mirarme a los ojos, pensativa, como si estuviera hablando consigo misma.

—Mi hermana no quería que cambiara de nombre al casarme, ¿sabe? Ella quería que conserváramos el mismo apellido, así que no me lo cambié, sobre todo por complacerla. Un nombre, un apellido es una identidad, ¿no? Cuanto más reflexiono, más me doy cuenta de que ella tenía razón, de que se trata de una tradición absurda. ¿Por qué renunciar a mi identidad por haberme casado? ¿Es acaso para que las mujeres no se olviden de que pertenecen a un hombre? ¿Es por eso? ¿Porque aún vivimos en una sociedad donde se considera que una mujer pasa de la propiedad de su padre a la de su marido, como si fuera una ternera o una cabra? Así que ¿se le adjudica el apellido de él como si se le pegara una etiqueta en la frente, como si fuera un certificado de propiedad?

—Parece que está usted enfadada hoy.

—¡Sí! Es verdad. Estoy enfadada porque no he cambiado nunca oficialmente de nombre y, sin embargo, nadie me llama ya Boisjoli. Hasta mi hermana se ha olvidado de que conservé el apellido de soltera. Los profesores de los niños, la gente que nos envía invitaciones de boda o de bautizo, en el trabajo, en la mayor parte de las comunicaciones de la Administración, hasta en la Seguridad Social utilizan el apellido de mi marido, ¡que no es el mío!

—Comprendo su frustración... ¿Cómo quiere que la llame yo?

Su mirada se endurece; corta como si fuera el filo de

una espada: es el reflejo de la ira que crece en su interior un poco más cada semana, un poco más cada vez que llama a mi puerta para venir a volcar su sufrimiento en mi sillón. Sonríe.

—Llámeme por mi nombre de pila. Al menos me queda eso: llámeme Aline.

ABIGAËLLE
18.48 h

De vez en cuando, Zoé murmura unas palabras dirigidas a Laëtitia. Le susurra que no se preocupe, que solo es una tormenta. Los truenos y los relámpagos no las pueden alcanzar.

—Estás a salvo —le repite.

Intenta persuadirse a ella misma tanto como convencer a su hija. Le suena el móvil y contesta.

En los altavoces resuena la voz del marido de Aline.

—Zoé, siento molestarte, soy JB.

—Ah, no me molestas, voy en el coche. Hace un tiempo malísimo.

—¿Ah, sí? Qué raro, hay mucho sol en Aulnay. Escucha, te... te llamo porque... estoy... estoy un poco perdido.

Zoé se calla. Contiene las lágrimas. Se siente extenuada por todo lo que ha descubierto. Piensa en el jardín del convento, en mí, en la escopeta de caza, en mis cuadernos, en la tetería y las manos de Gabriel sobre las de Aline. Jean-Baptiste Pasquier continúa:

—Es... es muy raro lo que te voy a preguntar, pero... ¿tú crees que... Aline y Gabriel...?

Zoé contiene la respiración. Crispa con tanta fuerza los

dedos sobre el volante que se le transparentan los huesos. Querría colgar antes de que sea demasiado tarde. Querría entrar en un túnel o que un rayo pulverizase una antena para que se cortase la comunicación. JB no se da cuenta de nada y continúa hablando.

—Creo... creo que tienen una aventura.

Es sobre Zoé sobre quien cae un rayo. Es Zoé la que queda pulverizada en miles de fragmentos de desdicha tras el parabrisas.

—Pues... pues...

—Quería preguntarte... ¿Crees que estoy loco? ¿Tú has notado alguna cosa rara? No sé qué hacer... Es absurdo, ya lo sé, pero no puedo evitar...

—No... no lo sé... ¡Yo también lo he pensado!

Se le han precipitado las palabras fuera de la boca, entrechocándose como si formaran una bandada de murciélagos. Apenas han salido volando, ya las querría recuperar. Demasiado tarde. Ahora que ha dicho lo indecible en voz alta, empieza a concebir lo inconcebible. Puede imaginarlos juntos, sus manos, su piel, sus labios... El corazón le late a toda prisa, se le nubla la vista.

Jean-Baptiste, al otro lado del teléfono, suspira. Tiene la voz llorosa.

—No quería creerlo... Hace varias semanas que estoy mirándole el móvil. Se ven todos los viernes a las cinco de la tarde. En la agenda pone «esteticista». Como por casualidad ¡es el día que yo tengo tenis! Pero lo he comprobado. No hay ningún salón de belleza en la calle donde he geolocalizado su teléfono. Sin embargo, ¡hay un hotel! Por supuesto, en los mensajes del móvil no hay nada comprometedor, pero yo notaba que me estaba ocultando algo. Ayer, al mirar el historial de navegación de su ordenador del trabajo, descubrí que tiene una cuenta de correo electrónico secreta. Se había olvidado de cerrar sesión y encontré los contratos de alquiler de un coche y de un apartamento en Lyon a nombre de Gabriel Mancini. ¡¿Te das cuenta?! Se van a escapar juntos...

Le ha cambiado la voz. Por debajo de la pena se percibe ahora una rabia sorda. Nada que ver con el tono afable y risueño del Jean-Baptiste que Zoé cree conocer. A ella lo del correo electrónico secreto y el salón de belleza los viernes a las cinco de la tarde le resulta confuso. No es capaz de pensar y solo escucha a medias. Acaba de caérsele encima el mundo y necesita concentrarse en la carretera, reluciente y resbaladiza, para no tener un accidente. Aún le queda por lo menos una hora de trayecto.

—No sé... no sé qué decir —murmura abatida—. Quizá sea otra cosa, quizá estamos malinterpretando...

—No, está claro. ¡Se lo voy a decir, y tú también! Nos han traicionado.

Se acabó el tono lloroso. La voz de JB es dura como el pedernal, más cortante que un escalpelo. Hasta ese instante, Zoé no había imaginado jamás que su cuñado pudiera dar tanto miedo.

—¿Qué vas a hacer? —pregunta, inquieta por su repentina frialdad.

Solo le responde el silencio. JB ha colgado y a ella la invade una mezcla de terror y alivio. Se arrepiente de haber tenido esa conversación. Y, además, JB se equivoca. Los viernes a las cinco de la tarde Gabriel está siempre en casa. Nunca trabaja los viernes desde que nació Laëtitia. ¿Un contrato de alquiler en Lyon a nombre suyo? Todo eso no tiene sentido. Además, se trata de su hermana. Su hermana mayor, que siempre se ha tomado tan en serio su papel. Su hermana mayor, que siempre la ha protegido, que la defendía contra viento y marea cuando eran pequeñas, que siempre le ha prestado dinero para sus viajes, que empujó su silla de ruedas por los pasillos sin quejarse nunca después de su accidente, que metía huevos podridos en la mochila de los chicos que le rompían el corazón.

Zoé vuelve a ver las manos de Gabriel posadas sobre las de Aline entre las porciones de tarta de queso y los pasteles de la tetería. ¿No es lo más probable siempre lo más probable? Ese día Gabriel miraba a Aline como implorando; había en sus ojos algo de desesperación. Una llamada perdida en el móvil y una mirada suplicante. Eso es todo lo que Zoé ha visto. Es cierto que también están todas esas mentiras de Gabriel... Pero ¿podría haber otra explicación? ¿Qué cosa podrían compartir Gabriel y Aline de la que no quisieran hablarle?

Zoé se siente mal. Se arrepiente. Por mucho que Aline se haya alejado de ella estos últimos años, nunca la habría traicionado de una manera tan abyecta. Jamás. Esta certidumbre se ancla en ella. Ha cometido un error enorme al decirle a JB que su mujer lo engaña.

Laëtitia está dormida plácidamente en el asiento de atrás, ignorante del drama que está teniendo lugar. Zoé llama a Aline dos veces, pero su hermana no le coge el teléfono.

—Llámame en cuanto oigas este mensaje, por favor.

Cuelga y le envía un mensaje de texto a pesar de que está anocheciendo, de que la lluvia golpea los cristales y la carretera resbala. Es una urgencia. Los neumáticos patinan, pero Zoé logra recuperar el control del coche. El corazón le late con fuerza. Tiene que concentrarse. Hay algo que se le escapa. Algo crucial. Zoé siente en el fondo de las tripas que se ha puesto en marcha algún mecanismo. Está a punto de ocurrir algo terrible.

CONSULTA DEL DR. GARNIER
Viernes a las 17.00 h

—Es totalmente necesario que ponga una denuncia y que consiga una orden de alejamiento. Es el único medio de que esté un poco protegida.

—No... Es el padre de mis hijos. No quiero que tengan que vivir eso: un proceso, la policía, su padre condenado, quizá en prisión...

—¿Está al corriente de que en Francia muere una mujer cada dos días a manos de su pareja o de su expareja?

—Nunca llegará a eso.

—Me ha dicho que no controla ni su rabia ni su fuerza cuando monta en cólera. ¿No cree que su fuga podría enfadarlo lo bastante como para que tratara de matarla?

—No se preocupe. Es mi marido, lo conozco bien. Solo hay una cosa que podría volverlo loco del todo y eso no va a ocurrir.

—¿Qué situación?

—Que lo engañe. Me lo ha dicho además, varias veces.

—¿Qué es lo que le ha dicho exactamente?

—Que me quiere tanto que si un día lo engaño, me matará.

ABIGAËLLE
21.23 h

Zoé está ya delante de su casa, pero no se mueve del asiento. Por el parabrisas resbala una cascada de agua. Los limpias se mueven como acelerados por el pánico. El estruendo de las gotas reverbera en el habitáculo y amortigua todos los sonidos exteriores. Este ruido familiar hace surgir un recuerdo en su mente confusa. Está con Aline en el asiento trasero del Peugeot de la familia. Se han quedado solas, dentro del coche, durante un lavado automático en la estación de servicio. Los grandes rulos rojos y amarillos giran y cepillan, la espuma blanca se desliza por los cristales; las dos hermanas se deleitan con ese escándalo que las aísla unos minutos del resto del mundo. Zoé vuelve a ver a su hermana mayor, los tirantes espagueti de la camiseta sobre sus hombros delgados, la cabeza echada hacia atrás. Ríe a carcajadas con la boca bien abierta, le relucen los dientes.

Antes Aline reía a mandíbula batiente. Estrechaba a todo el mundo en sus brazos. Antes, nunca tenía frío. No rechazaba los arrumacos de su hermana pequeña, no se ponía pañuelos caros de seda salvaje rosa que no se podían ni tocar. Aline detestaba especialmente los jerséis de cuello alto que le raspaban el cuello. ¿Por qué pensaba Zoé en eso ahora? ¿Qué le había pasado a su hermana?

Nunca se había planteado esa pregunta, pero de repente le ha parecido evidente. A Aline le pasa algo. A la fuerza. La gente a la que le van bien las cosas no desaparece de la noche a la mañana. No deja de llamarte ni de verte ni de quererte. Hace ya años que Aline construyó un muro. Dejó de ir a Lyon. ¿Por qué? Ya no tenía tiempo de nada. Dejó de invitar a Zoé a su casa. Espació las llamadas. ¿Por qué? Ni siquiera la entusiasmó la idea de vivir tan cerca de su hermana menor. ¿Por qué? ¿No soñaban cuando eran niñas con ser vecinas, criar juntas a sus hijos? Vuelve a llamar a JB. Necesita decirle que está equivocada, que a Aline le pasa algo, que quizá se siente agobiada en el trabajo o ha caído en una depresión o sufre algún tipo de alergia. Lo que Zoé tiene claro, en todo caso, es que su hermana nunca la habría traicionado.

JB no coge el teléfono.

Hay algo que no va bien. Zoé tiene las piezas del puzle, pero aún no logra encajarlas.

Yo, por supuesto, ya lo sé todo: el infierno cotidiano de Aline y sus citas del viernes a las cinco de la tarde con el doctor Garnier. Se desarrolla un sexto sentido cuando se ha sido equilibrista toda la infancia, andando siempre sobre la delgada línea que separa la normalidad de una explosión de violencia en la que la vida puede dar un vuelco en un instante. Me acuerdo de ese estado de vigilancia; ese modo de supervivencia permanente inscrito en mi carne, en mis venas, en mi ADN. El sonido de la puerta del Audi gris metalizado de papá, el traqueteo de la llave en la cerradura; nuestros oídos alerta, al acecho de la menor señal. ¿Buen o mal día? ¿Día de gritos? ¿Día de golpes? ¿Día de vajilla rota? El alivio, siempre de corta duración. Vuelvo a ver todos los intentos desesperados de mi madre por frenar lo inevitable. El miedo que emanaba de cada uno de sus poros, que le arañaba el alma por dentro, que le hundía los ojos, las mejillas, la confianza en sí misma, un día tras otro, igual que un río va erosionando las piedras más duras como si tal cosa. Todo siempre limpio e impecable; la cena o el café siempre calientes y dispuestos en la mesa; el periódico y el mando del televisor en su sitio, que Dios nos librase de que tuviera que buscarlos ni cinco segundos en un día malo. Su ropa lavada, planchada, doblada. La casa en orden.

Y nosotros, Gabriel y Abigaëlle, como dos niños de cuento, pulcros y en pijama a las siete en punto de la tarde, más silenciosos que si fuésemos de porcelana, para evitar que a mamá le pasara como a los adornos de cerámica que acababan haciéndose añicos contra las paredes. Una infancia siempre alerta. Una infancia para volver loco a cualquiera, de la que nadie, aparte quizá de nuestra tía Pauline, se preocupó de librarnos. Fuimos niños equilibristas. Siempre sobre la cuerda floja, siempre aterrorizados por la idea de la caída. Lo peor era la espera, porque, en el fondo, sabíamos que la calma no duraría. Unos días, unas semanas quizá. Nunca más tiempo. Bastaba una simple pelusilla en el engranaje tan cuidadosamente engrasado de nuestro hogar. Que la selección perdiera un partido, una reunión difícil en el trabajo, un chaparrón, un mechón que se escapara de la coleta de mamá, el ladrido del perro de los vecinos, la cara de una presentadora que no le gustaba... Y surgía la rabia, siempre emboscada en algún lugar cual cazador paciente. Vivíamos con ella como si se tratara de una medio hermana maléfica agazapada en las sombras, que aparecía siempre de la manera más imprevisible. Su olor flotaba en el aire hasta en los momentos de paz. Envenenaba cada instante. Gabriel había vivido con ese miedo difuso tanto tiempo que no pudo por menos que reconocerlo en la actitud de los niños Pasquier, un poco demasiado buenos, siempre deseosos de contentar a su padre, tranquilos, observadores, atentos al más mínimo detalle. Reconoció la alerta continua en sus ojos, igual a la nuestra. Sus gestos mesurados, precavidos, como habían sido los nuestros. El día en que Zoé le contó que su hermana se había roto una costilla al caerse por las escaleras, ya no le quedó la menor duda. Se le metió en la cabeza hablar con ella, ayudarla.

Zoé, sin embargo, nunca supo nada de todo esto. Hay en su cabeza el comienzo de una idea, pero duda. Ha leído mucho a Zola. La imagen que se ha hecho del hombre que viola o pega a su mujer es la de un cincuentón alcohólico siempre vestido de chándal, desempleado u obrero, que vive en un piso de protección oficial, monta en cólera en público y le parte la cara a gente indefensa en plena calle. No entran aquí ni los directivos ni los polis; ni los pediatras con gafas, encantadores de trato y siempre de buen humor, que se implican en las reuniones de padres del colegio, preparan adobos para las barbacoas y ofrecen generosamente consejos, cunas y sillas infantiles para el coche a su cuñada embarazada.

Zoé duda. Vuelve a pensar en mis cuadernos. Vuelve a pensar en lo que le ha explicado sor Marie-Clotilde. Como a mí, la verdad le da miedo. El cerebro la protege. Ahora se da cuenta de que Gabriel siempre le ha mentido sobre lo mismo. Hay solo una cosa que nunca ha querido o podido contarle: la violencia de su infancia. ¿Sería posible que le hubiera ocultado sus encuentros con Aline exactamente por la misma razón? Se acuerda de la mirada de Gabriel el día de la barbacoa. La intensidad con la que observaba a su hermana. ¿Había reconocido en ella algo que Zoé nunca había querido ver?

«Hace varias semanas que le miro el móvil»...

Zoé duda, pero el recuerdo de esa frase, el tono en el que la ha dicho JB le provoca unas náuseas leves. ¿Ha leído también los mensajes que ella le ha enviado a Aline? ¿Esos donde se quejaba de sus dolores íntimos posparto o del hecho de que no habían hecho aún el amor después del nacimiento de Laëtitia?

«He leído sus correos electrónicos. He geolocalizado su teléfono».

Se acuerda del día en que Aline, hace ya años, le dio un vestido rojo, que fue el que se puso el día de su primera cita con Gabriel en el bar de París: «Te lo regalo. Solo me lo he puesto una vez. A Jean-Baptiste le parece que es demasiado ajustado». ¿Con qué derecho se pone JB a mirar el móvil de su esposa? ¿Qué derecho tiene a geolocalizar su teléfono? ¿Qué derecho tiene a decidir la forma en que ella se viste? ¿Quién se cree que es? ¿La policía de la moral de Afganistán?

«Imbécil».

La violencia del insulto la sorprende a ella misma. No se había dado cuenta de lo mal que le caía JB. No le gustan sus pequeñas bromas idiotas que rebajan a su hermana con el pretexto de hacer reír, las mezquinas insinuaciones de que Aline no tiene cultura o de que su trabajo, a diferencia del de él, no sirve para nada. Detesta la cara de perro apaleado que pone las pocas veces que Zoé ha conseguido convencer a Aline para salir una hora a tomar un café. Lo detesta todo de él.

Lo odia.

Cierra los ojos. Las piezas encajan. Piensa en el muro que Aline ha levantado entre ellas. Piensa en los cuellos altos que su hermana lleva en verano; en las gafas de sol en invierno; en la costilla que, según ella, se rompió al caerse por las escaleras; en la capa de maquillaje espeso sobre su piel lisa; en la manera en que la rechazó cuando Zoé la quiso abrazar el día de la barbacoa. Ese gesto que tanto le había dolido era un respingo de dolor. Ahora está segura de ello. Había veinticinco grados y Aline llevaba manga larga y un pañuelo. De golpe, Zoé tiene la certeza de que, bajo la seda y el cachemir, había moratones, lesiones y humillaciones. Tras los almuerzos anulados, las llamadas nunca respondidas, los alambres de espino que su hermana había tendido entre ambas, había sufrimiento y soledad, no indiferencia.

Zoé sigue delante de su casa, dentro del coche, las manos al volante. Con dedos temblorosos llama a Aline una vez, dos, tres veces. ¿Qué ha hecho? ¿Cómo ha podido ser tan estúpida para confirmarle a un marido violento que su hermana tenía un amante?

Alguien contesta por fin al teléfono.

—¿Aline? Aline, ¿eres tú?

—... Soy Sixtine.

—Hola, cielo, ¿puedes pasarme a mamá? Es muy importante.

—...

—¿Sixtine? ¿Me oyes? Estás...

—Tía, tienes que... No...

—No llores, cariño, ¿qué pasa? ¿Qué está pasando? ¿Dónde está mamá?

—No lo sé... No sé qué hacer.

La voz de su sobrina no es más que un murmullo sofocado por los sollozos. La voz aterrorizada de una niña pequeña. Una niña pequeña abandonada por sus padres, por la justicia, por la sociedad. Zoé reprime el temblor en su propia voz. Aunque por dentro todo se esté agrietando y pulverizando, por fuera no tiene derecho a flaquear. Ella es la adulta. ¿Y para qué sirven los adultos, si no es para proteger a los niños?

—Dime qué está pasando, cariño.

—Es... es papá. Se ha vuelto loco... Mamá está herida... y...

Zoé no tiene tiempo de responder. Se ha cortado la comunicación. Pero adivina lo que está ocurriendo muy cerca de allí, al otro lado del bosque. No reflexiona. Aline es su hermana. Sale corriendo del coche y se precipita en el interior de la casa. Del cajón del escritorio de Gabriel saca la llave del armario verde, lo abre y coge la escopeta de caza. En su apresuramiento, vuelca una caja de cartuchos y se mete un puñado en el bolsillo del abrigo. Le tiemblan las manos. Con la mirada fija y los dientes apretados, no piensa, se concentra. Vuelve al coche, deja el arma en el asiento de atrás, entre la niña dormida y la bolsa con sus cosas de bebé, arranca y sale disparada.

ABIGAËLLE

21.24 h

Me contengo para no abrir la caja y encender la última cerilla. La he encontrado. La tengo en la mano. Por primera vez desde hace años pienso en utilizarla. Siento una necesidad terrible de consuelo y no comprendo nada. Mis pensamientos se comportan como un enjambre de avispas sobrexcitadas que estuvieran encerradas dentro de mi cráneo. Cada vez son más agresivas e incontrolables. Tengo que concentrarme. Siento que estoy perdiendo el control. En mi cabeza el árbol cruje; las ramas y las raíces me perforan el cerebro de un extremo a otro, lo invaden como un cáncer. La tapa vibra y se agita como si estuviera reteniendo a un animal rabioso. Me resulta cada vez más difícil mantenerla en su sitio, contener la erupción de la arborescencia. Sin embargo, es necesario. Todos mis pensamientos, todas mis ideas están a punto de explotar en mil ramitas dispersas, pero ahora no puede ser. Estoy aquí por una razón. No sé cuál, pero tengo que aguantar hasta el final de esta historia, eso sí lo sé.

Concentración.

Pensar en línea recta.

Causas y consecuencias.

Mi hermano llega a Aulnay-les-Roses en el tren de las nueve y veinticuatro de la noche. La lluvia rebota sobre el andén de la pequeña estación. No lleva paraguas porque siempre le ha parecido superfluo luchar contra la imprevisibilidad del futuro, incluso el más inmediato. Antes de Laëtitia, habría llamado sin duda a Zoé para pedirle que fuera a buscarlo en coche, pero no quiere molestarlas tan tarde. Solo le ha enviado un mensaje al subirse al tren para avisarla de la hora en que llegará a casa. No sabe si le ha respondido. Está sin cobertura.

A mi hermano no hay nada que lo apacigüe tanto como la conciencia de la existencia de Laëtitia. Imaginar a Zoé junto a la niña, dormida plácidamente en la cuna con los brazos abiertos, calentita en su saquito de dormir de nubes azules, le produce el efecto de un café caliente en medio del extraño temporal que está abatiéndose sobre Aulnay-les-Roses. Es raro, porque hace media hora, cuando salía de París, el tiempo era muy bueno.

Zoé y Laëtitia son una luz de esperanza en su vida, la llama danzarina de una cerilla en medio de la tempestad, incluso la prueba de que la vida puede ser bella y simple. Solo cuando está con ellas logra agarrar al vuelo algunos fragmentos de felicidad. Luego la idea de que podría perderlas acaba siempre por presentarse y extingue las minúsculas partículas de luz, igual que una ráfaga de viento frío aniquilaría un fuego hecho con ramitas.

Se sube el cuello de la cazadora y sale a la oscuridad húmeda. Entorna los ojos para localizar las luces borrosas de las farolas a través de la lluvia que le azota el rostro. Como cada vez que vuelve a casa a pie y, a pesar de lo hostil del tiempo, da un rodeo de seis minutos para no tener que bordear el bosque. No piensa en todo lo que puede pasar en seis minutos. Sin embargo, él precisamente debería saber bien que en menos de ese tiempo la vida puede dar un vuelco. Ni por un instante imagina que esta decisión de lo más anodino podría ser la causa de su mayor pesar. Lo único que sabe es que le dan miedo los árboles, el bosque. Así que los evita por instinto, de la misma manera que nunca se le ocurriría la idea de cruzar una autovía a pie o de tragarse una pastilla de detergente de lavavajillas. Por instinto de supervivencia.

A la gente le hace gracia su fobia a los árboles. Creen que está de broma. Él sonríe cortésmente, acostumbrado. No trata de explicarlo. Quienes no sufren ansiedad no pueden comprender que es mucho más complejo dominar el terror que se enrosca en el interior de una persona que el susto banal y pasajero de un peligro exterior. Y, para Gabriel, el miedo tiene rostro de bosque: el que estaba representado en la vidriera de lo alto de nuestras escaleras. Hace mucho tiempo, el terror plantó en su alma una semilla que se hundió allí como una esquirla de vidrio en la yema de un dedo. En ese terreno fértil, la angustia creció como un bosque espeso. Zarzas, ortigas, malas hierbas. Nada ha logrado detenerlo. Poco a poco, el bosque ha desplegado sus ramas atormentadas hasta cubrir la inmensidad de su cielo interior. Desde entonces Gabriel es su prisionero. Hay justo el oxígeno y la luz necesarios para sobrevivir, pero no para vivir de verdad. Y, por mucho que Zoé y Laëtitia hayan ralentizado el avance del miedo, Gabriel nunca correría el riesgo de despertarlo, aunque pierda seis minutos que podrían cambiarlo todo.

El coche no está aparcado delante de la casa y, sin embargo, las ventanas de la planta baja están encendidas. Gabriel entrecierra los ojos, lleno de aprensión. Automáticamente se pone a desfilar por su mente la lista de todo lo que podría haberles ocurrido a sus dos seres queridos. Un accidente de tráfico, una septicemia, un ictus, un infarto, un accidente doméstico, la muerte súbita de la recién nacida... Se le acelera el corazón y se le humedecen las manos. La puerta está cerrada, pero no con llave. En la entrada, sin siquiera quitarse la cazadora empapada, llama:

—¿Zoé?

Silencio.

Vuelve a llamarla, esta vez más fuerte. Al final del pasillo ve abierta la puerta que da a su estudio. El plafón del techo está encendido. Se acerca al rectángulo de luz y se para en seco. En el suelo yace desgarrado el plástico de burbujas que envolvía el arma de nuestro padre; mis gomas elásticas de colores de cuando era niña, que sujetaban el embalaje, están dispersas por la alfombra persa que Zoé eligió con amor, expresamente para él. Se agacha. Como hipnotizado, como si no creyera lo que ven sus ojos, recoge un cartucho del suelo. Se lo mete de forma mecánica en el bolsillo del vaquero.

La escopeta de caza ha desaparecido.

CUADERNO DE ABIGAËLLE, EXTRACTO
1995

21.36 h

Gabriel me ha mandado al armario de la caldera. Un día malo. Se han agotado las pilas del walkman. Oigo gritos amortiguados por encima de mi cabeza. Es imposible silenciarlos. A veces no sé dónde gritan más fuerte, si en la casa o en mi cabeza.

Aprieto con todas mis fuerzas a Albert contra mi cuerpo. El peluche está tan usado que temo el día en que se deshaga y lo pierda para siempre. Necesito música. Mañana me voy a París, al instituto de superdotados. Me da miedo marcharme. Me da miedo quedarme. Sobrecarga. El cerebro me fatiga. Lo odio. Pensamientos que van en todas direcciones, colores, sonidos, información, emociones. Es demasiado. La arborescencia aspira mi energía, me agota. Es como si sintiera el grito de la brutalidad del mundo en todas y cada una de mis células. Se me incrustan en la carne la ausencia de sentido, la indiferencia de Dios, el lento e ineluctable avance de la desesperación, la cólera de Gabriel como un agua negra que se infiltra en su alma, su lento naufragio.

No puedo más.

¿Cómo lo hace la gente?

La gente que es normal. La gente que no está loca.

En el rellano se ha partido algo. Un tintineo de cristal. Espero que no haya roto mi vidriera. Seguro que ha sido el jarrón azul que tanto le gusta a mamá.

Pobre mamá.

Ni siquiera la doctora Hassan me puede ayudar ya.

¿Qué podrán hacer por mí en ese instituto?

Ni siquiera la luz de las cerillas. Ni escribir en los cuadernos. Ni leer. Ni embrutecerme delante del televisor. Ni Victor Hugo. Ni la pureza de las notas del piano puede frenar hoy este hervor infernal.

Respirar. Cerrar los ojos. Pensar en el mar. Pensar en el movimiento perpetuo de las olas que besan la arena. Las mareas, la vida, las estrellas. Desde la noche de los tiempos hasta el fin del mundo.

Tengo miedo del cortocircuito. De que se fundan los plomos. Puf, ¡se acabó! Me veo en el psiquiátrico con un hilo de baba en la comisura de los labios. Dentro de la cabeza: negro, la nada. El disco duro se ha fundido, no podemos hacer nada, señora. No, ni con la garantía. Lo sentimos.

Yo solo querría ser normal.

Sin el walkman oigo los gritos de mis padres. Desde pequeña mi hermano mayor me protege. Me encierra aquí, en el armario de la caldera; tapa la violencia con la música. Ha pegado estrellas fosforescentes en el techo y ha pintado montañas, pájaros y un cielo sin nubes. Me ha creado un refugio.

Gabriel es mi ángel guardián. Intenta salvarme. Pero sin la canción más bonita del mundo para apaciguarme, no puedo ser salvada. Nadie puede salvarme de una infancia como esta.

La gente tiene que saber a la fuerza lo que pasa en esta casa. Lo saben y no hacen nada. En la selva de la vida, en la selva de verdad, los mayores no protegen a los pequeños. A los mayores les importa un bledo. Estoy sola. Sola con mi hermano. Pobre, pobre Gabriel. ¿Quién lo salva a él cuando me encierra en el armario de la caldera para que no vea lo que papá le hace a mamá? ¿Quién lo salva a él cuando me pone los cascos en las orejas para ahogar el sonido del horror? ¿Quién lo protege? ¿Para qué sirven los adultos? ¿La mierda de los adultos? ¿Dónde están cuando se los necesita?

Querría estar anestesiada. Unas horas solamente. Poder no pensar en nada, no sentir nada, no oír ni comprender nada. Querría ser un pájaro y recorrer el cielo con la mente vacía y azul. El infinito ante mí. El silencio, por fin.

Querría poder accionar un interruptor. Apagar el mundo. Apagarme el cerebro como se apaga la luz, si fuera posible; sin tener que atravesarlo con una bala.

ABIGAËLLE
21.34 h

Los relámpagos rasgan el cielo. En el coche, que patina en el asfalto empapado, Zoé marca el 112, llora, trata de explicarse. Señora, cálmese. ¿Qué es lo que ha visto? ¿Qué ha oído exactamente? ¿Está suponiendo que ha habido actos violentos o habla de hechos probados? ¿Su hermana? ¿La ha llamado pidiendo socorro? ¿Cómo que «en realidad, no»? La comunicación no es nada buena con esta tormenta inexplicable que no deja de empeorar. ¿No está ella también en peligro entonces? ¿Podría desplazarse a un lugar donde cogiera mejor señal? La línea se corta en el momento en que Zoé llega a la casa de Aline y JB. Trata de volver a llamar, pero no hay cobertura.

A través de la cortina de agua y los visillos del salón, distingue las luces cambiantes del televisor. No se oyen gritos ni agitación, solo la fachada ordinaria de una casa familiar normal y corriente, un miércoles por la noche. Por un instante ínfimo, Zoé espera haberse equivocado. ¿Va quizá a encontrarse con los Pasquier a la mesa cenando un gratinado de carne con puré de patata, o viendo un documental de animales en el canal Arte? Lo desea con tanta fuerza que cuando desata la silla de Laëtitia casi puede imaginar el tranquilo tintineo de los cubiertos y los ruidos de la familia masticando la comida. Sin embargo, la puerta de entrada está entreabierta y las ráfagas de viento la mueven despacio. Ese detalle hace que el silencio sea más terrorífico. Zoé no escucha a su miedo. Su hermana la necesita, no dará un paso atrás. A veces una hermana pequeña es lo único que queda para proteger a una hermana mayor.

La tempestad que hace crujir las ramas de los robles y deslizarse las tejas no es más que un pálido reflejo de la que ruge en su cabeza. Se queda bajo la lluvia con la sillita de la niña en la mano. ¿Y ahora qué?

—¿Tía?

Un murmullo sofocado a su derecha. Se vuelve. Son los niños de Aline, disimulados tras el seto, en el barro, bajo la lluvia. Lloran en pijama, en silencio, chorreando, acurrucados unos contra otros, apiñados detrás de Sixtine, que hace de su cuerpo una barrera, decidida, con quince años apenas cumplidos, a protegerlos de todo, de los elementos y de la irresponsabilidad de los adultos. La chica clava en su tía los ojos, abiertos como platos, llenos de terror. Tiene el labio partido; le resbala un poco de sangre por la barbilla.

Zoé extiende el brazo con el que no sujeta la sillita y los cuatro se precipitan hacia ella, llorando.

—Antes no te he colgado —explica Sixtine—. Es que no tenemos cobertura. Creo que es por la tormenta...

—¿Y tus padres? —pregunta Zoé.

—Dentro...

—¿Qué te ha pasado en el labio?

Sixtine duda. Baja la cabeza y murmura:

—He intentado interponerme.

Zoé le da la silla del bebé a su sobrina. Laëtitia llora. Zoé la besa en la frente y en las mejillas, mojadas por la lluvia; le murmura que volverá enseguida, que su prima va a llevarla a un sitio calentito.

—Id adonde los vecinos. Están en casa, hay luces encendidas. ¡Rápido!

—De acuerdo...

A Zoé le parte el corazón ver el alivio del rostro de Sixtine ante la idea de que por fin quizá alguien vaya a ayudarla a sostener el peso que carga sobre los hombros. No se atreve a imaginar todo lo que esta chiquilla habrá tenido que soportar esos últimos años.

Sube las escaleras de la entrada y se dispone a empujar la puerta cuando se detiene al oír la voz de su sobrina.

—¡Tía!

La adolescente solloza con la sillita del bebé apretada contra sí. Tiene el pelo chorreante pegado a la cara. Le tiemblan las mejillas.

—¿Qué pasa, cariño? —murmura Zoé sin soltar la puerta.

—Le ha... le ha... golpeado la cabeza contra el radiador... He conseguido separarlos y mamá se ha ido corriendo arriba. Creo que se ha encerrado en el cuarto de baño, pero... él ha... ha cogido el cuchillo grande de la cocina.

El horror sofoca el final de la frase de Sixtine. Zoé encaja la información como si le hubieran dado un puñetazo en pleno vientre. Se le acelera el corazón. Siente el pulso de cada una de sus células, súbitamente cargadas de adrenalina.

—Vale. Diles a los vecinos que llamen a la policía, ¿de acuerdo? ¡Date prisa!

Sixtine asiente con la cabeza, aterrorizada, y hace una señal a sus hermanos para que la sigan. Se da la vuelta y echa a correr. Las pequeñas sombras empapadas y aturdidas le van a la zaga en silencio. El trauma de esta noche los marcará toda la vida.

Zoé vuelve al coche y coge la escopeta de caza del asiento de atrás. Con paso decidido, salva las escaleras del porche, inspira profundamente, entra en la casa y, muy despacio, cierra la puerta tras de sí.

ABIGAËLLE

21.35 h

—¡¿Zoé?!

Gabriel se desgañita en las escaleras, sube corriendo, enciende la luz de todas las habitaciones metódicamente. No están ni Zoé ni Laëtitia. La visión de la cuna vacía le corta la respiración.

—¡¡¡Zoé!!!

Por mucho que grite su nombre en bucle, no le responde. Sigue sin haber cobertura y no puede llamarla al móvil. Se precipita a su dormitorio y coge la tableta de Zoé. La desbloquea con manos temblorosas. Tiene la sensación de que ha pasado algo grave. Golpea la pared con el puño, presa de una rabia repentina, un furor que conoce demasiado bien y que lo aterroriza casi tanto como las circunstancias actuales. ¿Por qué habrá salido corriendo Zoé con la niña y un arma de fuego? Se dispone a abrir la aplicación de mensajes de Zoé, pero se interrumpe, sofocado por la vergüenza que le produce lo que iba a hacer. Se había jurado que nunca se rebajaría a cometer ese tipo de indiscreción.

Sostiene la tableta en las manos. He aquí por qué él no quería nada de todo esto. No quería tener pareja ni hijos, quería vivir alejado de cualquier cosa que se pareciera de cerca o de lejos a una familia. Tres de cada cuatro: el número de personas que, habiendo crecido en un hogar violento, se convierten a su vez en seres violentos o en víctimas de la violencia. Tres de cada cuatro. Bien que se lo ha repetido a lo largo de los años. Lo ha tenido siempre tan presente que no se ha dado ni cuenta de que, hasta ahora, él siempre ha sido ese cuarto que se salva. El que lucha con toda su alma, a cada instante, para no dejar que su infancia desdichada sabotee su presente. Se coge la cabeza entre las manos. ¿Qué le pasa? ¿Está volviéndose como su padre, inventándose excusas para inmiscuirse en los asuntos personales de su mujer? ¿Para negarle cualquier tipo de libertad, de intimidad, de jardín secreto? ¿Está haciendo suposiciones absurdas para justificar un comportamiento inaceptable? Pero ¿y lo de la escopeta? Solo con que pudiera contactarla... Está enloquecido. No sabe qué hacer. Vuelve a ver a su padre volcando los cajones de la cómoda de su madre, buscando la prueba de una infidelidad fantasma, agitándole una factura detallada de teléfono delante de la cara para preguntarle con quién estuvo hablando durante cincuenta y dos minutos el 12 de abril a las tres y diecisiete de la tarde. «Vamos a ver, hija de puta, ¿tú te crees que yo voy a estar pagando las facturas para que hables con tu amante? Me tomas por un imbécil. ¡Esta te la has buscado!».

Vuelve a ver las lágrimas de su madre, pasmada ante tanto absurdo. Tan suicida como para buscarse un amante no era. Con manos temblorosas, trataba de aparentar un poco de dignidad mientras su ropa interior y sus billetes de lotería sin premio quedaban esparcidos por el suelo.

Gabriel frunce el ceño. Su madre, siempre alerta, concentrada, al acecho de cualquier cosa que pudiera hacer saltar la chispa. Siempre un poco tensa, con la mirada atenta, en modo de supervivencia. Exactamente igual que Aline.

Aline.

Claro, Aline.

Nunca debería haberse mezclado en los problemas de Aline. Desde que se le metió en la cabeza ayudarla, sus mentiras no han hecho más que alejar a Zoé.

Entonces se le enciende la bombilla. Aline. O bien Zoé se ha dado cuenta de lo que le ocurre a su hermana, o bien esta le ha pedido ayuda. JB ha debido de descubrir el plan de huida que Gabriel le ha ayudado a organizar. Es la única explicación. Zoé ha ido a prestar auxilio a Aline. Y, para que haya cogido la escopeta, lo que ha ocurrido tiene que ser muy grave.

Baja las escaleras de cuatro en cuatro con el móvil pegado a la oreja. Ha llamado al 112. Sigue sin haber cobertura. Debe de ser por la tormenta. De todas formas, la policía, la justicia, el Estado... nunca hicieron nada por su madre, por él y por su hermana.

Coge las llaves del coche, pero al llegar a las escaleras de entrada se acuerda de que Zoé se lo ha llevado. No tiene elección. Si quiere llegar a tiempo, no hay más que un camino posible. Entra de nuevo en la casa y sale por el jardín. Corre hasta la verja que da al bosque y que no se abre desde hace muchos años. Duda, se detiene. Echa un pie atrás, aturdido bajo la lluvia. La tormenta sacude las ramas negras, las gotas siguen mojando la tierra embarrada. Se le acelera la respiración, la angustia le oprime la garganta; en la nuca, un sudor frío. Paralizado por el terror, el cuerpo se niega a avanzar. Gabriel vuelve a ver la vidriera de las escaleras. Ante él, la sombra de la muerte hace crujir los troncos. Pero Zoé está al otro lado. Zoé, su amor. Su vida se encuentra en peligro. Cierra los ojos, inspira profundamente, trepa por el portón herrumbroso, salta al otro lado y echa a correr entre las zarzas, internándose en la oscuridad.

CUADERNO DE ABIGAËLLE, EXTRACTO

1995

22.14 h

Debería salir de aquí.

Ya no tengo música y los gritos que oigo son insoportables.

Querría ser un colibrí en la vidriera de las escaleras. Querría escuchar la dulzura de Nina Simone en los auriculares.

No puedo dejar a Gabriel solo entre papá y mamá. No puedo abandonarlo. Solo me tiene a mí.

Esa es la verdadera ley de la selva: nunca se abandona a un hermano o una hermana, es la única manera de lograr sobrevivir.

Tengo que ir a ayudarlo.

ABIGAËLLE
21.41 h

Gabriel corre por el bosque. No piensa. Corre. Ya no tiene miedo. Ya no tiene miedo de las zarzas que le arañan los tobillos, del barro resbaladizo y de las hojas como cuchillas que le laceran el rostro. Ya no le teme a la oscuridad, que se hace más intensa, a las ramas negras que se cierran tras él, haciéndole imposible dar marcha atrás. Ya no tiene miedo de hundirse en la noche, de la angustia que podría agarrársele al pecho y paralizarle el cuerpo.

Ya solo tiene miedo de una cosa: de perder lo que le ha salvado, esa familia maravillosa que ha logrado construir, gracias a Zoé, sobre las ruinas de su infancia destrozada.

Corre como nunca ha corrido en su vida. Como yo corrí fuera del armario de la caldera hace veintisiete años, cuando oí a mi madre llorando, suplicándole a mi padre que dejara a mi hermano. Como se corre cuando está en peligro alguien a quien amamos y no hay ninguna otra cosa que importe. Me gustaría separar las ramas, las ortigas y las zarzas, me gustaría abrirle el camino, arrancar las raíces en las que tropieza. Me gustaría encender una luz e iluminar el bosque oscuro, murmurarle al oído que no está solo, que nunca se está solo cuando se tiene una hermana o un hermano. Y que es él quien me lo ha enseñado, como me ha enseñado todas las cosas de la vida que merecen la pena vivirse. Querría simplemente cogerle de la mano. Daría mi vida por ello. Pero yo no puedo dar mi vida, y él no me necesita. Él comprende el bosque desde siempre, forma ya parte de su alma. Lo lleva dibujando mucho tiempo. Sabe que, tanto en la vida como en el bosque, solo hay un camino posible: hacia delante. Necesita a Zoé y a Laëtitia, ellas son su vida y su alegría. Sin mí aprenderá a vivir, acabaré haciéndoselo comprender. Sin ellas, desde luego que no.

ABIGAËLLE
21.49 h

Si pudiera llorar, lloraría. Pero desde el entierro no he vertido ni una sola lágrima.

Me siento mal.

De mi subconsciente emergen penosamente los recuerdos cual burbujas de aire que llevaran mucho tiempo atrapadas en un fango nauseabundo y subieran a la superficie. Trato de contenerlos, pero la situación me resulta demasiado familiar. No quiero saber. ¿Por qué es necesario que siempre se repita la historia? ¿Por qué nunca aprendemos nada del sufrimiento de los demás?

Papá nunca nos pegó. Gabriel, como se interponía, recibía golpes perdidos, empujones, pero nunca fue objeto directo de su furor. Mamá siempre decía: «Es buen padre». Se lo decía a la tía Pauline, que tantas veces le suplicó que se divorciara. Se lo repetía a Gabriel cuando él se atrevía a expresar el odio visceral que sentía por quien se hacía llamar progenitor suyo. Mamá se creía aquello que afirmaba, y esa creencia constituía uno de los eslabones más resistentes de las cadenas que le impedían marcharse. Gabriel y yo formábamos, a pesar nuestro, los cimientos de la prisión de mamá. Durante mucho tiempo, yo pensaba que todo aquello era perfectamente normal, que todos los padres daban bofetadas de vez en cuando a las madres cuando se les quemaba el filete o se les encogía una camisa en la secadora. Que el amor y la violencia iban de la mano. Quizá sea por eso por lo que nunca me he casado, para estar segura de conservar la libertad de mi cuerpo, mis actos y mis decisiones. Conozco las estadísticas. Gabriel me las ha repetido hasta la saciedad. Sé muy bien que yo también tengo muchas probabilidades de acabar aceptando que me abofetee, me insulte o me dé órdenes un marido tiránico. Es lo que he visto desde que era bebé. Las palabras se las lleva el viento, los actos permanecen. Nunca se desaprende del todo lo que nos enseñaron nuestros padres mediante los actos.

Y, durante mucho tiempo, yo también quise a mi padre. Pensaba que era buena persona. Porque era pequeña, porque él era el único padre que tenía, porque necesitaba creer que ese ser con el que compartía tantos genes y momentos de felicidad no era un monstruo que destruía a nuestra familia. Hoy sé que mamá se equivocaba al pensar que nos protegía quedándose, al creer que debía evitarnos las consecuencias de una separación. Ni siquiera el peor divorcio nos habría hecho tanto daño como la infancia que nos tocó vivir a Gabriel y a mí. De la violencia nunca se sale indemne. Para comprenderlo, solo hay que ver en lo que nos hemos convertido mi hermano y yo.

Me siento mal.

Quiero encender mi última cerilla.

Sigo conteniendo a duras penas el árbol de mi cabeza, pero no aguantaré mucho más tiempo. El árbol se nutre de emociones que me traspasan. Siento las ramas que se agitan, la savia efervescente que empuja las raíces en todas direcciones. Necesito concentrarme en alguna cosa.

Por ejemplo, en esa pegatina tan fea del parabrisas trasero del coche de Zoé.

Tengo que impedir que explote la arborescencia; el cerebro no se recuperará.

Si eso ocurre, no sabréis el final de la historia.

Y no podré salvar a Gabriel.

La pegatina.

Me invade el cráneo la voz de la doctora Hassan, amortiguada por los años y la bruma: «Lo que determina que te acuerdes o no de algo es que vayas a buscarlo al lugar correcto».

Mi cerebro es la biblioteca más grande del mundo.

«A veces basta un olor, una canción, una palabra o un detalle ínfimo para que aflore de golpe el recuerdo que has estado ocultando».

La pegatina del parabrisas trasero del coche de Zoé.

Un avestruz con una gorra verde. Y a pesar de las gotas que resbalan continuamente por el cristal, puedo leer: «¡En ruta, Simone!».

«Simone».

En el momento en que se forma la conexión, sé que voy a lamentarlo. La arborescencia vibra, como recorrida por una corriente eléctrica.

Oigo el piano.

Pienso: «Simone».

Nina Simone.

Mi madre baila en la cocina.

La canción más bonita del mundo.

I wish I knew how it would feel to be free.

Las pilas del walkman.

Los gritos en las escaleras.

Todo está ahí. Basta saber adónde ir a buscar en mi cabeza.

En la biblioteca enorme de mis recuerdos, poco a poco, me acerco a la puerta de los archivos. Me gustaría retroceder, pero ya es demasiado tarde. No puedo negarme indefinidamente a comprender lo que ya sé desde hace tiempo. Poso la mano en el picaporte dorado y lo giro.

En la habitación no hay más que negro, un negro espeso, un precipicio de oscuridad. Hago girar entre los dedos la caja de cerillas, como la niña del cuento. La he conservado todos estos años nada más que para este momento. Estas tinieblas son las que se supone que va a iluminar mi última cerilla, la oscuridad que llevo dentro.

Doy un paso adelante.

Hace veintisiete años, en la iglesia de nuestro barrio, aparto los ojos del ataúd abierto. Clavo la vista en la rosa que sostengo entre los dedos pálidos. Esta rosa a la que le quitaron las espinas en la floristería, como si algo tan insignificante como la espina de una rosa pudiera ya hacerme daño. Gabriel desliza entre mis dedos gélidos la caja de cerillas con el sol rojo que prometió devolverme hace ya tantos años.

Tengo 153 de CI y puedo estar en todas partes, aquí y ahí abajo. Sé que existo ahora, hace veintisiete años y mañana. Por todo ello, he de ser capaz de afrontar el miedo que me devora la mente. ¿Cómo voy a salvar a Gabriel si no comprendo la simple verdad? ¿Cómo voy a alejarlo de mí y dejarle por fin vivir su vida si no sé qué es lo que debe combatir cada día de su existencia desde hace veintisiete años?

Igual que si me encontrara bajo el agua o bajo tierra, oigo amortiguada la voz grave de Nina Simone. Aprendí inglés solo para poder entender la letra de esta canción. Levanto el brazo hacia el estante y saco el único libro que está archivado aquí. Es negro. Lo sostengo entre las manos, que no me tiemblan. Son manos de niña. No temblarán nunca más. El libro no es muy grueso. Solo tiene unas pocas páginas, unos pocos días. Es la historia banal de una vida pequeña sin importancia, ya olvidada, entre miles, ahogada en la ferocidad de vuestro mundo.

No puedo leerlo en la oscuridad. La información se me escapa, como siempre. Esa información crucial. ¿Quién murió, Abigaëlle?

Tengo miedo. Estoy tan sola... No me queda más que una cerilla. Y es ahora cuando tengo que utilizarla, lo sé. Así que deslizo la tapa de cartón, descolorida por los años y la humedad. Saco la cerilla. Qué pequeña, qué frágil... La sujeto entre el pulgar y el índice, cerca de la cabeza roja. Fosfato de amonio, clorato de potasio, azufre. La froto con un gesto seco en el raspador usado, muy rayado por todas las cerillas que encendí hace ya tanto tiempo, en mi otra vida. Y la llama danzarina ilumina la oscuridad que se extiende por encima del libro negro. Se hace la luz, que rasga las tinieblas con su blancura. Y, de golpe, lo veo todo, lo sé todo.

En la iglesia, el día del entierro, me inclino sobre el ataúd. Con la punta de los dedos acaricio las orejas gastadas de Albert, el peluche; rozo las margaritas del pañuelo de mamá. Me llega el olor de su perfume, sus tiernas manos que trenzan mi cabello infantil, el sol que sale súbitamente sobre su tristeza cuando yo aparezco en la puerta del colegio.

Me acuerdo de todo.

Sé lo que pasó cuando salí del armario de la caldera. Sé por qué tengo la impresión de ser omnisciente, por qué estoy sin estar verdaderamente. Por qué me encuentro en todas partes, aquí y allá, ayer, hoy e incluso mañana.

Porque el cuerpo del ataúd el día del entierro, el cuerpo sin vida ante el que lloraba mi padre a lágrima viva, el cuerpo que lleva anudado al cuello el pañuelo preferido de mamá para que su olor permanezca siempre conmigo y para que no tenga frío allá adonde voy para toda la eternidad, ese cuerpecito de niña sacrificada, es el mío.

CUADERNO DE ABIGAËLLE, EXTRACTO
1990

Hoy he ido a ver por primera vez a una nueva médica: la doctora Hassan. Es porque salté del tejado y las alas no me funcionaron. Ahora tengo el brazo roto y llevo una escayola. Pero la doctora no me ha mirado el brazo. Mientras hablábamos me miraba a la cara. Hasta nos hemos reído un poco. Luego me ha pedido que escribiera una lista de las cosas que me gustaría hacer cuando sea mayor.

Son estas:

Lista de cosas que me gustaría hacer cuando sea mayor:

—Hacer reír a mamá.

—Inventar un medicamento contra la cólera de papá.

—Ver arder cerillas sin que los adultos me riñan.

—Ir a la Luna.

—Componer música que haga feliz a la gente, como la canción más bonita del mundo.

—Comprender por qué estamos en la vida.

—Ver las auroras boreales.

—Descubrir una vacuna contra todas las enfermedades que haga menos daño en el brazo.

—Parar las guerras.
—Salvar el mundo.

La verdad es que cuando pienso en todo eso, en el futuro, en todo lo que podré hacer y en todas las personas a las que podré ayudar cuando sea mayor, siento que me crece la felicidad en el vientre, como el calor en el armario de la caldera. Porque a mí la vida me parece muy bonita.

ABIGAËLLE
21.54 h

Me acuerdo de todo como si hubiera ocurrido ayer, como si estuviera ocurriendo ahora. Ya no existo en vuestra dimensión, donde el tiempo va pasando. Estoy muerta.

Desde hace veintisiete años, reposo en el cementerio de la abadía de Sainte-Marie-de-la-Saône. Desde mi tumba veo el cielo y las ramas majestuosas de un roble varias veces centenario. Las religiosas, que cuidan las sepulturas, aseguran a los visitantes que cobijó a Juana de Arco mientras dormía la siesta en una parada que hizo cuando se dirigía a liberar Orleans de manos de los ingleses.

Mi historia comienza y termina con un entierro: el mío.

Pero el tema no es ese.

El tema es mi hermano, es Gabriel.

Dentro de unos instantes, todo va a volar por los aires.

Lo sé de la misma manera que sé el resto de las cosas: tengo la certidumbre, eso es todo.

Su vida va a dar un vuelco.

¿Hacia la oscuridad o hacia la luz?

Lo ignoro por completo. De lo que sí estoy segura es de que, sea cual sea mi forma y me encuentre donde me encuentre, tengo que salvar a mi hermano.

Si no es para eso, ¿por qué estoy aún aquí?

ABIGAËLLE

21.56 h

Gabriel ha atravesado el bosque. Lo ha conseguido. Reina un silencio espeso y gélido alrededor de la casa. Su coche está aparcado de cualquier manera delante de la puerta del garaje. Se precipita hacia él. Espera con todo su ser encontrar a Laëtitia dormida allí, en la sillita infantil, pero no hay nadie. ¿Está Laëtitia en la casa? Gabriel siente náuseas solo de pensarlo. La puerta no está cerrada con llave. Entra.

En el vestíbulo hay una luz encendida. Lo primero que ve es una mancha en la barandilla blanca de las escaleras, la marca de una mano. Desearía que fuera un resto de mermelada que hubiera dejado un niño con demasiada prisa por irse a jugar a su habitación después de merendar. Pero sabe perfectamente que es un resto de sangre. Al pie de las escaleras, en el suelo, está la escopeta de su padre. La escopeta que Gabriel se llevó consigo al marcharse de la casa familiar por lo seguro que estaba de que su padre acabaría utilizándola contra su madre. Zoé la ha dejado ahí. ¿Por qué? ¿Se le ha olvidado? ¿Se ha dado cuenta de que no estaba cargada? ¿Ha estimado que no le hacía falta? ¿O se la han quitado? Se le atropellan las preguntas en la mente, y, con ellas, el pánico le inunda el pecho.

Después, nada más.

Ya no hace falta que piense. Debe rendirse, dejar de luchar, deponer las armas ante la angustia que habita en él desde hace tanto tiempo. Porque nada cambia nunca. Porque esta noche ha vuelto a ir al mismo lugar de hace veintisiete años. Tiene que dejar de luchar, abandonarse al miedo que lo gobierna, dejar que el oscuro instinto dirija sus movimientos. Coge la escopeta. Se acuerda del cartucho rojo que ha encontrado hace un rato en el suelo del estudio. Se lo saca del bolsillo del vaquero. Acciona el seguro, mete la munición y la encaja bien en la corredera. Sus gestos son ágiles y mecánicos, sorprendentemente naturales.

Empieza a subir por las escaleras; cuanto más asciende más calma siente. Con cada peldaño se va pareciendo un poco más a nuestro padre, pero ya no le importa. Ya no se hace preguntas. Se ha olvidado del tatuaje del brazo, los tres de cada cuatro niños, las promesas que se ha hecho durante veinte años de terapia. Siente una paz interior extraña. Ha dejado por fin de luchar contra todo lo que le enseñó su infancia. Una fuerza superior ha tomado posesión de su cuerpo. Al fondo del pasillo, que está sumido en la oscuridad, hiende el parqué, junto a una puerta entreabierta, una franja de luz blanca.

El oído, agudizado por el peligro, capta un murmullo. Reconoce la voz de Zoé. La reconocería en cualquier lugar.

No experimenta ningún alivio ante la idea de que esté viva. Ya no siente nada, salvo una rabia fría que ha absorbido las demás emociones cual agujero negro.

Observo sus pasos ágiles y sigilosos de fiera. Tengo miedo de mi hermano. Nunca me había ocurrido. El odio ha petrificado su mirada, de un azul gélido. Lleva la mano crispada sobre el cañón. Le gusta la sensación del metal frío bajo los dedos. Le recuerda su fuerza, su poder. El poder de herir, de someter, de matar.

Mientras, en el dormitorio de JB y Aline, Zoé encara a su cuñado.

La puerta del cuarto de baño contiguo está cerrada. Hay sangre en el picaporte y marcas de golpes en el contrachapado. Aline está dentro. Se oye a veces un gemido sofocado.

Apenas un metro separa a Zoé de Jean-Baptiste Pasquier, el reputado pediatra que pasa sus días salvando niños, y que ahora sujeta un cuchillo con manos trémulas. La hoja está limpia, no lo ha utilizado. Sin embargo, hay sangre en la moqueta beige. Zoé habla, agita la bandera blanca de su dulzura, lucha con aquello en lo que cree; por eso en el último momento ha decidido dejar la escopeta al pie de las escaleras. Hasta al mismo corazón de la guerra, Zoé ha venido en son de paz.

—Voy a llamar a una ambulancia. Aún puedes salvarla, Jean-Baptiste, te lo suplico. No está todo perdido, piensa en tus hijos...

Le resbalan lágrimas por las mejillas, pero su tono es firme. Repite las mismas palabras una y otra vez, como si rezara el rosario: «Aún hay tiempo, no está todo perdido».

Gabriel, sin hacer ruido alguno, avanza por el pasillo.

ABIGAËLLE
21.59 h

JB, aturdido, hace un gesto brusco en dirección de Zoé, que se sobresalta y da un paso atrás instintivamente antes de comprender que su cuñado le está tendiendo el cuchillo. Ella lo coge enseguida con manos temblorosas; luego se aleja tres pasos.

JB cae de rodillas al suelo y se tapa la cara con las manos. Llora.

—Lo siento, lo siento, lo siento.

Zoé se acerca al teléfono fijo que hay en la mesita de noche. Con la mano libre llama. Pide una ambulancia. Enseguida. Explica la situación, da la dirección. Aún lleva el cuchillo en la mano. Sabe bien que si Aline no le responde tras la puerta del cuarto de baño es porque está peor.

Gabriel apoya la mano en la puerta entreabierta. Empuja.

Comprende inmediatamente la escena. Zoé con el teléfono en una mano y el cuchillo en la otra. JB de rodillas, sollozando.

—Lo siento, lo siento, lo siento.

Zoé se vuelve. Ve a mi hermano y se sorprende. No reconoce la dureza de pedernal de su mirada, la tensión peligrosa de la mandíbula. Se percata de la escopeta que lleva en las manos, que ella se había cuidado de alejar de esta escena para evitar un drama mayor.

Gabriel avanza mientras los otros dos lo miran boquiabiertos. Despacio, posa el cañón de la escopeta en la frente de JB, que, de rodillas, repite:

—Lo siento, lo siento, lo siento.

Zoé tiembla. Se le escapa algo. Se niega a comprender lo que va a ocurrir.

—¿Gabriel...? Hay que socorrer a Aline; está en el cuarto de baño y no responde, ¡está herida! Llévatelo a otra habitación; si no, ella no abrirá la puerta.

Él, con calma, acciona el seguro del arma. Zoé oye el clic metálico del cartucho, que se coloca en posición de tiro.

—¿Gabriel? ¿Qué estás haciendo?

Da un paso hacia él. Gabriel levanta la mano.

—Quédate donde estás.

La orden ha sonado como un disparo. Glacial, autoritaria, amenazante. Zoé abre mucho los ojos, sorprendida. Gabriel nunca le había hablado en ese tono.

Las lágrimas y las súplicas de JB no despiertan ninguna compasión en el corazón de mi hermano. Ninguna. Gabriel sabe bien cómo son las cosas. Sabe que perdonar lo imperdonable no es más que dar permiso para que comience todo de nuevo. Sabe que cuatro años de prisión no impiden que un hombre violento vuelva a acosar a su mujer, a aterrorizarla, incluso a matarla, que exija ver a sus hijos. Sabe que mientras su verdugo respire, Aline y los pequeños no serán nunca libres. Como mamá. Como nosotros.

Mi alma llora. En Gabriel no hay más que odio y furor,

violencia y destrucción. Estoy viendo desplegarse ante mí, implacable, la continuación de la historia, el momento inscrito en el destino de mi hermano desde la infancia, el momento en que todo va a dar un vuelco hacia la violencia, en el que va a matar a una persona que está implorándole piedad de rodillas.

—Ya viene la ambulancia, ¡todo se ha acabado! Por favor...

Zoé solloza. No soporta lo que está viendo. Ahora es ella quien suplica. Gabriel permanece indiferente.

—Si no lo hago, se repetirá; nunca la dejará tranquila.

—Pero ¡irás a la cárcel!

Gabriel no responde.

Ella se tapa la boca con las manos. Continúa negando con la cabeza, con ojos suplicantes.

Gabriel no la ve. En sus venas late la violencia de su padre, de su abuelo y de quienes los precedieron. En su cuerpo, en cada una de sus células, en su educación, están grabados doscientos mil años de violencia masculina, de glorificación de la brutalidad y de conquistas sangrientas: las guerras, el tráfico de esclavos, las violaciones, los genocidios; todos los líderes militares y conquistadores ensalzados en los libros escolares por haber sido los más fuertes, por haber exterminado pueblos en nombre de una bandera, del poder, del dinero o de un Dios indiferente. ¿Cómo podría él solo resistir a todo eso?

Apoya con más fuerza el cañón en la frente del hombre arrodillado. Nunca se había sentido tan seguro de sí mismo. Nunca se había sentido tan poderoso.

GABRIEL

22.03 h

Gabriel se acuerda del tacto frío del arma. Hace veintisiete años sujetó la misma escopeta entre las manos. Las de su padre estaban alrededor del cuello de su madre, que tenía ya los ojos en blanco. Gabriel le había gritado que o paraba o le disparaba.

Pero dudó y no apretó el gatillo.

Su padre se lanzó sobre él y le quitó el arma de las manos. Gabriel intentó plantarse delante de su madre para protegerla. El padre se interpuso y los separó. Estaba sobrio. No tenía los ojos inyectados en sangre, no era un animal ni un loco. Era nada más que un hombre convencido de que su contrato matrimonial constituía un título de propiedad. Estaba seguro de sus derechos y daba rienda suelta a una cólera que él estimaba legítima. Más adelante, nadie fue capaz de acordarse nunca del motivo de esa discusión, ni su padre ni su madre ni Gabriel.

La madre gritaba. El padre levantó la culata del fusil.

Gabriel ni siquiera está seguro de cuándo apareció Abigaëlle.

De repente la niña estaba allí. Con los brazos abiertos delante de él para protegerlo del golpe de la culata. El padre abrió mucho los ojos de la sorpresa, pero el brazo ya había iniciado el movimiento. Fue un acto reflejo, un gesto agresivo contra el insecto que se atrevía a interponerse entre él y su voluntad de patriarca todopoderoso. Por la intensa fuerza del golpe, Abigaëlle salió proyectada hacia la vidriera de lo alto de las escaleras. Y el cristal estalló como si hubiera recibido un disparo.

Gabriel se acordará toda la vida del ruido sordo del impacto del cuerpo de su hermana pequeña sobre el suelo, fuera, apenas audible entre el estrépito de los cristales. No hace mucho ruido el futuro de un niño que se deshace sobre un suelo de cemento. Gabriel vuelve a ver los mil fragmentos de luces de colores de la vidriera al estallar. En el tiempo de bajar las escaleras de cuatro en cuatro y salir a la entrada, Abigaëlle ya no respiraba.

La policía concluyó que había sido un accidente. El padre siempre estuvo convencido de que así había sido.

Veintisiete años, y Gabriel nunca se ha perdonado no haber disparado ese día, no haber salvado a Abigaëlle. No piensa volver a cometer el mismo error hoy.

«Aprieta».

El cerebro ya ha enviado la orden.

ABIGAËLLE
22.03 h

Me siento impotente. No puedo hacer nada. No soy más que una niña que tendrá doce años para siempre. Ni siquiera existo de verdad. En mi cabeza, el árbol capta mi recuerdo, se agita, cruje. No me quedan fuerzas para contenerlo. ¿Para qué, de todas formas? El mundo en el que vivimos es así. Nada puede salvar a Gabriel de la violencia que vivió de niño.

Tengo la impresión de estar desmoronándome.

Una ramita raja la tapa con la que llevo todos estos años sofocando la arborescencia. Una ramita minúscula. Un embrión de idea que ha brotado del árbol. Apenas un pensamiento. Una imagen fugitiva, pero perfectamente nítida: «La señora Michelez».

Es absurdo.

No sé a qué viene eso justo ahora, por qué pienso en la señora Michelez. Como si fuera buen momento...

Una décima de segundo.

Me sorprende tanto que me olvido de contener el encadenamiento de ideas que se suceden. La ramita se engrosa, se despliega en multitud de recuerdos dispersos.

La señora Michelez, que, cada vez que se cruzaba con

mamá, le proponía ir a su casa a tomar un chocolate caliente.

Mamá nunca aceptó.

La señora Michelez, que, cada vez que oía gritos, venía a tocar a la puerta. La señora Michelez, que vivía sola, con las gafas que se le resbalaban por el puente de la nariz, las manos trémulas y el valor de una guerrera. La señora Michelez, capaz de mirar a mi padre a los ojos y de pedirle, conservando siempre el aplomo, que fuera a su casa a desplazar un mueble o a colgar un cuadro en la pared pasadas las doce de la noche, tan solo por desviar su atención, tan solo para hacerle saber a mamá, entre líneas, con la mirada brillante de compasión: «No estás sola. ¿Te puedo ayudar? No te abandonaré».

La señora Michelez, que seguía llamando a la policía, incluso después de que mi padre los convenciera de que no era más que una vieja loca que oía voces, incluso cuando las fuerzas del orden dejaron de acudir.

La señora Michelez, que le dio a mi hermano todos sus ahorros el día que se marchó de casa.

La señora Michelez, que venía todos los meses a llorar en mi tumba y dejarme flores y gominolas con forma de fresa hasta el día en que se murió.

Permito que la rama se desarrolle, se divida. Siento que se agranda el desgarro de la tapa. No ha tardado ni una décima de segundo. La arborescencia, reptante, ha adquirido demasiada fuerza.

Dos décimas de segundo.

Pienso en la madre de Céline corriendo con los zapatos de tacón para darme una bolsita dorada. Vuelvo a ver toda la humanidad que se desbordaba por sus ojos apenados.

Pienso en la sonrisa del librero que me dejaba leer todo

el día en su tienda y me aconsejaba nuevas lecturas sin pedirme nunca que comprara un solo libro.

Pienso en mamá, que me hacía trenzas. Mamá, que decía: «Mi ángel, mi tesoro, mi maravilla». Mamá, que bailaba en la cocina al son de la canción más bonita del mundo.

Pienso en el doctor Garnier, que ha ayudado a Aline, y en la doctora Hassan, que buscó y encontró a Gabriel después de que se fuera de casa. La doctora Hassan, que nunca abandonó a mi hermano, que continúa hablando con él dos veces por semana y le coge siempre el teléfono, sea la hora que sea.

Pienso en el amor infinito de todas las madres del mundo, en su determinación, su inmensa fuerza y su valor. En ellas, que aceptan llevar en silencio sobre los hombros la responsabilidad del futuro de nuestras sociedades.

Pienso en Zoé. Zoé, que comparte, que ama, que ayuda y que consuela. En Zoé, que ha salvado a mi hermano.

Pienso en Gabriel, que se interponía entre mi padre y mi madre desde que tenía diez años. En Gabriel poniéndome los cascos del walkman en las orejas, pegándome estrellas fosforescentes en el techo del armario de la caldera, tendiéndome *La familia del carromato.* «¡Feliz cumpleaños, Abi!». Su sonrisa protectora. La sensación de seguridad absoluta que generaba en mí su presencia. Gabriel, que ha hecho todo lo que estaba en su mano para salvar a Aline.

Tres décimas de segundo.

Pienso en todo el amor que existe en el mundo, en todos los que eligen tender la mano cuando nadie los obliga, en los que dan sin esperar nada a cambio, en todos aquellos a los que olvidaremos, que nunca estarán en los libros de historia, pero que, cada día, con gestos minúsculos salvan un poco a la humanidad.

Los veo a todos. A todas esas personas, todos esos gestos de amor.

En el mundo entero y desde la noche de los tiempos.

Y es inmenso.

Nunca he visto nada tan grande. Nunca he sentido nada tan poderoso.

En mi cabeza se despliegan mil ramas hacia el cielo. Miles de imágenes por segundo, miles de llamas danzarinas minúsculas que, juntas, logran iluminar la oscuridad.

Es totalmente necesario que mi hermano vea esto: toda la luz que hay en el mundo.

Cuatro décimas de segundo.

No seré la primera presidenta del gobierno ni la primera mujer en poner los pies en la Luna; no seré Marie Curie ni Martin Luther King ni Nina Simone, Nelson Mandela o Frida Kahlo; nunca veré auroras boreales estando viva. Nadie se acordará de mí.

No cambiaré el mundo.

Soy como los demás. No soy más que un pequeño eslabón, mi vida no es más que una gota de agua en el océano de la historia de la humanidad, tan frágil y efímera como la luz fugitiva de una cerilla que alguien frota y enciende. El único poder que tengo es el siguiente: elegir entre dar la espalda y desviar la mirada, o tender la mano y tener un gesto de amor.

Y ese gesto sé exactamente cuál es.

Cinco décimas de segundo.

Ya no siento miedo.

Levanto la tapa.

Seis décimas de segundo.

Y dejo que explote la arborescencia.

GABRIEL
22.03 h

El gatillo se hunde en la yema del dedo, el cerebro ha enviado la orden. Falta una décima de milímetro, una milésima de segundo.

Y entonces, no.

Un cambio imperceptible en la atmósfera ha retenido su gesto. Parece que solo él lo ha notado. Es muy ligero. Una vibración del silencio. Una ínfima variación de la luminosidad.

Son las diez y tres de la noche. Ha parado la tormenta.

Gabriel afloja la presión, quita el dedo del gatillo. El cuerpo ha comprendido antes que la cabeza. Es el cuarto niño, el que se libra, el que se aparta de la violencia. No es un hombre débil. No ha estado luchando todos estos años para ceder ahora.

A lo lejos se oye una sirena. Despacio, vuelve la cabeza hacia el ventanal. Baja el cañón de la escopeta, acciona el seguro, saca el cartucho y deja el arma en el suelo.

Se acerca a la ventana y la abre de par en par. Zoé, aliviada, se acerca a él y le coge la mano. Juntos, miran al cielo.

—Querías ver a mi hermana —murmura Gabriel—. Pues ahí está.

Lo sabe. Ignora por qué ni cómo. Lo sabe, eso es todo. Como ocurre con ciertas cosas relacionadas con su hermana pequeña y que no tendría por qué saber, pero que se le vienen a la mente de vez en cuando.

ABIGAËLLE
22.03 h

Me he caído de espaldas hacia el cielo.

Me acuna el océano de toda la humanidad.

Estoy sumergida en el azul tibio del infinito.

Las nubes me rozan la espalda. Siento calma y suavidad en la cabeza.

Cierro los ojos. Despliego las alas. Soy el sol. Soy la noche y el día. Soy el gozo y el amor.

En el momento en que me disuelvo en la luz, oigo el sonido más dulce del universo.

La explosión del silencio.

Y sonrío una última vez. Gabriel no ha disparado.

No sé por qué.

No sé cómo.

Lo sé, eso es todo.

Puedo irme en paz.

Lo he salvado.

AURORAS BOREALES INEXPLICABLES EN LA REGIÓN PARISINA

Se han observado auroras boreales hacia las diez de la noche del miércoles en Aulnay-les-Roses, departamento de l'Oise. Los expertos del observatorio de París siguen sin poder explicar este acontecimiento desconcertante. Barajan, entre otras causas, la posibilidad de una perturbación geomagnética que, incomprensiblemente, no hayan detectado las agencias meteorológicas. Una tormenta de gran violencia, que todo indica que se originó en Borgoña, en los alrededores del pequeño municipio de Genevigny, y que se desplazó en pocas horas hacia la región de París, dio lugar a numerosos problemas en la red telefónica... (sigue en la pág. 4).

CONSULTA DE LA DOCTORA HASSAN

Un día a las 13.00 h

Hace ya bastante tiempo, Nadia Hassan compró el estudio que quedó libre en el mismo rellano que su apartamento, para atender allí a sus pacientes. La pared entre esa consulta y el cuarto de baño de su vivienda es tan fina que a veces oye a su marido tirar de la cadena durante las sesiones.

Evitó a propósito indicar su nombre en el interfono o en el timbre de su piso. Ningún paciente ha sabido nunca que solo un delgado tabique revestido de papel pintado separa la vida profesional de la vida íntima de su psiquiatra. Ninguno ha cruzado los pocos metros que separan la entrada de la consulta, con su placa dorada, y la puerta anónima del hogar que comparte con su pareja. Ninguno, salvo Gabriel Mancini. Pero es que hace ya bastante tiempo que Nadia Hassan no considera a Gabriel Mancini como un paciente de verdad. Ha tenido tres hijas y sabe que el hombre que se sienta ante ella en el sillón color burdeos gastado por el paso del tiempo y los secretos y las penas de sus pacientes ha ocupado en su vida un lugar muy parecido al de un hijo. Y, desde luego, los hijos nunca dejan de sorprender, esos seres a quienes los padres creen conocer por eso de que los han fabricado ellos. La breve frase que Gabriel acaba de pronunciar le ha producido el mismo efecto que si le hubiera caído un ladrillo en la cabeza desde un helicóptero. Se sube las gafas, que le habían resbalado por el puente de la nariz, y entorna los ojos.

—¿Me lo repites?

Una leve ondulación hace temblar el agua azul de los ojos de Gabriel, esos ojos de cuyo fondo la doctora Hassan fue aprendiendo a hacer aflorar las emociones a lo largo de los años. Sabe que Gabriel está conteniendo una sonrisa.

—He vuelto a ver a mi madre —repite.

—Pero ¿cómo?

—Fui a verla.

—¿A Suecia?

—Sí...

La doctora Hassan no se recupera de la sorpresa; se ha quedado sin palabras.

Tras la muerte de Abigaëlle, Maria Lemonnier, la madre de Gabriel, encontró por fin la fuerza para dejar a su marido. Esperaba que el divorcio hiciera volver a su hijo, pero era demasiado tarde. El día en que cumplió dieciocho años, el joven cortó definitivamente la relación. Con el corazón roto, Maria obedeció el impulso de coger un avión para ir a ver las auroras boreales que tanto fascinaban a su hija. Aterrizó en Kiruna, el pueblo más septentrional de Suecia. La primera vez que contempló los velos de luces verdes que cubrían el cielo, supo que la hijita a la que había perdido estaba allí, en aquellos haces de sol que iluminaban la noche polar. La sentía muy cerca, podía casi percibir bajo los dedos el tacto suave de los cabellos dorados que tanto le gustaba trenzar. No era algo racional, pero no tenía por qué serlo. Al final decidió instalarse allí para poder estar cerca de ella.

Todo eso Nadia Hassan lo sabía por la señora Michelez, la antigua vecina de los Lemonnier, que no había perdido nunca el contacto con la madre de Gabriel y Abi. Nadia Hassan y la señora Michelez se conocieron en el cementerio. Las dos habían elegido el mismo día del mes para llevar flores a la tumba de Abigaëlle. A fuerza de encontrarse ante la misma sepultura, habían comenzado a hablar y a citarse bajo la sombra del gran roble que reinaba sobre las tumbas, atendidas por las religiosas del convento contiguo.

Fue también por la señora Michelez por quien Nadia Hassan se enteró de la violencia con la que habían crecido Abigaëlle y Gabriel. Entonces, como se sintió tan culpable por no haber ayudado a Abigaëlle, se empeñó en salvar a su hermano. En esa época, Gabriel tenía diecisiete años y vivía a caballo entre la calle y la casa de amigos más o menos recomendables. Iba por todas partes buscando pelea y pasaba noches en el calabozo. Genevigny es una ciudad pequeña y Nadia Hassan acabó por encontrarlo un día, pidiendo a las puertas de un supermercado. A partir de ese momento se hizo cargo de él. Lo acogió en su casa, lo alimentó y le dio sustento hasta que accedió a sentarse en el mismo sillón donde se encuentra hoy y empezó a poner palabras a la inmensidad del sufrimiento en el que vivía sumido.

La doctora Hassan recupera el habla. Siempre ha pensado que Gabriel necesitaba reencontrarse con su madre, pero él se cerraba en banda cada vez que ella mencionaba esa posibilidad.

—¿La avisaste de que ibas?

—No.

—¿Fuiste solo?

—Con Zoé y Laëtitia.

—¿Y qué tal?

Gabriel le cuenta: la estupefacción primero y las lágrimas después, las manos acariciándole el rostro, la gran alegría de su madre.

—Me pidió perdón. Me lo pidió docenas de veces.

Nadia Hassan niega despacio con la cabeza mientras escucha. Gabriel continúa hablando con calma.

—Le respondí... lo mismo que cuando era pequeño y quería consolarla: «No llores, mamá, no es culpa tuya».

Nadia Hassan sabe que a lo largo de todos esos años Maria nunca dejó de escribirle a su hijo. No tenía su dirección, pero le mandaba las cartas a su editor. Los primeros años no obtuvo ninguna respuesta. Al final, la encargada de comunicación de Gabriel había cogido la costumbre de enviarle una postal en Navidad. Con su letra ilegible, garabateaba: «No se preocupe. A Gabriel le van muy bien las cosas. Espero que también a usted. Feliz año nuevo».

Gabriel le hablaba a Nadia Hassan de esas cartas de su madre. Las leía y luego las tiraba a la papelera. Nunca le había respondido. Ni siquiera a aquella carta en la que le anunciaba que su padre estaba a punto de morir de cáncer de estómago y que su último deseo era volver a ver a su hijo. O esa otra que, unas semanas más tarde, contenía información sobre la celebración del funeral, al que Gabriel no asistió.

Gabriel tiene los ojos llenos de lágrimas. Nadia Hassan le sonríe. No creía que llegaría este día.

—¿Te sientes aliviado?

—Sí. Todos estos años pensaba que no había querido protegernos, que no éramos bastante importantes para que ella dejara a nuestro padre y, por esa razón, siempre le eché la culpa de la muerte de Abi.

—¿Y ahora?

—Ahora me digo que no es que no quisiera protegernos, es que no sabía cómo. Nunca debería haber permitido que viviéramos con él, pero lo comprendió demasiado tarde. Eso es todo.

El silencio invade la habitación. A Nadia Hassan le cuesta trabajo disimular la emoción que siente. Deja pasar un poco de tiempo para contemplar todo lo que se oculta tras ese rostro tan familiar: el hombre que ha alcanzado el éxito, el artista, el hermano mayor protector, el niño pequeño destrozado, el adolescente con problemas, el tímido enamorado de Zoé, el padre maravillado de Laëtitia... Todas las facetas de la buena persona en la que se ha convertido. Y ella sabe el prodigioso empeño, la fuerza de voluntad y humildad, que todo ello ha requerido.

—He visto el cartel de SE VENDE fuera —dice Gabriel—. Entonces ya está, ¿te jubilas de verdad?

Ella asiente con la cabeza. Hace dos años que prepara la jubilación.

—Siempre podrás pasarte por casa o llamarme cuando quieras, ya lo sabes.

Gabriel guarda silencio. Ella prosigue con calma.

—Le he hablado de ti a una colega mía de París. Si me autorizas, le pasaré tu dosier.

—¿Crees que algún día dejaré de debatirme con la vida?

—Creo que estar bien siempre será para ti una lucha más complicada que para otras personas, y esa es la razón por la que quiero darte este contacto, pero, como ya te he dicho, no creo que necesites más terapia; en todo caso, no ahora mismo.

Gabriel esboza una sonrisita irónica.

—¿De verdad? ¿A pesar del estrés postraumático, la depresión crónica, las ideas suicidas y los problemas graves y generalizados de ansiedad que me dejó mi padre de regalo?

—¿Te das cuenta de que hace casi cuatro años que no tienes necesidad de un solo medicamento para estar bien?

Él suspira y una sombra le cruza el rostro.

—Sí.

—Entonces ¿por qué no confías en mí cuando te digo que no me necesitas más, como psiquiatra al menos?

—Eso no es así, sí que confío en ti...

—¿Pero...?

Suelta un suspiro.

—¿Podemos de verdad curarnos de la infancia? ¿Sabes?, en el caso de Zoé, por ejemplo, tengo la impresión de que su infancia actúa como una especie de sistema inmunitario contra el sufrimiento, una reserva de amor y despreocupación de donde extrae la confianza y la fuerza necesarias para afrontar la edad adulta con serenidad.

—¿Y en tu caso?

Se encoge de hombros.

—La gente como yo sale de la infancia tan destrozada como si volviera de la guerra. Deberíamos contentarnos con salir vivos. Es verdad que hay momentos en que van bien las cosas, en que casi somos felices. Pero algunos días las secuelas pesan tanto que lamentamos no haber muerto en el combate junto con los que no volvieron.

En los ojos de Nadia Hassan brilla la compasión.

—Te comprendo —responde—, pero, ¿sabes?, «casi feliz», con todo lo que has vivido, es ya una victoria inmensa.

Referencia del expediente de adopción: 270696-RT

Nombre de los padres adoptivos: Zoé Boisjoli y Gabriel Mancini

Nombre y edad del niño: Victor Ndiaye, 2 años

Naturaleza del documento: carta de un miembro de la familia de adopción

Hola, Victor, soy Laëtitia (con diéresis):

Mamá dice que a lo mejor no te acuerdas de mí, pero nos vimos hace poco porque pronto vas a ser mi hermano pequeño. Quería decirte que estoy muy contenta de que vayas a formar parte de la familia, aunque vomitaras encima de mi cubo de Rubik. Te perdono porque eres mi hermano y siempre se perdona a los hermanos. Papá ha dicho: las cosas son así, es la ley de la selva.

Mamá ha dicho que tenemos que ser muy buenos contigo porque el martes vas a llegar a casa y podría dar miedo entrar en una nueva familia cuando no se ha nacido en ella. Como yo sí que he nacido en esta familia, me ha dado tiempo a pensar si tenía miedo

o no. Eres muy pequeño, con dos años todavía eres un bebé, pero quería escribirte una carta para contarte que en casa todo va bien, que no hay razón para tener miedo. Ya sé que no sabes leer, pero te enseñaré. Es muy fácil. También podré darte mi ropa cuando se me quede demasiado pequeña, pero lo que no te prestaré serán mis cubos de Rubik. Lo siento, pero no pueden estar llenos de vómito si quiero practicar para ser algún día campeona del mundo del cubo de Rubik. Te enseñaré muchas cosas porque tengo seis años y medio y soy muy mayor. Bueno, en mi clase no. Ahí sí soy pequeña, porque me he saltado primero. Ha sido porque la maestra se dio cuenta de que, con los subtítulos de Peppa Pig, había aprendido a leer yo sola.

Papá ha pintado pájaros y un sol en tu habitación. Mamá ha puesto unas cortinas amarillas, y yo he pegado con cinta adhesiva el manual del Lego Technic encima de tu cama para que haga bonito. Podré leértelo por la noche antes de dormir. Yo siempre lo hago. El manual del Lego Technic es mi libro preferido.

Podré decirte el código del iPad y todos los secretos que los mayores creen que no entiendo. Ya les he contado a mis primos que vas a llegar a la familia. Están muy contentos. Su padre está en la cárcel, pero se supone que yo no lo sé. Aún no comprendo del todo por qué, pero le pediré a Sixtine que me lo explique y te lo contaré todo con pelos y señales.

Me pregunto qué cosas te gustarán. Es para saber a qué podremos jugar juntos.

A mí me gusta el cubo de Rubik, las patatas fritas con kétchup, mi amiga Asma, estar a gustito en el sofá, y mirar a papá y a mamá mientras bailan y ríen en el salón cuando estoy en misión de espionaje detrás del mueble de la tele y ellos creen que estoy en la cama. Ver bailar a papá y mamá me da el mismo calorcito y gusto que cuando me pongo un polar que tengo. Ya verás. Es la felicidad. Y las crêpes con azúcar también me gustan.

Vic, no tengas miedo, ¿vale? Nuestra familia es genial, ya lo verás. Y será aún más genial cuando estés con nosotros. Y, de todas formas, si sientes miedo por algo, siempre me tendrás a mí. Un hermano o una hermana sirven para eso. Así que tú y yo nos tendremos el uno al otro.

Además, si alguna vez te pones triste, mamá te abrazará, papá te hará un dibujo y yo te llevaré al jardín. Nos tumbaremos debajo del roble. A veces, cuando todo está muy tranquilo, hay un pajarito de color turquesa que viene a posárseme en el hombro. Lo he buscado en Google y he visto que es un colibrí. Me canta al oído con su pico, que es muy largo, muy fino y todo rojo. Es tan bonito que se siente mucho gusto por dentro. Pero eso pasa cuando no hay adultos cerca.

Es mi amigo.

Y será también el tuyo.

Tu hermana mayor, Laëti (con diéresis)

La canción más bonita del mundo

I wish I knew how	*Ojalá supiera*
it would feel to be free	*cómo es ser libre*
I wish I could break	*Ojalá pudiera romper*
all the chains holding me	*todas las cadenas que me retienen*
I wish I could say	*Ojalá pudiera decir*
all the things that I should say	*todas las cosas que debería decir*
Say 'em loud say 'em clear	*Decirlas alto, decirlas claro*
for the whole round world to hear	*para que el mundo entero las oyera*
I wish I could share	*Ojalá pudiera compartir*
all the love that's in my heart	*todo el amor que hay en mi corazón*
Remove all the bars	*Derribar todas las barreras*
that keep us apart	*que nos separan*
I wish you could know	*Ojalá supieras*
what it means to be me	*cómo es ser yo*
Then you'd see and agree	*Entonces te darías cuenta de que*
that every man should be free	*todas las personas deberían ser libres*
I wish I could give	*Ojalá pudiera dar*
all I'm longin' to give	*todo lo que deseo dar*
I wish I could live	*Ojalá pudiera vivir*
like I'm longin' to live	*Todo lo que deseo vivir*
I wish I could do	*Ojalá pudiera hacer*
all the things that I can do	*todas las cosas de las que soy capaz*
And though I'm way overdue	*Y aunque llevo esperando tanto tiempo*
I'd be starting anew	*Empezaría de cero*
Well I wish I could be	*Ojalá pudiera ser*
like a bird in the sky	*como un pájaro en el cielo*
How sweet it would be	*Qué maravilla sería*
if I found I could fly	*descubrir que puedo volar*
Oh I'd soar to the sun	*Oh, me elevaría hacia el sol*
and look down at the sea	*y desde arriba miraría el mar*
Then I'd sing 'cause I'd know, yeah	*Entonces cantaría porque sabría, sí*
Then I'd sing 'cause I'd know, yeah	*Entonces cantaría porque sabría, sí*
Then I'd sing 'cause I'd know	*Entonces cantaría porque sabría,*
I'd know how it feels	*sabría cómo es,*
Oh I'd know how it feels	*oh, sabría cómo es*
to be free.	*ser libre*

Nina Simone, *I Wish I Knew How It Would Feel to Be Free*

Si sufres violencia doméstica
o sabes de alguien que la sufra,
no dudes en llamar al teléfono 016
o consulta el sitio web
violenciagenero.igualdad.gob.es/

AGRADECIMIENTOS

A mi familia, a los tres soles de mi planeta: mi Vincent, mi Manon y mi Scarlett; a los seres excepcionales que son mis padres; a mis hermanos, Olivier, Clément y Paul, un tesoro preciado; a mis geniales cuñadas Camille, Olivia e Inès. Gracias por vuestro apoyo inquebrantable todos estos años, por vuestra confianza en mi capacidad de progresar, por vuestras lecturas atentas y vuestros comentarios siempre valiosos, constructivos y sinceros sobre todas y cada una de mis novelas.

Gracias también a Laury-Anne Frut y Christine Cameau, así como a todo el equipo de Éditions Charleston, Karine Bailly de Robien, Pierre-Benoît de Veron, Danaé Tourrand-Viciana, Alice Bercker, Caroline Obringer, Virginie Lancia, Laure Paradis, Emeline Loysier, Aloïse Useo y Celia Long, por el importante trabajo de edición y promoción de esta obra, por vuestra confianza reiterada en cada uno de mis nuevos proyectos y por el entusiasmo, la energía y la pasión con los que habéis tratado mis novelas desde hace ya muchos años, y que han permitido que mis libros lleguen a cientos de miles de lectores en Francia y en el resto del mundo.

También quiero agradecer a Sophie Rouvier y a Tonie Behar, a Laura Trompette, Sophie Adriansen, Isabelle Lagarrigue, Alice Morgado, Lise Vareille, Nélie Vareille y Sylvie Vareille, que se hayan tomado el tiempo de leerme y hacerme llegar sus comentarios sinceros, precisos y esclarecedores, que me han permitido mejorar significativamente esta novela y hacer de ella lo que es hoy.

Quiero agradecer a Margot Seguinet todo el tiempo que ha dedicado a responder con detalle mis numerosas preguntas sobre el tema de la violencia doméstica y sus comentarios tan constructivos sobre la primera versión de este manuscrito, que me han evitado tantos tropiezos. Dos libros y un pódcast me han acompañado también durante la escritura de esta novela, y aunque no conozco en persona a los autores, me parece importante citarlos aquí: *Nos pères, nos frères, nos amis: dans la tête des hommes violents* («Nuestros padres, hermanos, amigos: en la mente de los hombres violentos»), de Mathieu Palain (Les Arènes, 2023); el pódcast de France Culture *Des hommes violents*, también de Mathieu Palain, con la realización de Cécile Lafon, y el libro *Trop intelligent pour être heureux? L'adulte surdoué* («¿Demasiado inteligente para ser feliz? El adulto superdotado»), de Jeanne Siaud-Facchin, donde se menciona específicamente el pensamiento en arborescencia que inspiró el árbol de la cabeza de Abigaëlle. Por último, aunque la obra y el universo de Gabriel son ficticios, se inspiran en parte en la extraordinaria obra de Benjamin Lacombe.

También quiero agradecerle a todo el equipo de Livre de Poche su formidable implicación en la publicación de la edición de bolsillo de mi novela anterior, *Desenchantées*; a todos los libreros y libreras que se han tomado el tiempo de leerla, de recomendarla y de hablar sobre ella con sus clientes, y, por último, a todas las personas sin las cuales no tendría la suerte extraordinaria de poder vivir mi pasión: a vosotros, mis fantásticos lectores y lectoras, claro. 😊